Olga Tokarczuk

Die grünen Kinder

Bizarre Geschichten

Aus dem Polnischen von
Lothar Quinkenstein

Die polnische Originalausgabe erschien 2018 unter dem Titel
Opowiadania bizarne im Verlag Wydawnictwo Literackie, Warschau.

Videoporträt von Olga Tokarczuk auf
www.kampaverlag.ch/kampa-tv

Für den Blick hinter die Verlagskulissen:
www.kampaverlag.ch/newsletter

Lektorat: Ewa Czerwiakowski

This publication has been supported by the
© POLAND Translation Program.

BOOK INSTITUTE
©POLAND

www.kampaverlag.ch
Covergestaltung und -motiv: Kamil Kuzin, Kuzin & Kolling,
Büro für Gestaltung, Hamburg, nach einem Entwurf von
Designbüro Lübbeke Naumann Thoben, Köln
Satz: Tristan Walkhoefer, Leipzig
Gesetzt aus der Stempel Garamond LT
Druck und Bindung: GGP Media GmbH, Pößneck
Auch als E-Book erhältlich
ISBN 978 3 311 10029 4

Inhalt

Der Passagier

Während eines langen Nachtflugs über den Ozean erzählte der Mann neben mir von den Ängsten, die er als Kind gehabt hatte. Stets kehrte derselbe Albtraum wieder, in Panik schrie er auf, rief nach seinen Eltern.

An den langen Abenden war es – die stille, kaum von Lichtern erhellte Zeit, die das Flimmern der Fernsehbildschirme noch nicht kannte (einzig das Murmeln des Radios war ab und an zu hören oder das Rascheln der väterlichen Zeitung), ließ manch wunderlichen Gedanken entstehen. Und der Mann erinnerte sich, dass er immer schon von der Vesper an gespürt hatte, wie die Furcht aufzog, woran die beruhigenden Worte seiner Eltern nichts zu ändern vermochten.

Drei, vielleicht vier Jahre alt war er gewesen; sie wohnten in einem dunklen Haus am Rande einer Kleinstadt. Sein Vater war Schuldirektor, ein Mann mit Prinzipien, ja von geradezu unerbittlichem Charakter. Die Mutter arbeitete in einer Apotheke, ständig umwehte sie eine Wolke von Arzneidunst. Er hatte noch eine ältere Schwester, doch im Gegensatz zu den Eltern unternahm sie keine Versuche, ihm zu helfen. Im Gegenteil – mit einer Freude, die ihm unbegreiflich war, sprach sie schon am Nachmittag davon, dass nun bald-bald die Nacht komme. Und wenn keine Erwachsenen in der Nähe waren, tischte sie ihm Geschichten von Vampiren auf, von Leichen, die aus ihren Grüften krochen, allen möglichen Schreckensgestalten der Finsternis. Doch – seltsam genug – diese Phantasien versetzten ihn nicht in Angst. All die Wesen, die gemeinhin als gruselig galten, schreckten ihn nicht. Als wäre der Platz der Angst in ihm bereits besetzt und damit alle Möglichkeit erschöpft, sie zu empfinden. Er hörte den dramatischen Flüsterton seiner Schwester, wenn sie versuchte, ihm Gänsehaut einzujagen. Und er hörte es ohne Regung, denn er wusste, dass ihre Geschichten belanglos waren angesichts der Gestalt, die er Nacht für Nacht erblickte, wenn er unter der Bettdecke lag. Jahre später durfte er seiner Schwester dankbar sein, sie hatte ihn so weit immun gemacht gegen die herkömmlichen Ängste der Welt, dass er als Erwachsener sozusagen furchtlos war.

Die Ursache seiner Angst in Kindertagen ließ sich nicht benennen, er fand keine Worte dafür. Wenn seine Eltern ins Zimmer stürzten und fragten, was geschehen sei, was ihn im Traum so erschreckt habe, sagte er nur: »er« oder »einer« oder »der«. Der Vater knipste das Licht an, deutete, im Vertrauen auf die Überzeugungskraft des empirischen Beweises, in die Ecke hinter dem Schrank, in den Winkel neben der Tür, und sagte ein ums andere Mal: »Siehst du, da ist nichts. Da ist nichts.« Die Mutter hingegen nahm ihn in die Arme, umfing ihn mit ihrem antiseptischen Apothekenarom und flüsterte: »Ich bin doch bei dir, es kann dir nichts Böses geschehen.«

Er aber war zu jung, im Grunde wusste er noch nichts von Gut und Böse. Und er war zu jung, um Angst zu haben um sein Leben. Zudem gibt es Schlimmeres als den Tod, Schlimmeres als Vampire, die einem das Blut aussaugen, Werwölfe, die einen zerfleischen. Kinder wissen es am besten: Der Tod ist irgendwie auszuhalten. Das Schlimmste ist, was sich wiederholt, mit unveränderlicher Regelmäßigkeit, unausweichlich, vorhersehbar – und nicht das Geringste können wir tun dagegen, wie eine Zange packt es uns und schleift uns mit.

Und er sah in seinem Zimmer, zwischen Schrank und Fenster, die dunkle Gestalt eines Mannes. In dem Fleck, der das Gesicht sein musste, glomm ein kleiner roter Punkt – das glühende Ende einer Zigarette. Glomm er stärker auf, war das Gesicht etwas deutlicher zu sehen. Fahle, müde Augen musterten das Kind. Ein dichter, angegrauter Bartwuchs, ein von Falten zerfurchtes Gesicht, schmale Lippen, wie geschaffen, um an einer Zigarette zu ziehen. So stand er reglos da, während das schreckensbleiche Kind in aller Hast sein Abwehrritual vollzog – es steckte den Kopf unter die Decke, klammerte sich an den Metallrahmen des Bettes und richtete ein tonloses Stoßgebet an den Schutzengel. Seine Großmutter hatte es ihm beigebracht. Doch half es nichts, das Gebet wurde zum Schrei, und die Eltern eilten ins Zimmer.

So ging es eine ganze Weile, lange genug, dass in dem Kind ein tiefes Misstrauen gegenüber der Nacht erwuchs. Doch folgte auf jede Nacht ein Tag, der über alle Geschöpfe der Dunkelheit triumphierte. So wuchs das Kind heran und begann zu vergessen. Immer mächtiger wurde der Bann des Tages, immer mehr an Neuem, Überraschendem brachte er mit sich, die Eltern atmeten erleichtert auf, und bald hatten auch sie die Ängste ihres Sohnes vergessen. Sie wurden in Frieden alt, und jedes Frühjahr lüfteten sie sämtliche Zimmer. Der Junge wuchs indes zu einem Mann heran, der allmählich zu der Überzeugung gelangte, dass alles Kindliche weiterer Beachtung nicht wert sei. Zumal die Morgen- und Mittagsstunden alle Dämmerungen und Nächte aus seinem Gedächtnis getilgt hatten.

Kürzlich erst – so erzählte er mir –, als er so sanft, dass er es selbst kaum bemerkte, die sechzig überschritten hatte und eines Abends müde nach Hause kam, entdeckte er die ganze Wahrheit. Vor dem Schlafengehen wollte er noch eine Zigarette rauchen, er stellte sich ans Fenster, das vor der Dunkelheit draußen zu einem kurzsichtigen Spiegel wurde. Das aufgleißende Streichholz brannte für einen Moment ein Loch in die Nacht, dann erhellte die Glut der Zigarette ein Gesicht. Und aus der Finsternis trat wieder dieselbe Gestalt hervor – die bleiche, hohe Stirn, die dunklen Flecken der Augen, der Strich des Mundes, der angegraute Bart. Er erkannte ihn sofort wieder, nicht im Mindesten hatte die Gestalt sich verändert. Und die Gewohnheit – schon wollte er Luft holen, um zu schreien, doch war da niemand, den er hätte rufen können. Seine Eltern waren lange tot, er war allein, die Rituale aus Kindertagen hatten ihre Wirkung verloren, auch an einen Schutzengel glaubte er längst nicht mehr. Und als er in ebendiesem Augenblick verstand, vor wem er sich damals so gefürchtet hatte, empfand er Erleichterung. Die Eltern hatten also recht gehabt – die Welt war nicht gefährlich.

»Der Mensch, den du siehst, existiert nicht, weil du ihn siehst, sondern weil er es ist, der dich anschaut«, sagte der Mann am Ende seiner Geschichte. Und dann sanken wir in Schlaf, gewiegt von den Bassklängen der Triebwerke.

Die grünen Kinder

oder

Eine Beschreibung seltsamer Begebenheiten in Wolhynien, verfertigt von William Davisson, dem Medicus Seiner Königlichen Majestät Johann Kasimir

Diese Ereignisse trugen sich im Frühjahr und im Sommer 1656 zu, als ich ein weiteres Jahr in Polen weilte. Einige Lenze zuvor war ich ins Land gekommen, eingeladen von Maria Luisa Gonzaga, der Gemahlin des polnischen Königs Johann Kasimir. Als königlicher Medicus und als Verwalter der königlichen Gärten sollte ich tätig werden. Die Einladung einer solch ehrwürdigen Persönlichkeit konnte ich nicht ablehnen, auch gaben gewisse private Umstände ihr Teil dazu, von welchen zu sprechen an dieser Stelle jedoch nicht nötig ist.

Auf meiner Reise nach Polen empfand ich durchaus ein Unbehagen. Ich kannte dieses Land nicht, das so weit entfernt lag von der mir bekannten Welt. Ich sah mich als einen Ex-Zentriker an, einen Menschen, der sein Zentrum verlässt, in dessen Bannkreis er weiß, was er zu gewärtigen hat. Es war mir bange vor den fremden Sitten, dem hochwilden Temperament der Völker des Ostens und des Nordens, vor allem aber machte ich mir Sorgen ob der unvorhersehbaren Witterung, der Kälte, der Feuchtigkeit. Nur zu gut war mir das Schicksal meines Freundes René

Descartes im Gedächtnis, der einige Jahre zuvor auf Einladung der Königin von Schweden zu deren kalten Palästen im fernen Stockholm aufgebrochen war, wo er sich eine Erkältung zuzog und in der Blüte seiner Jahre und seiner Geisteskräfte verstarb. Welch ein Verlust für die gesamte Gelehrtheit! In der Befürchtung, ein ähnliches Los zu erleiden, brachte ich aus Frankreich einige der besten Pelze mit, doch im ersten Winter schon sollte sich zeigen, dass sie zu dünn und zu fein waren für das Wetter. Der König, mit dem mich rasch eine aufrichtige Freundschaft verband, schenkte mir einen Wolfspelz, der bis zu den Fußknöcheln reichte. In diesen Pelz hüllte ich mich von Oktober bis April. Auch während der Reiseunternehmung, die ich hier beschreiben möchte – im März fand sie statt –, habe ich ihn getragen. Denn wisse, werter Leser, dass die Winter in Polen, wie überall im Norden, sehr streng sein können – imaginiere Dir, dass dann der Weg nach Schweden über das wie Stein gefrorene Mare Balticum führt, und auf vielen vereisten Teichen und Flüsschen hält man zum Karneval Jahrmärkte ab. Da die Winterzeit, in der die Pflanzen unter einer Schneedecke verborgen liegen, lange währt in diesen Breiten, bleiben dem Botaniker nur wenige Monate für seine Forschungen. So widmete ich mich, *nolens volens*, den Menschen.

Ich heiße William Davisson, Schotte bin ich, zu Aberdeen geboren, doch viele Jahre brachte ich in Frankreich zu, wo die Stellung des königlichen Botanikers meinen Werdegang krönte und wo ich meine Schriften publizierte. Auch wenn in Polen kaum jemand diese Studien kannte, begegnete man mir mit Achtung, herrscht in Polen doch die Stille, blindlings jeden zu achten, der aus Frankreich kommt.

Was hatte mich bewogen, in den Fußstapfen von Descartes an die Ränder Europas mich zu begeben? Schwerlich wäre diese Frage kurz und in der Sache treffend zu beantworten, doch da die Geschichte nicht von mir handelt, der ich darin nur Zeuge bin, lasse ich sie unbeantwortet, in der Hoffnung, der Leser möge sich mehr von der Geschichte selbst fesseln lassen als von der belanglosen Person dessen, der sie erzählt.

Mein Dienst für den polnischen König fiel in eine Zeit der schlimmsten Wirren. Alle bösen Mächte schienen sich gegen das Königreich verschworen zu haben. Das Land wurde vom Krieg erschüttert, von schwedischen Truppen verwüstet, im Osten wiederum griffen die Heere Moskaus an. In der Rus hatten sich zuvor schon die unzufriedenen Bauern erhoben. Und als wären verborgene Entsprechungen am Werk, wurde der König dieses unglücklichen Landes ebenso von zahlreichen Krankheiten geplagt, wie die unablässigen Attacken sein Königreich quälten. Die Anfälle von Schwermut kurierte er häufig mit Wein und dem schönen Geschlecht. Seine in sich zerrissene Natur trieb ihn immerfort auf neue Reisen, obwohl er ständig wiederholte, dass er keine Ortswechsel leide und sich nach Warschau sehne, wo seine geliebte Gemahlin, Maria Luisa, ihn erwarte.

Unser Tross zog von Norden her, wo Seine Königliche Hoheit den Zustand des Landes in Augenschein genommen und sich bemüht hatte, Allianzen zu knüpfen mit den Magnaten. Böse Kräfte waren dort bereits am Werk, die Moskowiter schickten sich an, ihre Gelüste an der Rzeczpospolita zu stillen, und da im Westen zugleich die Schweden ihr Unwesen trieben, wollte es scheinen, als hätten alle finsteren Mächte sich verschworen, die polnischen Gefilde in ein grausiges *theatrum belli* zu verwandeln. Es war meine erste Erkundung in diesem fernen Land, und ich wollte das Unterfangen schon bereuen, kaum dass wir die Warschauer Vororte verlassen hatten. Doch trieb mich zuletzt die Neugier des Philosophen und Botanikers (nicht zu vergessen – ich gebe es zu – die stattliche Apanage), sonst hätte ich es vorgezogen, mich meinen Forschungen in häuslicher Ruhe zu widmen.

Auch unter den widrigen Umständen wandte ich mich meinen Studien zu. Ein Phänomenon vor allem interessierte mich seit meiner Ankunft in Polen. Auf der ganzen Welt ist es bekannt, hierzulande aber besonders verbreitet. Man muss nur durch die ärmeren Straßen Warschaus gehen, um es an den Köpfen des einfachen Volkes zu entdecken – die *plica polonica*, auch Weichselzopf genannt. Ein seltsames Gebilde aus gekräuselten, verfilzten Haaren in mancherlei Form, hier in dicken Zotteln, dort in einem Knäuel, hier als Zopf, der einem Biberschwanz gleicht. Die Leute glauben, dass der Weichselzopf der Sitz guter und böser Mächte sei, und wer ihn trägt, wollte wohl lieber sterben als sich der filzigen Pracht entledigen. Da ich es gewohnt war, Skizzen anzufertigen, besaß ich auch von dieser Erscheinung bereits eine Fülle an Zeichnungen, nach meiner Rückkehr nach Frankreich wollte ich ein kleines Werk dazu publizieren. Unter verschiedenen Bezeichnungen ist der Weichselzopf in ganz Europa bekannt. Am seltensten begegnet man ihm wohl in Frankreich. Dort legen die Menschen großen Wert auf ihr Äußeres, frisieren sorgsam ihr Haar. In Deutschland heißt der Weichselzopf auch *Mahrenlocke*, *Alpzopf* oder *Drutenzopf*. In Dänemark, so weiß ich, heißt er *marenlok*, in Wales und England *elvish knot*. Als ich einmal durch Niedersachsen reiste, hörte ich, dass man ihn dort *selkensteert* nenne. In Schottland glaubt man, dass es eine Sitte aus vordenklichen Zeiten sei, verbreitet bei den damals in Europa lebenden Heiden, zumal bei Druidenstämmen. Auch las ich, die *plica polonica* habe ihren Anfang mit den Einfällen der Tataren in Polen genommen, zu Zeiten Leszeks des Schwarzen. Eine andere Vermutung besagte, diese Haartracht sei aus Indien zu uns gekommen. Ja, ich fand auch die Behauptung, die Hebräer hätten als Erste die Haare zu filzigen Strähnen gedreht. *Nasiräer* – so hießen bei ihnen die heiligen Männer, die gelobt hatten, sich ihr Haar zu Ehren Gottes niemals schneiden zu lassen.

Die Fülle an widersprüchlichen Theorien und das endlose Weiß der schneebedeckten Landschaft versetzten mich anfangs in einen Zustand geistiger Abstumpfung, dem endlich eine schöpferische Erregung folgte, und schließlich untersuchte ich die *plica polonica* in jedem Dorf, durch das wir kamen.

Bei meiner Arbeit ging mir der junge Ryczywolski zur Hand, ein Bursche mit großen Talenten, der sich nicht nur als Butler und Dolmetsch bewährte, sondern mir auch bei meinen Studien hilfreiche Dienste leistete, wie er mir zudem – das möchte ich nicht verschweigen – seelischen Beistand bot in dieser fremden Welt.

Wir reisten zu Pferde. Das Märzwetter gab sich einmal winterlich, dann wieder vorfrühlingshaft, der Schlamm auf den Wegen gefror und taute auf, was einen kotigen Morast entstehen ließ, in dem unsere Gepäckwagen bis über die Achsen versanken. Und die beißende Kälte verwandelte uns in Wesen, die an geschnürte Pelzballen denken ließen.

In diesem wilden Land der Sümpfe und Wälder liegen die menschlichen Siedlungen spärlich verstreut und so weit voneinander entfernt, dass wir oft genug gezwungen waren, auf ärmlichen Landgütern zu nächtigen, einmal mussten wir gar mit einer Schenke vorliebnehmen, da es zu schneien begann und an ein zügiges Fortkommen nicht mehr zu denken war. Seine Königliche Hoheit trat *incognito* auf, für einen gewöhnlichen Schlachtschitzen gab er sich aus. Wo wir Rast hielten, applizierte ich Seiner Majestät Arzneien, von denen ich einen ganzen Apothekenkasten mitführte. Zuweilen ließ ich Seine Majestät auf einer notdürftig hergerichteten Liegestatt zur Ader, und wo sich die Gelegenheit bot, verschaffte ich dem königlichen Leib ein gutes Salzbad.

Von allen Krankheiten, die Seine Königliche Hoheit plagten, schien mir die höfische die ärgste zu sein; er hatte sie wohl aus Italien oder Frankreich mitgebracht. Auch wenn sie bislang nicht äußerlich zutage trat und somit leicht zu verbergen war, musste ihr weiterer Verlauf als ebenso tückisch wie gefährlich gelten, wusste man doch, dass sie den Kopf affizieren und den Verstand verwirren konnte. So hatte ich denn auch, kaum dass ich meine Stellung bei Hofe angetreten hatte, darauf bestanden, dass eine Mercurius-Kur vorgenommen werde, auf drei Wochen angesetzt, doch konnte Seine Majestät nie die Zeit finden, das Quecksilber in der nötigen Ruhe und Regelmäßigkeit wirken zu lassen, auf Reisen wiederum war eine solche Behandlung wenig ergiebig. Von den anderen königlichen Beschwerden bereitete mir das Podagra Kummer. Diesem Leiden hätte man freilich leicht vorbeugen können, seine Ursachen liegen bekanntlich im Übermaß des Essens und Trinkens. Das Podagra hält man mit Fasten im Zaum – wie aber auf Reisen fasten? So konnte ich am Ende nur wenig für Seine Königliche Hoheit tun.

Auf Lemberg ging es zu, und Seine Majestät traf sich des Wegs mit manchen Magnaten. Er hielt sie um Unterstützung an, rief ihnen in Erinnerung, dass sie seine Untertanen seien, denn die Treue der Schlachta in diesen

Gegenden war zweifelhaft, auf ihren eigenen Vorteil sahen sie, nicht auf das Wohl der Rzeczpospolita. Würdig wurden wir empfangen, ohne Frage, prächtig und mit allem Prunk bewirtet, doch spürte man immer wieder, dass einige dieser Schlachtschitzen den König als Bittsteller sahen. Was für ein Königreich, in dem über die Besetzung des Thrones abgestimmt wird! Wo hat man je so etwas gesehen?

Eine grässliche Erscheinung ist der Krieg, von höllischer Art. Auch wo er die menschlichen Siedlungen nicht unmittelbar verheert, kriecht er doch in jeden Winkel, sucht noch die letzte Kate heim, mit Hunger und Krankheit und Angst. Die Herzen verhärten sich, werden empfindungslos. Alles menschliche Denken verändert sich, jeder achtet nur noch auf sich selbst, schaut zu, wie er überleben kann. Nicht wenige werden darüber grausam, gleichgültig gegen fremdes Leid. Wie viel an Bösem, von Menschen angerichtet, sah ich auf diesem Weg, da wir von Norden her gen Lemberg zogen. Wie viel an Schändung und Mordbrennerei, unfassliche Gräuel. Ganze Dörfer in Schutt und Asche, die Felder verwüstet, nichts als Brachen, wo zuvor die Ernte gedieh. Galgen allenthalben – als diente die Zimmermannskunst allein der Mordbegier. Unbestattete Leichen, von Wölfen und Füchsen zerfleischt. Nur Feuer und Schwert hatten hier ihr Geschäft. Am liebsten wollte ich all das vergessen – doch auch jetzt, da ich bereits zurückgekehrt bin in mein Land und diese Zeilen schreibe, stehen mir erneut die Bilder vor Augen, und ich kann sie nicht vertreiben.

Immer wüstere Kunde erreichte uns, und die Februarniederlage des Feldhetmans Czarniecki gegen die Schweden, bei dem Dorfe Gołąb, hatte solch arge Wirkung auf die Gesundheit des Königs, dass wir zwei Tage rasten mussten, damit Seine Majestät in Ruhe Egersches Heilwasser trinken und ein Dekokt zu sich nehmen konnte, auf dass es seine Nerven besänftige und er wieder zu Kräften komme. Und als wirkte eine verborgene Beziehung, bildete sich am königlichen Leibe das ganze Leiden der Rzeczpospolita ab. Denn noch ehe die Briefe mit der Nachricht von jener Niederlage eintrafen, packte den König ein derartiger Anfall von Podagra, mit fiebrigen Schüben und rasenden Schmerzen, dass wir ihrer kaum Herr zu werden vermochten.

Zwei Tagesreisen vor Łuck waren wir an Lubieszów vorübergekommen, das die Tataren vor etlichen Jahren schon gebrandschatzt hatten. Als wir durch die dunstigen, schier undurchdringlichen Wälder weiterzogen, dachte ich bei mir, dass es auf dieser Erde keinen schlimmeren Landstrich gebe, und ein bitteres Bedauern ergriff mich, dass ich mich auf die Unternehmung eingelassen hatte. In aller Deutlichkeit stand mir vor Augen, dass ich nicht nach Hause zurückkehren würde und dass wir alle vor diesen endlosen Sümpfen, diesen in Nebelschwaden schwimmenden Wäldern, vor diesen Lachen auf den Wegen, die mit ihren dünnen Eiskrusten an verschorfende Wunden eines auf der Erde liegenden Riesen denken ließen – dass wir angesichts all dessen, seien wir nun elend oder nobel gekleidet, seien wir Könige, Adlige, Soldaten oder Bauern – völlig nichtig waren. Wir sahen die vom Brand geschwärzten Trümmermauern einer Kirche. Hier hatten die tatarischen Horden die Bewohner eines Dorfes eingesperrt und bei lebendigem Leibe verbrannt. Wir sahen einen Wald von Galgen, sahen den Brandschutt der Häuser, der die verkohlten Leiber von Mensch und Tier bergen mochte. Da erst verstand ich das Vorhaben des Königs, nach Lemberg sich zu begeben in dieser grässlichen

Zeit, da äußere Mächte sich anschickten, die Rzeczpospolita zu zerreißen, und dort um Beistand zu flehen bei der in Polen so innig verehrten Maria, der Christusmutter, auf dass sie das Land in ihre Obhut nehme und Fürbitten einlege bei Gott dem Allmächtigen. Anfangs hatte sie mir noch wunderlich erscheinen wollen, diese Verehrung der Gottesmutter. Ja, oft war mir gar gewesen, als gälte dieser Kult einer heidnischen Göttin und als trügen – möge es mir nicht als Ketzerei ausgelegt werden! – Gott selbst und Sein Sohn im feierlichen Gefolge ihre Schleppe. Jedes Marterl hier ist der heiligen Maria geweiht, und so vertraut war mir ihr Anblick geworden, dass ich selbst begann, allabendlich Gebete an sie zu richten, wenn wir uns hungrig und mit frierenden Gliedern zur Ruhe begaben, im Herzen den heimlichen Gedanken hegend, sie sei die Gebieterin dieses Landes, während bei uns zu Hause Jesus Christus auf dem Throne saß. Nichts anderes blieb mehr übrig, als sich den höheren Mächten zu überlassen.

An jenem Tag, da der König den garstigen Anfall von Podagra erlitt, hatten wir auf dem Gut des Pan Hajdamowicz Rast gemacht, des Kämmerers von Łuck. Das Gutshaus, aus Holz errichtet, stand auf einer Landzunge inmitten der Sümpfe. Ringsum duckten sich Chaluppen, in denen Holzknechte hausten, einige Bauern und die Bediensteten. Der König verzichtete auf das Nachtmahl, begab sich sogleich zur Ruhe, doch konnte er nicht schlafen, so musste ich Morpheus mit meinen Mixturen locken.

Der Morgen war leidlich heiter, und einige Gardisten schlugen sich ins Dickicht, die Zeit bis zum Aufbruch mit einem Jagdvergnügen sich zu vertreiben. Wir dachten, sie kämen vielleicht mit einem zarten Rehbraten zurück oder einigen Fasanen – doch welch wunderliche Beute brachten sie aus dem Wald! Sprachlos standen wir da, und der verschlafen blinzelnde König war mit einem Schlage hellwach.

Zwei Kinder, schmächtig und mager, kaum war als Lumpen zu bezeichnen, was sie am Leibe trugen, jämmerliche Fetzen eines grob gewirkten Stoffes, zerschlissen und von Schlamm besudelt. Ihre Haare ließen mich sogleich aufmerken – zu dicken Strähnen hatten sie sich verfilzt. Prachtexemplare einer *plica polonica*! Wie erlegte Rehe waren die beiden gebunden und an die Sättel geschnürt. Ich fürchtete, es könnte ihnen ein Leid geschehen, die feinen Knöchelchen wollten womöglich brechen. Sie hätten die Kinder binden müssen, erklärten die Gardisten, wie Wilde hätten die Kleinen gebissen und getreten.

Als Seine Königliche Hoheit sein Morgenbrot beendet hatte und einen Kräuteraufguss zu sich nehmen sollte, von dem ich eine Besserung seiner Stimmung erhoffte, begab ich mich zu den Kindern, und während ich verfügte, dass ihnen als Erstes die Gesichter gewaschen würden, betrachtete ich sie aus der Nähe, wobei ich freilich darauf bedacht war, dass sie mich nicht bissen. Ihrem Wuchs nach zu urteilen, hätte man annehmen wollen, dass sie vier oder sechs Jahre alt wären, an ihren Zähnen aber ließ sich erkennen, dass sie älter sein mussten. Das Mädchen war größer und kräftiger, der Junge wirkte elend und ausgemergelt, wenngleich lebhaft und munter.

Meine größte Aufmerksamkeit erregte ihre Haut. Sie hatte eine wunderliche Färbung, der ich nie zuvor begegnet war – man mochte an junge Zuckererbsen denken oder an italienische Oliven. Die Haare, die ihnen weichselzopfig verfilzt ins Gesicht hingen, waren flachshell, doch überzog sie ein grüner Belag, wie Moos einen Stein überzieht. Der junge Ryczywolski sagte, diese grünen Kinder – wie wir sie alsogleich nannten – seien sicher

Waisen des Krieges, und die Natur habe sie im Wald genährt, derlei Geschichten seien ja bekannt, dächten wir nur an Romulus und Remus. Unermesslich ist das Feld, auf dem die Natur ihre Kräfte wirken lässt, wie winzig dagegen das Gärtchen, in dem die Menschen tätig sind!

Als wir durch die weite Ebene von Mohilew her geritten waren, wo am Horizont noch in Brand gesetzte Dörfer rauchten, deren Überreste bald vom Wald verschlungen sein würden, hatte mich der König gefragt, was dies nun eigentlich sei: Natur. Meiner Überzeugung gemäß erwiderte ich, die Natur sei alles, was uns umgebe, ausgenommen wir selbst und die vom Menschen gefertigten Dinge. Da blinzelte der König, als müsste er meine Worte einer Prüfung des eigenen Augenscheins unterziehen. Was er dort sah – ich weiß es nicht, jedenfalls entgegnete er:

»Das ist ein großes Nichts.«

So stellt sich wohl die Welt dem Blick der Menschen dar, die an Höfen aufgewachsen sind. Einem Blick, der gewöhnt ist an die Schnörkel venezianischer Webarbeiten, das gewundene Geflecht türkischer Kelims, gewöhnt an Bilder, die sich aus Wandfliesen fügen, an raffinierte Mosaiken. Fällt dieser Blick in die Verschlingungen der Natur, vermag er dort nur ein Chaos zu sehen, jenes große Nichts.

Nach jeder Brandverheerung nimmt sich die Natur zurück, was der Mensch von ihr genommen hat, und sie berührt auch die Menschen selbst, versucht, sie in einen natürlichen Zustand zurückzuversetzen. Schaute man indes auf diese Kinder, mochte man zweifeln, ob noch ein Paradies in der Natur bestehe oder ob in ihr nicht eher die Hölle sei, derart elendig waren sie und herabgekommen. Seine Hoheit interessierte sich lebhaft für die beiden – auf einem Gepäckwagen sollten sie mit uns nach Lemberg fahren, wo der König sie eingehend untersuchen lassen wollte, doch kam dann alles gänzlich anders. Die peinvolle Zehe des Königs schwoll derart an, dass auf diesen Fuß kein Stiefel mehr zu ziehen war. Die Schmerzen, die ihn plagten, waren fürchterlich – ich sah, wie ihm der Schweiß aus allen Poren trat. Und kalte Schauer überliefen mich, als ich hörte, wie der Herrscher dieses mächtigen Reiches zu wimmern und zu heulen begann. An einen Aufbruch war nicht zu denken. Ich bereitete ein Lager am Kachelofen, brachte Wickel, hieß alle die Stube verlassen, die nicht Zeugen werden mussten dieses Leidens Seiner Majestät. Als die armen Waldkinder hinausgebracht werden sollten, gebunden wie Lämmer, riss sich das Mädchen, mit welch wunderlicher Fertigkeit auch immer, aus den Fesseln los, warf sich dem König vor die gepeinigten Füße und begann, die gequälte Zehe mit seinem filzigen Haar zu streicheln. Mit einer Handbewegung gab der Herrscher zu verstehen, man möge sie gewähren lassen. Nach einer Weile sagte er bass erstaunt, die Schmerzen seien gelindert. Und er ordnete an, den Kindern tüchtig zu essen zu geben und sie endlich zu kleiden wie Menschen, was denn auch geschah.

Als wir unser Gepäck verstauten und ich in unschuldiger Absicht die Hand nach dem Jungen ausstreckte, um ihm über den Kopf zu streichen, wie man es bei Kindern in jedem Lande tut, biss er mich so heftig ins Handgelenk, dass das Blut aus den Spuren der Zähne trat. Da ich fürchtete, der Junge könnte aus dem Wald die Wolfswut mitgebracht haben, ging ich zu einem nahen Bach, um die Bisswunde zu waschen. Auf dem tückisch sumpfigen Untergrund des Ufers glitt ich aus und stürzte mit solcher Wucht gegen einen gezimmerten Steg, dass ein Stapel zersägter Stämme, die dort geschichtet lagen, in einem herniederbrach. Ein grausamer Schmerz in meinem Bein ließ mich aufheulen wie ein Tier. Eben noch begriff ich, dass es schlecht um mich stand. Dann verlor ich die Besinnung.

Als ich zu mir kam – der junge Ryczywolski klopfte mir auf die Wangen –, sah ich über mir die Decke der Stube im Gutshaus, im Halbkreis besorgte Gesichter, darunter das königliche Antlitz, und alle wirkten sie seltsam länglich und zitterten verschwommen. Kein Zweifel, ich fieberte. Wohl eine ganze Weile hatte ich so gelegen.

»Um Gottes willen, Davisson, was habt Ihr Euch angetan?«, sagte Seine Majestät und beugte sich über mich. Die sorgsam frisierten Locken seiner Reiseperücke streiften meine Brust, und mir war, als bereitete noch diese kaum merkliche Berührung meinem Körper Pein. Doch entging mir selbst in diesem Zustand nicht, dass sein Gesicht sich aufgeheitert hatte, es war nicht mehr schweißnass, und Seine Majestät stand in Stiefeln da.

»Wir müssen aufbrechen, Davisson«, sagte er bekümmert.

»Ohne mich?«, stöhnte ich entsetzt, und es schüttelte mich vor Schmerz und Angst. Sie wollten mich zurücklassen!

»Bald wird der beste Lemberger Medicus eintreffen …«

Ich schluchzte auf, mehr aus Verzweiflung denn des körperlichen Leidens wegen.

Mit Tränen in den Augen nahm ich Abschied von Seiner Majestät, und der Tross machte sich auf den Weg. Ohne mich! Der junge Ryczywolski blieb mir zur Gesellschaft, was mein Elend ein wenig linderte. So wurden wir der Obhut des Kämmerers Hajdamowicz überlassen, und wohl gleichfalls uns zum Troste ließen sie auch die grünen Kinder im Gutshaus zurück – vielleicht mit dem

Gedanken, dass ich ein wenig Ablenkung hätte, bis Hilfe käme.

Nicht genug, dass mein Bein, wie nun zu sehen, zweifach gebrochen war, auch hatte der zerschlagene Knochen an einer Stelle die Haut durchbohrt, und es bedurfte der größten Fertigkeit, ihn zu richten. Selbst konnte ich nichts bewirken, beim geringsten Versuch schon verlor ich erneut die Besinnung. Da half es auch nichts, dass mir Geschichten in den Sinn kamen von Menschen, die an sich selbst eine Amputation vorgenommen hatten.

Vor dem Aufbruch noch hatte der König einen Mann vorausgeschickt mit der Ordre, den besten Medicus von Lemberg auf den Weg zu bringen, doch wollte ich ihn kaum eher als in zwei Wochen erhoffen. Mein Bein aber musste so rasch als möglich gerichtet werden. Wenn bei diesem feuchten Klima die Wunde brandig würde, sähe ich den französischen Königshof nie mehr wieder. Wie oft hatte ich nicht geklagt über das Leben dort, nun schien er mir die wahre Mitte der Welt zu sein, ein verlorenes Paradies, das herrlichste Gefilde meiner Träume. Auch die Hügel Schottlands sähe ich wohl nie mehr wieder …

Einige Tage behalf ich mir mit den Schmerzensmitteln, die ich dem König gegen das Podagra verabreicht hatte. Dann endlich kam aus Lemberg ein Bote – allein. Eine Schar Tataren, die zahlreich ihr Unwesen trieben in dieser Gegend, hatte den Medicus erschlagen. Ein weiterer, so versicherte uns der Bote, habe sich schon auf den Weg gemacht. Außerdem brachte er uns Kunde vom Gelübde, das der König, glücklich in Lemberg angelangt, in der dortigen Kathedrale abgelegt habe, um die Rzeczpospolita der Obhut der Gottesmutter anzuempfehlen, auf dass sie das Land vor den Schweden und Moskowitern, vor

Chmielnicki und allen anderen bösen Mächten bewahre, die sich darauf stürzen wollten wie Wölfe auf ein lahmes Reh. Da ich wohl sah, dass der König der Kümmernisse übergenug hatte, freute es mich umso mehr, dass er dem Boten einen trefflichen Okowita mitgegeben hatte, einige Flaschen Rheinwein, Pelze und französische Seife – Letztere vor allem empfing ich mit größter Freude.

Die Welt, so denke ich, ist aus Kreisen aufgebaut, die sich um einen bestimmten Ort herum fügen. Und dieser Ort, der sogenannte Mittelpunkt der Welt, wandert mit der Zeit. Einst lag die Mitte in Griechenland, in Rom, in Jerusalem, heute ist sie zweifellos in Frankreich zu suchen, vielmehr – Paris ist diese Mitte. Mit einem Zirkel könnte man Kreise um die Mitte schlagen, und je näher man sich zu dieser Mitte befindet, desto wirklicher erscheint einem alles, desto leichter fassbar, und je weiter man sich entfernt, desto brüchiger scheint die Welt zu werden, gleich einem moderfeuchten Leinen, das zerfällt. Mehr noch – die Mitte liegt gleichsam erhöht, sodass von hier aus die Ideen, Moden und Erfindungen nach allen Seiten herabfließen. Als Erstes durchdringen sie die zunächst liegenden Kreise, dann die weiteren, wobei sie immer mehr von ihren Wirkungskräften einbüßen, bis schließlich nur noch ein Geringes in die am weitesten entfernten Bezirke gelangt.

Das begriff ich, als ich im Gutshaus des Kämmerers Hajdamowicz lag, verloren in den Sümpfen, weit, weit von der Mitte der Welt, womöglich im letzten der Kreise, einsam wie der verbannte Ovid in Tomi. Und in meinem Fieber wähnte ich mich als Verfasser eines großen Werkes von den Kreisen, gleich der *Divina Commedia* des Dante, doch nicht die Kreise des Jenseits wollte ich beschreiben, sondern jene der Welt, die Kreise Europens, und jeder einzelne ränge mit einer anderen Sünde, erführe eine andere Strafe. Es wäre dies eine wahrhaft große Komödie verborgener Ränkespiele, gebrochener Allianzen, eine Komödie, in der die Rollen im Laufe des Stückes nach und nach getauscht würden, und bis zum Ende bliebe unbekannt, welches *qui pro quo* sich wohl entwickeln wollte. Eine Erzählung vom Größenwahn der einen, von der Gleichgültigkeit und Eigenliebe der anderen, von Mut und Aufopferung der wenigen, die vielleicht doch zahlreicher sind, als es uns erscheinen will. Die Helden auf dieser Europen genannten Bühne verbände gewiss nicht die Religion, wie manche sich das zu wünschen pflegen – denn dass Letztere die Menschen vielmehr trennt, wird man schwerlich bestreiten können angesichts der Toten, die dem religiösen Eifer zum Opfer fielen, und sei es allein in den heutigen Kriegen. Nein, in dieser Komödie müsste etwas anderes die Helden vereinen, denn das Finale sollte ein glückliches sein – das Vertrauen in den gesunden Menschenverstand und die Kraft der Vernunft im großen Werke Gottes. Der Allmächtige gab uns die Sinne, gab uns die Fähigkeit zu denken, damit wir die Welt erforschen und unser Wissen mehren. Dort ist Europen, wo die Vernunft waltet.

Derlei Gedanken gingen mir in den helleren Augenblicken durch den Kopf. Den weitesten Teil der kommenden Tage jedoch verdämmerte ich im Fieber, und da der Medicus aus Lemberg immer noch nicht eintreffen wollte, schickten die Hajdamowiczs mit Erlaubnis Ryczywolskis, der für meine Pflege die Verantwortung übernommen hatte, nach einer Frau in die Sümpfe.

Mit einem stummen Gehilfen fand sie sich ein, und nachdem sie mir eine Flasche Okowita eingeflößt hatte, richtete sie mir den zerschlagenen Knochen. Mein junger

Gefährte erzählte es mir; ich selbst hatte keine Erinnerung daran.

Es ging bereits auf Ostern zu. Ein Priester kam nach Hajdamowicze und feierte in der Kapelle des Gutshauses die Ostermesse, bei welcher Gelegenheit den grünen Kindern das Sakrament der Taufe erteilt wurde. Mit freudiger Erregung berichtete Ryczywolski davon – im Gutshaus heiße es schließlich, ein Fluch, den die beiden Wesen mir angehängt hätten, sei die Ursache meines Unglücks gewesen. Solchem Unfug schenkte ich keinen Glauben, und ich untersagte, dass weiter davon gesprochen werde.

Eines Abends brachte Ryczywolski das Mädchen zu mir. Sie war nun gewaschen und sauber gekleidet, auch wirkte sie völlig ruhig. Mit meinem Einverständnis hieß Ryczywolski sie mit einer ihrer verfilzten Haarsträhnen über mein Bein streichen, wie sie es zuvor beim König getan hatte. Ein Zischen entfuhr mir, selbst diese Berührung bereitete mir Schmerzen, ich litt es, bis sie schwächer wurden und die Schwellung sich wahrhaftig zurückzubilden begann. So tat es das Mädchen noch drei Mal.

Als wenige Tage darauf der Frühling Einzug hielt mit mildem Wetter, versuchte ich aufzustehen. Die Krücken, die man mir zurechtgehobelt hatte, waren gut zu gebrauchen, ich gelangte bis zum Windfang, und hungrig nach Licht und Luft, verbrachte ich dort den Nachmittag, betrachtete das Getriebe in der armseligen Wirtschaft des Kämmerers.

Das Gutshaus war zwar recht groß und durchaus stattlich eingerichtet, Ställe und Scheunen aber schienen aus einem anderen Kreis der Zivilisation zu stammen. Betrübt begriff ich, dass ich nun für längere Zeit hier festsitzen würde, und um diese Verbannung zu überstehen, musste ich mir eine Beschäftigung suchen, sonst würde ich in Melancholie versinken und alle Hoffnung verlieren, dass der gütige Herrgott mir die Rückkehr nach Frankreich ermöglichen wollte.

Ryczywolski führte mir die wilden Kinder zu, die die Hajdamowiczs aufgenommen hatten, ohne zu wissen, was mit ihnen anzufangen sei in dieser Einöde, noch dazu in Kriegszeiten, auch stand ja zu erwarten, dass Seine Majestät den königlichen Anspruch in Erinnerung bringen würde. Die Kinder waren im Parterre des Nebenhauses eingesperrt, in dem ein Sammelsurium an Unnötigem und Nötigem gestapelt lag. Die Wände waren aus groben Brettern gezimmert, die beiden lugten durch die Ritzen, verfolgten mit wachen Augen die Hausbewohner. Ihre Notdurft verrichteten sie draußen; in einiger Entfernung vom Gutshaus gingen sie einfach in die Hocke. Auch kannten sie weder Bett noch Waschschüssel. Sie aßen mit den Fingern, schlangen gierig das Essen, alles Fleisch aber verschmähten sie, spuckten es aus. Ergriff sie ein Schrecken, warfen sie sich zu Boden, krochen auf allen vieren, versuchten zu beißen. Wurden sie gerügt, kauerten sie sich zusammen, erstarrten für eine längere Weile. Untereinander verständigten sie sich mit rauen Lauten. Und wann immer die Sonne sich zeigte, warfen sie ihre Kleider von sich, stellten sich in die lichte Wärme.

Die Kinder, so dachte sich Ryczywolski, könnten mir Kurzweil und Beschäftigung bieten. Als Gelehrter wollte ich mich ihnen doch sicher widmen, sie untersuchen und beschreiben, so fände ich Ablenkung von den Gedanken an mein Bein.

Mir war, als empfänden die beiden wunderlichen Wesen so etwas wie Reue, wenn sie die letzten Spuren des Bisses an meiner Hand sahen, mein Bein in den hölzernen Schienen. Mit der Zeit fasste das Mädchen Zutrauen, duldete es, dass ich sie näher untersuchte.

Wir saßen in der Sonne, an der warmen Bretterwand des Nebenhauses. Die Natur lebte auf, der allgegenwärtige Geruch von sumpfiger Feuchte ließ nach. Sanft drehte ich das Gesicht des Mädchens zum Licht, nahm ein paar Strähnen des Filzhaars in die Hand. Sie schienen von Wärme durchdrungen, wie aus Wolle gedreht. Ich roch an dem Haar – ein Duft, der an Moos erinnerte, und es sah aus, als wäre die Strähne von Flechtenfasern durchzogen. Aus der Nähe erkannte man, dass die Haut des Mädchens von unzähligen dunkelgrünen Tupfen bedeckt war – ich hatte sie zuvor für Schmutz gehalten.

Sollte das Mädchen wahrhaftig etwas von einer Pflanze haben? Ryczywolski und ich vermuteten, dass sie sich deshalb ihrer Kleider entledigte und der Sonne aussetzte, weil sie deren Licht benötigte, das sie als Nahrung durch die Haut aufnahm. So musste sie nicht mehr viel essen, es genügten ihr ein paar Krumen Brot. Im Übrigen hieß sie im Gutshaus bereits Ośródka – ein wohlklingender Name, den auszusprechen mir einige Mühe bereitete. Das Wort *ośródka* bezeichnet das Innere des Brotes, ebenso einen Menschen, der nur das Innere aus einer Scheibe isst und die Rinde übrig lässt.

Ryczywolski, der immer größere Begeisterung für die grünen Kinder entwickelte, erzählte mir, er habe das Mädchen singen hören. Dies habe zwar, wie aus seinen weiteren Worten hervorging, eher an ein Schnurren erinnert, doch durfte es als Zeichen gelten, dass die beiden voll entwickelte Kehlen besaßen; dass sie nicht sprechen konnten, musste seine eigenen Gründe haben. Auch fand ich ihren Körperbau in nichts verschieden von dem anderer Kinder.

»Haben wir womöglich zwei polnische Elfen gefangen?«, scherzte ich einmal, worauf der junge Ryczywolski schnaubte, ich nähme ihn wohl für einen Wilden, an solche Märchen glaube er nicht.

Die Hausbewohner hatten verschiedene Ansichten, wie mit der *plica polonica* zu verfahren sei. Und diese Exemplare waren auch noch grün! Weitverbreitet war die Auffassung, ein Weichselzopf künde von einer inneren Krankheit, die von den verfilzten Haaren nach draußen gezogen werde. Schneide man ihn ab, kehre die Krankheit in den Körper zurück und töte den Menschen. Andere wiederum – so auch der Kämmerer Hajdamowicz, der sich für einen aufgeklärten Kopf hielt – waren der Ansicht, dass der Weichselzopf unbedingt abgeschnitten gehöre, sei er doch eine Brutstätte für Läuse und alles mögliche andere Ungeziefer.

Der Kämmerer ließ eine Schere bringen, wie sie für die Schafschur verwendet wird, damit die Kinder befreit würden von ihren Zotteln. Der Junge versteckte sich in heller Angst hinter seiner Schwester (ich wollte annehmen, dass das Mädchen seine Schwester war), sie aber gab sich mutig, ja geradezu kühn. Sie trat nach vorne, starrte den Kämmerer an mit einem harten Blick, den sie nicht abwandte, ehe er die Augen senkte. Dabei entrang sich ihrer Kehle ein Knurren wie von einem wilden Tier, und gleich Lefzen zogen sich die Lippen auseinander, dass die Zähne sichtbar wurden. In ihrem Blick lag etwas, das unvereinbar war mit uns, als wüsste sie nichts von unserer Ordnung, unseren Regeln, sie schaute auf uns, wie Tiere es tun – fast als sähe sie durch uns hindurch. Zum anderen war in ihrem Auftreten eine große Selbstsicherheit zu spüren, eine unerwartete Reife, und einen Atemzug lang sah ich kein Kind dort stehen, sondern eine zwergenhafte

Alte. Uns alle überlief ein Schauder, und der Kämmerer verfügte, dass die Weichselzöpfe nicht abgeschnitten würden.

Bald nach der Taufe in der Holzkirche, die an ein Hühnerhaus denken ließ, geschah es, dass der Junge des Nachts erkrankte und zum großen Entsetzen aller jäh verstarb. Die Dienerschaft nahm es als Zeichen seiner teuflischen Natur, denn wen, wenn nicht den Leibhaftigen, vermochte das Weihwasser zu töten? Dass es nicht sogleich geschehen war? Nun, das Böse hatte noch eine Weile gerungen ... *Summa summarum*, höhere Mächte waren hier im Spiel. Daran bestand kein Zweifel.

An ebenjenem Tag begann der Sumpf in seltsamen Klängen zu sprechen. Waren es Vögel, waren es Frösche – ein wunderlicher Trauergesang ertönte. Der kleine Leib des Kindes wurde gewaschen, angekleidet und auf die Bahre gebettet. Ringsum entzündete die Dienerschaft Totenkerzen. Bei diesen Verrichtungen durfte ich, in meiner Rolle als Medicus, den Körper noch einmal untersuchen. Das Herz schnürte sich mir zusammen beim Anblick des armen Würmchens. Erst jetzt, als ich den Kleinen so nackt daliegen sah, erblickte ich das Kind und nicht das Kuriosum, und ich dachte mir, er müsste, wie jedes Lebewesen, Mutter und Vater haben. Wo sie jetzt wohl waren? Ob sie Sehnsucht hatten nach dem Kleinen? Sich Sorgen machten?

Nachdem ich diese Affekte, die einem Gelehrten der Heilkunst nicht gut zu Gesichte standen, wieder im Zaum halten konnte, befand ich nach eingehender Untersuchung, dass die verfrühten Bäder im kalten Bach den Tod herbeigeführt hätten. Auch stellte ich fest, dass außer der Färbung der Haut nichts Außergewöhnliches an dem Jungen war. Diese Färbung wiederum schrieb ich dem langen

Aufenthalt im Walde zu, inmitten der Kräfte der Natur. Offensichtlich hatte sich die Haut an die Umgebung angepasst, so wie die Flügel mancher Vögel der Baumrinde ähnlich werden und die Heupferdchen die Tönung des Grases aufweisen. Die Natur ist reich an solchen Entsprechungen. Auch waltet in ihr der Grundsatz, dass es gegen jedes Leiden ein natürliches Remedium gibt. Davon schrieb bereits der Meister, der mir ein Vorbild ist – der große Paracelsus. Nun sagte ich dasselbe zu Ryczywolski.

In der ersten Nacht nach dem Tode des Jungen verschwand der Leichnam. Den Frauen, die an seiner Bahre die Wacht gehalten hatten, war der Weihrauch zu Kopfe gestiegen, um Mitternacht hatten sie sich zu Bett begeben, und als sie sich im ersten Licht wieder erhoben, war von dem Leichnam keine Spur mehr. Wir wurden geweckt, im ganzen Gutshaus zündete man sämtliche Lichter an, ein Grauen griff um sich, befiel alle Hausbewohner. Sogleich ging unter der Dienerschaft um, das grüne Teufelchen habe, mit magischen Kräften im Bunde, den eigenen Tod nur vorgetäuscht, um dann, als niemand mehr bei der Bahre gewesen, ins Leben zurückzukehren und flugs zu den Seinen in den Wald zu laufen. Nun fehlte nur noch, dass jemand hinzugab, das Teufelchen wolle sich womöglich rächen für die Gefangenschaft – und man verriegelte zur Nacht jede Tür.

Große Unruhe machte sich breit, als hätten wir einen Überfall der Tataren zu gewärtigen. Ośródka sperrten wir besonders sorgsam im Nebenhaus ein. Sie wirkte seltsam ungerührt; schmutzig war sie, ihre Kleidung zerrissen, was einen gewissen Verdacht auf sie warf.

Zusammen mit dem jungen Ryczywolski suchte ich nach Spuren. In der Stube waren nur einige Striemen auf den Dielen zu sehen, als wäre hier ein Körper geschleift worden, draußen wiederum hatte der allgemeine Aufruhr alle Abdrücke verwischt, alles war zertreten, nichts, was hätte Aufschluss geben können, ließ sich mehr erkennen. Das Begräbnis wurde abgesagt, man räumte die Bahre beiseite, verstaute die Totenkerzen in einem Kuffer, wo sie die nächste Gelegenheit erwarten sollten. Wenn sie nur so bald nicht käme! Einige Tage lang lebten wir wie in einem Zustand der Belagerung, doch nicht der Türken oder Moskowiter wegen packte uns die Angst – diese Furcht war von der seltsamsten Art, von laubgrüner Tönung, durchzogen vom Faulgeruch des Schlamms, den algigen Strängen der Wasserpflanzen. Eine klebrige Furcht, jenseits aller Worte, die uns die Gedanken verwirrte und sie in die wuchernden Farnfelder trieb, in die glucksenden, bodenlosen Sümpfe. Die Insekten schienen uns zu belauern, geheimnisvolle Laute aus dem Dickicht nahmen wir für Rufe und Klagegetön. Herrschaft wie Dienerschaft versammelten sich in der großen Stube, aßen ohne rechten Appetit ein bescheidenes Abendbrot, tranken Okowita, doch nicht, um die Laune zu heben, sondern aus Sorge und Furcht.

Mit immer größerer Macht drang der Frühling aus den Wäldern, breitete sich über die Sümpfe aus, dass bald alles von Blumen übersät war, die auf dicken Stängeln wuchsen, von Wasserlilien in nie gesehenen Farben und Formen, von großblättrigen Schwimmpflanzen, deren Bezeichnung ich nicht kannte, was mich als Botaniker mit einiger Scham erfüllte. Der junge Ryczywolski tat, was er konnte, um mir Ablenkung zu verschaffen, doch was wollte man unter diesen Umständen schon ersinnen? Wir hatten keine Bücher, und der Vorrat an Papier und Tinte gestattete mir kaum, ein paar Pflanzen zu zeichnen. Immer öfter wanderte mein Blick zu dem Mädchen, Ośródka. Nun, da sie allein war, suchte sie unsere Nähe. Ganz besonders band sie sich an Ryczywolski, sie folgte ihm überallhin, und ich wähnte schon, ich hätte womöglich ihr Alter falsch eingeschätzt. Ich suchte nach ersten Zeichen der Weiblichkeit, doch ihr magerer Körper war der eines Kindes, er zeigte keine Rundungen.

Die Hajdamowiczs hatten ihr hübsche Kleidung und schöne Schuhe gegeben, sie aber zog alles aus, wenn sie nach draußen ging, legte die Garderobe sorgsam bei der Hauswand zusammen.

Bald versuchten wir, Ośródka Sprechen und Schreiben beizubringen. Ich zeichnete Tiere für sie, in der Hoffnung, sie gebe einen Laut von sich. Sie schaute wohl aufmerksam auf die Bilder, doch schien mir, ihr Blick glitte über das Papier, ohne den Inhalt der Zeichnung zu berühren. Als sie selbst die Kohle in die Hand nahm, konnte sie einen Kreis zeichnen, wurde es jedoch bald überdrüssig.

An dieser Stelle muss ich ein paar Worte über den jungen Ryczywolski verlieren. Feliks war sein Name, und er benannte ihn gut, denn gleich unter welchen Gegebenheiten blieb er ein glücklicher Mensch, stets heiterer Laune, voll guten Willens, was immer ihm widerfahren mochte. Und widerfahren war ihm, dass die Moskowiter seine ganze Familie hingemetzelt hatten. Seinem Vater schlitzten sie den Bauch auf, an den Schwestern und der Mutter vergingen sie sich auf das Grausamste. Wie er sich sein heiteres Gemüt bewahren konnte, war mir unbegreiflich. Nie sah ich ihn eine Träne vergießen, nie sah ich ihn in Melancholien. Vieles schon hatte er von mir gelernt, die Bemühungen Seiner Majestät, ihn zu einem guten Lehrer zu geben – wenn es gestattet sei, in solchen Worten von sich selbst zu sprechen –, waren nicht umsonst gewesen.

Ja, es hätte dieser blondhaarige Mensch mit seinen blauen Augen, seiner zierlichen Statur und seiner Behändigkeit den Weg zu einer großen Karriere einschlagen können, hätten nicht jene Ereignisse ihren Lauf genommen, die ich hier beschreiben möchte. Denn auch Ryczywolski interessierte sich für das Phänomen der *plica polonica*, was hier, auf dem Gut Hajdamowicze in eins fiel mit Ośródka.

Zur Zeit der glühenden Julihitze erfuhren wir aus Briefen, dass Warschau befreit war aus den Händen der Schweden, und ich wollte schon glauben, nun kehre alles zu seiner alten Ordnung zurück, und ich würde bald so weit genesen sein, dass ich mich wieder zum König begeben und sein Podagra kurieren könne. Einstweilen nahm sich ein anderer Medicus der Leiden Seiner Majestät an, was mich mit Unruhe erfüllte. Die Mercurius-Kur, die ich dem König zugedacht hatte, war in Polen noch kaum bekannt. Auch fehlte es der hiesigen Heilkunst an präziser Methodik, die Doctores hatten keine Kenntnis von den neuesten Entdeckungen der Anatomie und Arzneikunde, sie hielten sich an alte Überlieferungen, die dem Volksglauben näher waren als den Resultaten gründlicher Forschung. Doch wäre ich unredlich, wollte ich meine Überzeugung verhehlen, dass auch am Hofe König Ludwigs kaum ein Medicus sich fände, der nicht de facto ein Scharlatan wäre und auf Erkenntnisse sich beriefe, die er sich aus den Fingern sog.

Unglücklicherweise wuchs mein Bein nicht richtig zusammen, ich konnte noch immer nicht darauf stehen. Weiterhin kam die Frau aus den Sümpfen zu mir, die Flüsterin, wie sie genannt wurde, und rieb mir die erschlafften Muskeln mit einer braunen, stinkenden Flüssigkeit ein. Bald erreichte uns dann die traurige Nachricht, dass die Schweden Warschau erneut erobert hätten und erbarmungslos hausten in der Stadt. So sann ich ein weiteres Mal über mein Schicksal, das es so schlecht nicht mit mir meinte, wenn ich in diesen Sümpfen genesen sollte, und dass Gott ebendiesen Lauf der Dinge für mich ausersehen hatte, um mich zu bewahren vor der Gewalt des Krieges, dem Toben und Wüten der Menschen.

Um die zwei Wochen nach dem Christophstag, der in dieser Gegend besonders feierlich begangen wird – was nicht verwundern darf, trug der Heilige doch den kleinen Jesusknaben wohlbehalten durchs Wasser an Land –, hörten wir zum ersten Mal Ośródkas Stimme. Die ersten Worte richtete sie an Ryczywolski, und als er sie fragte, erstaunt genug, warum sie bisher nicht gesprochen habe, erwiderte sie, niemand habe sie etwas gefragt. Was auch der Wahrheit entsprach, hatten wir doch angenommen, sie sei der Zunge nicht mächtig.

Wie sehr bedauerte ich meine spärlichen Kenntnisse des Polnischen, denn so vieles hätte ich sie fragen wollen, doch auch Ryczywolski hatte Mühe, sie zu verstehen, sie sprach in einem ruthenischen Volksdialekt. Einzelne Wörter waren es oder kurze Sätze, und sie heftete ihren Blick auf uns, als wollte sie die Wirkung des Gesagten prüfen oder als forderte sie von uns eine Bestätigung. Ihre Stimme passte nicht zu ihr – tief war sie, männlich fast, ganz gewiss nicht die Stimme eines jungen Mädchens. Benannte sie, wobei sie mit dem Finger deutete, die Erscheinungen der Welt – Baum, Himmel, Wasser –, ergriff mich ein tiefes Unbehagen, es klang, als flössen diese schlichten Bezeichnungen aus dem Jenseits zu uns her.

Der Sommer stand im Zenit, die Sümpfe trockneten ab, doch niemand wollte sich so recht darüber freuen, denn damit wurden sie wegsam, und das Gut Hajdamowicze war ständigen Überfällen ausgesetzt. Vom immer noch tobenden Krieg jeglicher sittlichen Hemmungen entledigt, trieben alle möglichen Schurkenbanden ihr Unwesen. In solchen Zeiten weiß niemand mehr, wer mit wem sich verbündet hat, wer auf wessen Seite steht. Einmal überfielen uns Moskowiter. Hajdamowicz musste mit ihnen um ein Lösegeld verhandeln, dass sie uns verschonten. Ein anderes Mal wehrten wir einen Angriff marodierender Soldaten ab. Der junge Ryczywolski griff zur Waffe und schoss einige von ihnen nieder, was ihm als große Heldentat angerechnet wurde.

In jedem Ankömmling erhoffte ich, einen königlichen Gesandten zu sehen, damit Seine Majestät mich endlich zu sich riefe, doch nichts dergleichen geschah. Es war Krieg, der König folgte tapfer seinen Truppen, und seinen Medicus aus der Fremde hatte er gewiss schon vergessen. Ich verlor mich in Phantasien, dass ich mich auch ohne Ordre des Königs auf den Weg machen würde, doch was sollten mir derlei Hirngespinste, wenn ich nicht einmal imstande war, ein Pferd zu besteigen. In trübseliges Grübeln versunken, saß ich auf meiner Bank und sah, wie sich mit jedem Tag eine größere Schar um Ośródka versammelte – die jungen Dienstmädchen des Gutshauses, die Bauernkinder, manchmal auch der junge Herr und die jungen Fräulein, alle hörten ihrem Reden zu.

»Was sind das für Zusammenkünfte? Wovon wird da gesprochen?«, fragte ich Ryczywolski, der anfangs en passant ein wenig zugehört hatte, bis er sich schließlich mit in die Runde setzte. Später erzählte er mir alles – abends, wenn ich mich zu Bett begab und er mir assistierte, mit seinen zierlichen Händen die stinkende Salbe der Flüsterin auf meine heilenden Wunden strich, welch selbiges Medikament sich im Übrigen als äußerst wirksam erwies.

»Tief im Wald, weit hinter den Sümpfen, so erzählt sie, liegt ein Land, in dem der Mond mit derselben Helligkeit scheint wie die Sonne, die dort weniger leuchtend ist als bei uns.«

Seine Finger glitten über meine ausgelaugte Haut, massierten meinen Schenkel, damit das Blut leichter durch die Adern flösse.

»In diesem Land leben die Menschen auf den Bäumen und schlafen in Höhlen in den Stämmen. Während der Mondtage klettern sie bis hoch in die Wipfel und setzen ihre nackten Körper dem Mondlicht aus, wovon sie eine grüne Färbung annehmen. Diesem Licht ist es zu verdanken, dass sie so wenig essen müssen. Es genügen ihnen die Beeren des Waldes, Pilze und Nüsse. Und da man dort keine Äcker bebauen und keine Behausungen errichten muss, ist ihnen alle Tätigkeit Vergnügen. Sie kennen weder Herrscher noch Herren, es gibt weder Bauern noch Priester. Gilt es etwas zu tun, versammeln sie sich auf einem Baum und beraten, um dann zu handeln, wie sie beschlossen haben. Ist jemand nicht einverstanden mit einer Entscheidung, lassen sie ihn in Frieden gehen, bedrängen ihn nicht; er wird ohnehin zurückkommen. Haben zwei aneinander Gefallen gefunden, bleiben sie eine Weile zusammen. Kühlen die Gefühle des einen ab, geht er zu jemand anderem. So kommen die Kinder auf die Welt. Dem Kind wiederum sind alle die Eltern, und alle sorgen gerne für jedes Kind. Manchmal, wenn sie auf den allerhöchsten Baum klettern, ahnen sie in weiter Ferne unsere Welt, sehen den Rauch der verheerten Dörfer, riechen den Brandgeruch verkohlter Leichen. Dann huschen sie rasch unter das Laubdach zurück, sie wollen sich nicht die Augen besudeln mit solchen Bildern, nicht die Nase verderben mit solchen Gerüchen. Die grelle Erscheinung unserer Welt ist ihnen zuwider, sie stößt sie ab. Wie ein Trugbild erscheint sie ihnen, sind doch weder Tataren noch Moskowiter je zu ihnen vorgedrungen. Uns sehen sie als unwirklich an, gleich einem bösen Traum.«

Einmal fragte Ryczywolski Ośródka, ob sie an Gott glaube.

»Was ist das, Gott?«, gab sie zur Antwort.

Seltsam wollte das allen erscheinen, und es hatte zugleich etwas Verlockendes – ein Leben ohne das Bewusstsein der Existenz Gottes. Könnte es nicht leichter sein? Wir müssten uns diese quälenden Fragen nicht stellen. Warum lässt Gott in der von ihm erschaffenen Welt so großes Leiden zu, wenn er doch ein liebender Gott ist, gütig und allmächtig?

Einmal ließ ich sie fragen, wie das grüne Völkchen den Winter verbringe. Am selben Abend noch brachte Ryczywolski die Antwort, und während er meinen armen Schenkel knetete, erzählte er mir, dass sie vom Winter gar nichts wüssten. Wenn die erste Kälte kommt, versammeln sie sich in der größten Höhle eines mächtigen Baumes, schmiegen sich eng aneinander wie Mäuse und fallen in Schlaf. Bald überzieht sie eine dicke Moosschicht, die sie gegen die Fröste schützt, und große Pilze wachsen am Einschlupf der Baumhöhle, sodass sie von außen nicht zu sehen sind. Sie träumen gemeinsam, das heißt, sie »sehen« die Träume anderer. So kennen sie keine Langeweile. Über Winter werden sie sehr mager, und wenn der erste warme Frühlingsmond scheint, klimmen alle in die Baumwipfel und lassen ihre bleichen Leiber von seinen Strahlen berühren, bis sie wieder ihre gesunde grüne Farbe angenommen haben. Auf ihre Art wissen sie sich auch mit den

Tieren zu verständigen, und da sie kein Fleisch essen und nicht jagen, sind ihnen die Tiere freundlich gesinnt, helfen ihnen bei diesem und jenem. Ja, die Tiere erzählen ihnen angeblich ihre Geschichten, weshalb die grünen Menschen klüger sind und besser bewandert in den Dingen der Natur.

Dies alles nahm ich für Volksfabeln, und ich dachte bei mir, ob nicht am Ende Ryczywolski alles erfunden hätte. Deshalb näherte ich mich eines Tages mithilfe eines Dieners der Runde, um Ośródka zu belauschen. Zu meinem Erstaunen sprach sie ebenso flüssig wie sicher, und alle hörten ihr in aufmerksamem Schweigen zu. Was nun Ryczywolski womöglich an Eigenem hinzugegeben hatte, vermochte ich nicht zu sagen.

Einmal bat ich ihn, sie nach dem Tod zu fragen. Er brachte mir folgende Antwort:

»Sie sehen sich als Früchte an. Der Mensch ist eine Frucht, und die Tiere fressen sie. Deshalb binden sie ihre Toten an die Äste eines Baumes und warten, bis die Vögel und die Tiere des Waldes sie gefressen haben.«

Mitte August, als die Sümpfe noch weiter abgetrocknet waren, traf endlich der so lange ersehnte Gesandte des Königs in Hajdamowicze ein. Er kam mit einer Kutsche, eskortiert von einigen bewaffneten Männern. Briefe und Geschenke brachte er, neue Kleidung, manch treffliche Flasche. So gerührt war ich von der Großzügigkeit des Königs, dass ich die Tränen nicht zurückhalten konnte. Meine Freude war unermesslich – in wenigen Tagen sollten wir zurückkehren in die Welt! Hinkend und hüpfend in meinem Überschwang bedachte ich Ryczywolski wieder und wieder mit Küssen. Ich hatte genug von diesem Gutshaus, das so verloren in den morastigen Wäldern stand, genug von dem fauligen Laubgewirr, von all den Mücken, Spinnen, Käfern, all dem wimmelnden Gewürm, genug von den Fröschen, der ewigen Feuchte, dem Brodem des Schlamms, dem betäubenden Dunst der wuchernden Vegetation. Genug! Mich widerte das alles an. Mein kleines Werk über die *plica polonica* hatte ich verfasst, im besten Bemühen um Glaubwürdigkeit. Auch einige der hiesigen Pflanzen hatte ich beschrieben. Was also sollte ich noch hier?

Ryczywolski hingegen teilte meine Freude über den baldigen Aufbruch nicht. Unruhig war er, verschwand immer wieder, und an den Abenden sagte er mir, er gehe zur Linde, um zu reden und eigene Untersuchungen anzustellen. Ich hätte mir mein Teil dazu denken können, doch war ich zu überwältigt von der Aussicht auf die bevorstehende Abreise, um weitere Gedanken daran zu verschwenden.

Der Vollmond fiel in die ersten Septembertage, und bei jedem Vollmond schlafe ich schlecht. So groß und leuchtend stieg er über den Wäldern und Sümpfen empor, dass man ein Schaudern empfinden wollte. Den ganzen Tag über war ich beschäftigt gewesen, hatte meine Herbarien für die Reise verpackt, rechtschaffen müde war ich, doch fand ich keinen Schlaf, wälzte mich hin und her. Mir schien, als hörte ich ein Flüstern im Haus, das Tapsen kleiner Füße, ein Schlurren und Schleifen, das Knarren einer Türangel. Ich hielt es für Nachtgespinste, doch sollte sich am Morgen zeigen, dass es keine Einbildung gewesen war. Alle Kinder und alle jungen Leute aus dem Gutshaus waren verschwunden, auch die Kinder des Kämmerers, vier Mädchen und ein Junge – vierunddreißig Seelen zusammen, die gesamte Jugend von Hajdamowicze. Nur die Säuglinge, die noch an der Brust lagen, waren verblieben.

Auch mein junger, hübscher Ryczywolski war verschwunden, den ich schon an meiner Seite am französischen Hofe wähnte.

Wie ein Gottesgericht war es über Hajdamowicze hereingebrochen. Die Wehklage der Frauen erhob sich in den Himmel. Rasch verwarf man den Gedanken, die Tataren könnten dahinterstecken. Sie verschleppten, wie jeder wusste, auch Kinder – doch viel zu leise war es vor sich gegangen. So wollte man schließlich annehmen, dunkle Mächte seien im Spiel gewesen, und die Männer wetzten und schliffen, was zur Hand war, Säbel, Sensen, Sicheln, und zogen, nachdem sie sich mehrfach bekreuzigt hatten, in geschlossenem Trupp um die Mittagszeit aus, die Verschwundenen zu suchen. Vergeblich – sie fanden nichts. Gegen Abend erst entdeckten einige Knechte die sterblichen Überreste eines Kindes, hoch in einem Baum. Ein schreckliches Geschrei erhob sich, denn alle erkannten an dem Totenhemd, dass es der Leichnam des Jungen war. Vielmehr – was die Vögel von ihm übrig gelassen hatten.

Alles junge Leben war aus Hajdamowicze entschwunden, die Zukunft war dahin.

Wie eine Mauer stand der Wald. Als wäre er das Heer des mächtigsten Königreichs auf Erden, dessen Herolde eben zum Abzug bliesen. Wohin? In den äußersten Weltenkreis inmitten der Grenzenlosigkeit, jenseits des flimmernden Laubs, jenseits der leuchtenden Tupfen, in die Gefilde der ewigen Schatten.

Drei Tage wollte ich noch warten. Dann schrieb ich eine Botschaft für Ryczywolski: »Solltest Du zurückkehren – wo immer ich dann weilen werde, komm!«

Am vierten Tag begriffen wir alle, dass wir die jungen Menschen nicht mehr sehen würden, in die Mondwelt waren sie entschwunden.

Als die königliche Kutsche sich auf den Weg machte, brach ich in Tränen aus, doch nicht meines Beines wegen, das mich noch immer plagte; was mich erschütterte, reichte tiefer. Und ich verließ den letzten Kreis der Welt, seine von Feuchtigkeit gedunsenen Randbezirke, seinen nirgends verzeichneten Schmerz, seine im Unsteten schwimmenden Horizonte, hinter denen sich das Große Nichts erstreckt. Und ich bewegte mich wieder auf das Zentrum zu, jene Sphäre, in der alles auf Zuruf seinen Sinn erhält, zu einem schlüssigen Ganzen sich fügt.

Hiermit halte ich also fest, was ich gesehen habe in jenem Grenzland der Ferne, notiere meine Erlebnisse, im lauteren Bestreben, nichts auszulassen, nichts hinzuzudichten, in der Hoffnung, dass der Leser mir zu begreifen helfe, was sich dort zugetragen hat und was ich selbst mit Mühe nur erfassen kann, prägen uns doch die Ränder der Welt für immer eine rätselhafte Ohnmacht auf.

Eingemachtes

Er richtete ihr ein würdiges Begräbnis aus. All ihre Freundinnen kamen, plumpe ältere Damen in Wollbaskenmützen und Wintermänteln, die den Geruch von Naphthalin verströmten, und aus den Nutria-Kragen ragten ihre Köpfe wie große, bleiche Geschwulste.

Taktvoll begannen sie zu schluchzen, als der Sarg an den regennassen Seilen in die Tiefe glitt, und dann bewegten sie sich, in eng gedrängten Grüppchen, unter den Kuppeln aufgespannter Knirpse mit kuriosen Mustern, auf verschiedene Bushaltestellen zu.

Am selben Abend noch öffnete er das Klappfach in der Schrankwand, in dem ihre Papiere lagen, und suchte … ja, er wusste selbst nicht was. Geld, Aktien, Obligationen – eine dieser Policen für den ruhigen Lebensabend, die im Fernsehen immer mit herbstlichen Szenen beworben wurden, in denen bunte Blätter rieselten.

Sparbücher aus den sechziger- und siebziger Jahren fand er, das Parteibuch seines Vaters, der 1981 glücklich verstorben war, in der festen Überzeug, der Kommunismus sei eine metaphysische Ordnung, die ewig Bestand haben werde.

Seine Zeichnungen aus dem Kindergarten, säuberlich zusammengelegt in einer Pappklappmappe mit Gummizug. Diese Mappe rührte ihn. Dass sie seine Kinderzeichnungen aufheben würde, hätte er nie gedacht. Und schließlich ihre Hefte mit den Rezepten für sauer Eingemachtes, Mariniertes und Konfitüren. Jedes Rezept begann auf einer eigenen Seite, die Überschriften waren mit dezenten Schnörkeln versehen – Ausdruck eines Bedürfnisses nach Küchenästhetik. »Pickles mit Senfkörnern«, »Marinierter Kürbis à la Kordelia«, »Avignon-Salat«, »Steinpilze kreolische Art«. Auch kleine Extravaganzen waren dabei: »Gelee aus Apfelschalen«, »Kalmus in Zucker«.

Die Hefte brachten ihn auf den Gedanken, in den Keller zu gehen. Seit Jahren war er nicht mehr dort unten gewesen. Seine Mutter hingegen hatte sich gerne im Keller aufgehalten, was ihn auch nie weiter verwundert hatte. Wenn sie sich wieder einmal beschwerte, dass er sich ein Fußballspiel in dröhnender Lautstärke ansah, und ihr immer kläglicheres Klagen keine Wirkung zeigte, hörte er den Schlüsselbund klirren, die Wohnungstür schlug zu, und seine Mutter blieb verschwunden für eine selig lange Zeit. Dann konnte er sich ungestört seiner Lieblingsbeschäftigung hingeben – eine Bierdose nach der anderen leeren und den zwei Gruppen von Männern zusehen, die in ihren bunten Trikots von einer Spielfeldhälfte in die andere einem Ball hinterherrannten.

Der Keller war säuberlich aufgeräumt. Ein kleiner, abgewetzter Läufer – ach je, Erinnerung aus Kindertagen –, ein Sessel, mit Plüschstoff bezogen, eine akkurat gefaltete Häkeldecke lag darauf. Eine Stehlampe mit Tischchen, ein paar restlos zerlesene Bücher. Einen geradezu verlockenden Eindruck aber machten die Regale: Dicht an dicht standen die schimmernden Gläser mit dem Eingemachten. Alle waren mit selbstklebenden Etiketten versehen, hier wiederholten sich, wie er erkannte, die Überschriften aus den Rezeptheften: »Cornichons in Pani Stasias Marinade, 1999«, »Paprikahäppchen, 2003«, »Pani Zosias Schmalz«. Einige der Bezeichnungen klangen geheimnisvoll: »Appertisierte Spargelbohnen« – er konnte sich beim besten Willen nicht erinnern, was »appertisiert« bedeutete. Der Anblick der klein geschnittenen, blässlichen Pilze, der vielfarbigen Gemüsemischungen, der blutroten Minipaprikaschoten weckte seine Lebensgeister. Flüchtig tastete er die Reihen der Gläser ab – keine Wertpapiere, kein Geld. Es sah wahrhaftig so aus, als hätte sie ihm rein gar nichts hinterlassen.

Er nahm ihr Zimmer in Beschlag, verstreute dort seine getragenen Klamotten, stapelte die Papppaletten mit dem Dosenbier. Von Zeit zu Zeit holte er sich aus dem Keller einen Karton mit Eingemachtem, öffnete der Reihe nach die Deckel, fischte mit einer Gabel den Inhalt heraus. Sein Bier mit Erdnüssen oder Salzstangen schmeckte köstlich in Verbindung mit marinierter Paprika oder zarten Babygürkchen. Er saß vor dem Fernseher, gab sich der Betrachtung seiner neuen Lebenslage hin – der just erlangten Freiheit. Ihm war, als hätte er eben das Abitur bestanden und alle Möglichkeiten lägen offen. Als sollte nun ein neues, ein besseres Leben beginnen. Er war nicht mehr der Jüngste, letztes Jahr hatte er die fünfzig überschritten, jetzt aber fühlte er sich jung, ja – er fühlte sich wie ein Abiturient.

Auch wenn die letzte Rente seiner Mutter zur Neige ging, befand er, dass noch genügend Zeit war, entsprechende Entscheidungen zu treffen. Zuerst würde er in aller Ruhe verzehren, was sie ihm vermacht hatte. Kaufen musste er höchstens Brot und Butter. Und natürlich Bier. Später könnte er sich vielleicht tatsächlich nach einer Arbeit umsehen. Damit hatte sie ihm ja den letzten Nerv geraubt, mehr als zwanzig Jahre lang. Er könnte zur Arbeitsvermittlung gehen – da würde sich schon etwas finden für einen fünfzigjährigen Abiturienten. Vielleicht zöge er sogar den hellen Anzug an, den sie so sorgfältig gebügelt in den Schrank gehängt hatte, dazu das hellblaue Hemd – und dann würde er sich aufmachen in die Stadt. Wenn nicht gerade ein Fußballspiel liefe.

Nun war er also frei. Doch fehlte ihm auch ein wenig das Schlurfen der mütterlichen Pantoffeln, das monotone Geräusch, an das er sich so gewöhnt hatte, und das zumeist begleitet worden war von ihrer halblauten Stimme: »Jetzt wär's aber wirklich Zeit, dass du endlich mal wegkommst von deinem Fernseher, dass du unter die Leute gehst und ein Mädchen kennenlernst. Willst du dein ganzes Leben so zubringen? Such dir endlich eine eigene Wohnung, hier ist es zu eng für zwei. Andere Leute heiraten, haben Kinder, fahren mit dem Zelt in Urlaub, treffen sich zum Grillen. Und du? Dass du dich nicht schämst, dich von deiner alten, kranken Mutter aushalten zu lassen! Zuerst dein Vater und jetzt du. Alles muss man euch waschen und bügeln, die Einkäufe nach Hause schleppen. Dieser Fernseher macht mich verrückt, ich kann nicht schlafen, die ganze Nacht hockst du davor. Was schaust du dir da eigentlich an? Dass dir das nicht langweilig wird …«

Stundenlang dieses Lamento. Schließlich kaufte er sich Kopfhörer. Das war eine Lösung – sie hörte den Fernseher nicht, er hörte sie nicht jammern.

Doch jetzt war es irgendwie zu leise in der Wohnung.

Ihr picobello hergerichtetes Zimmer mit den Häkeldeckchen, den Kommödchen und Vitrinenschränkchen füllte sich mit Verpackungen und leer gefutterten Einmachgläsern, mit seinen schmutzigen Kleidern und schließlich mit befremdlichen Gerüchen – die Bettwäsche begann zu modern, Schimmelzungen leckten an den Wänden empor. Hinter der stets geschlossenen Tür begann der Raum, den keine Frischluft mehr durchwehte, zu fermentieren.

Einmal, als er saubere Handtücher suchte, fand er im untersten Schrankfach eine weitere Batterie Weckgläser, unter einem Stapel Bettwäsche verborgen, in einige Wollknäuel geschmiegt, Partisanen gleichsam, die fünfte Kolonne an Eingemachtem. Er untersuchte die Gläser – von der Sammlung im Keller unterschieden sie sich durch ihr Alter. Die Etiketten waren schon ein wenig verblichen, die Jahre 1991 und 1992 wiederholten sich, doch gab es auch einzelne Exemplare, die noch älter waren, von 1983 etwa, von 1978. Das Glas von 78 vor allem schien die Quelle eines üblen Geruchs zu sein. Der Deckel war rostig geworden, Luft war ins Innere des Glases gedrungen, und zum Ausgleich hatte der Atem der Fäulnis den Weg ins Freie gefunden. Was immer hier eingemacht worden war, hatte sich in einen bräunlichen Batzen verwandelt. Angeekelt warf er das Glas in den Müll. Auf den anderen Etiketten fand er die bereits bekannten Aufschriften: »Kürbis in Johannisbeermus«, »Johannisbeeren in Kürbismus«. Auch ein Glas mit völlig ergrauten Cornichons war dabei. In vielen Gläsern ließ sich der Inhalt nicht mehr erkennen, allein die sorgsam beschrifteten Etiketten gaben Auskunft darüber. Fruchtgelees waren zu schwarzen Klumpen geronnen, marinierte Pilze zu einer undurchsichtig öligen Sülze verschmolzen, Pasteten zu kläglichen Häufchen verdorrt.

Die nächsten Gläser fand er im Schuhschränkchen und in dem kleinen Staufach unter der Badewanne. Auch in ihrem Nachtkästchen waren welche verborgen. Er kam aus dem Staunen nicht mehr heraus. Hatte seine Mutter Essen vor ihm verstecken wollen? Hatte sie diese Vorräte für sich selbst angelegt, in Erwartung des Tages, an dem er ausziehen würde? Oder war das Eingemachte eben für ihn gedacht gewesen? Nach den Gesetzen der Natur sterben Mütter schließlich meistens vor ihren Söhnen. Sollten die Weckgläser ihm die Zukunft sichern?

Mit einer Mischung aus Rührung und Ekel betrachtete er die jüngsten Funde. Und las auf einem Etikett – es stammte aus der Sammlung unter der Spüle: »Schnürnestel in Essig, 2004«.

Das hätte ihm zu denken geben müssen. Er starrte auf die braunen Bändel, die sich in der Marinade ringelten, die schwarzen Kügelchen Nelkenpfeffer. Ein Unbehagen ergriff ihn. Doch weiter nichts.

Er musste daran denken, wie sie ihn immer abgepasst hatte, wenn er die Kopfhörer abnahm und ins Bad ging. Mit rascher Bewegung trat sie aus der Küche, versperrte ihm den Weg: »Alle jungen Vögel verlassen irgendwann ihr Nest, das ist der Lauf der Dinge, die Eltern haben sich ihre Erholung verdient. Überall in der Natur ist das so. Warum quälst du mich? Du solltest schon längst deine Sachen gepackt haben, ausgezogen sein und dein eigenes Leben leben.« Das ewige Klagelied. Wenn er dann versuchte, ihr auszuweichen, fasste sie ihn am Ärmel, ihre Stimme schwang sich eine Lage höher, wurde schrill: »Ich habe mir einen ruhigen Lebensabend verdient, lass mich jetzt endlich in Frieden, ich will mich erholen!« Er aber war schon im Bad verschwunden, drehte den Schlüssel und dachte sich sein Teil.

Wenn er herauskam, wollte sie ihn noch einmal zur Rede stellen, doch weniger entschlossen schon, bald ging sie in ihr Zimmer, und er nahm sie nicht mehr wahr, bis sie am nächsten Morgen in der Küche vernehmlich klapperte, um ihm die Langschläferei zu vermiesen.

Doch weiß man auch, dass Mütter ihre Kinder lieben – dafür sind sie Mütter: um liebend zu verzeihen.

So machte er sich nicht allzu viel aus den Schnürsenkeln. Auch nicht aus dem Spülschwämmchen in Tomatensoße, das ihm im Keller in die Hände fiel. Gleichfalls gewissenhaft etikettiert: »Spülschwämmchen in Tomatensoße, 2001«. Er öffnete das Glas, um zu prüfen, ob der Inhalt der Bezeichnung entsprach – und warf das Ganze in den Müll.

Er betrachtete diese Capricen nicht als Bosheiten, die auf die Zukunft berechnet und an ihn gerichtet waren. Schließlich fand er doch wahre Delikatessen! Eines der letzten großen Einweckgläser vom obersten Regalbrett im Keller hatte die köstlichste Pökelhaxe enthalten. Und noch immer lief ihm das Wasser im Munde zusammen, wenn er an die pikant gewürzte Rote Bete dachte, die er hinter dem Vorhang in ihrem Zimmer entdeckt hatte. Innerhalb von zwei Tagen löffelte er gleich mehrere Gläser leer. Und zum Nachtisch gab es Quittengelee, das er genüsslich von den Fingern schlürfte.

Als Polen gegen England spielte, brachte er mit einem Karton die nächste Ladung aus dem Keller in die Wohnung. Stellte eine Batterie Bierdosen rings um die Gläser auf. Griff aufs Geratewohl in den Karton und futterte drauflos, ohne recht zu wissen, was er aß. Ein Glas erweckte seine Aufmerksamkeit, denn auf dem Etikett war seiner Mutter ein komischer Fehler unterlaufen: »Marinierte Piltze, 2005«. Mit der Gabel fischte er die zarten weißen Hüte heraus, und wie lebendig glitten sie durch die Speiseröhre in den Magen. Ein Tor fiel, dann ein zweites, er aß das Glas leer, ohne es recht zu bemerken.

In der Nacht wachte er auf, er musste ins Bad. Von Krämpfen geschüttelt, erbrach er sich in die Toilettenschüssel. Es war ihm, als stände sie hinter ihm und ließe wieder ihre Litanei ertönen, mit ihrer unerträglich schrillen Stimme. Dann wurde ihm bewusst, dass sie gestorben war.

Bis zum Morgen musste er sich immer wieder übergeben, eine Linderung trat nicht ein. Mit letzter Kraft telefonierte er nach einem Rettungswagen. Im Krankenhaus wollte man eine Lebertransplantation vornehmen, doch fand sich kein Spender. Wenige Tage später verstarb er, ohne das Bewusstsein wiedererlangt zu haben.

Nun allerdings ergab sich eine Schwierigkeit, denn es war niemand da, der den Toten aus der Leichenhalle abgeholt und sich um ein Begräbnis gekümmert hätte. Nach einem Aufruf der Polizei meldeten sich schließlich einige Freundinnen der Mutter, diese plumpen älteren Damen mit den phantasievollen Wollbaskenmützen. Und während sie mit ihren über dem Grab aufgespannten Knirpsen ein wunderliches Muster schufen, vollzogen sie ihr barmherziges Trauerritual.

Nähte

Es begann an einem Morgen, als Herr B., der sich eben aus dem Plumeau geschält hatte, wie üblich in sein Badezimmer tapste. In letzter Zeit schlief er schlecht, die Nacht zerfiel ihm in kleine Stücke, ganz wie die Halskette seiner verstorbenen Frau zerfallen war. In einer Schublade hatte er das Schmuckstück gefunden, er nahm es in die Hand, die brüchige Schnur zerriss, und die verblichenen Kügelchen fielen auf den Fußboden. Die meisten konnte er nicht mehr finden, und seitdem fragte er sich in den schlaflosen Nächten immer wieder, wo sie ihr rundes, gedankenloses Dasein führen mochten, in welchen Wollmäusen sie sich eingenistet hatten, welche Dielenritzen zu ihrer Lebensnische geworden waren.

Als er an jenem Morgen auf der Toilette saß, fiel ihm auf, dass seine Socken, und zwar beide, genau in der Mitte eine Naht hatten, von einer Maschine fein säuberlich gesetzt, und diese Naht verlief von den Zehen bis hinauf zum Saum.

Eine Kleinigkeit, doch irritierte es ihn. Offenbar hatte er die Socken immer achtlos angezogen und das Kuriosum nicht bemerkt. Als er seine morgendlichen Waschungen beendet hatte, tapste er zum Kleiderschrank, wo seine Socken in einer der Schubladen ihre Heimstatt hatten. Sie lagen dort als schwarzgraues Knäuel, er nahm die erstbeste heraus, zog sie auf Augenhöhe auseinander. Weil er eine schwarze erwischt hatte und weil es schummrig war im Zimmer, konnte er nicht viel erkennen. Er musste noch einmal ins Schlafzimmer gehen, um seine Brille zu holen – jetzt sah er es: Auch diese schwarze hatte eine Naht. Nun holte er alle Socken aus der Schublade, versuchte bei der Gelegenheit, sie paarweise zusammenzulegen – jede hatte eine Naht, die von den Zehen bis zum Saum verlief. Sie schien wie selbstverständlich zu ihnen zu gehören, als von der Idee der Socke nicht zu trennendes Element.

Als Erstes empfand er Wut, er wusste nicht, ob auf sich selbst oder auf die Socken. Solche hatte er noch nie gesehen! Gewöhnlich hatten sie an den Zehen eine quer verlaufende Naht, ansonsten waren sie glatt. Glatt! Er zog die schwarze Socke an – seltsam sah das aus, er warf sie angewidert von sich, zog der Reihe nach einige andere an. Bis die Kräfte ihn verließen und er außer Atem kam. Dass er es nie zuvor bemerkt hatte. Wie war das möglich gewesen?

Nein, er musste diese Sockengeschichte vergessen. So hielt er es mit vielem in der letzten Zeit. Wenn ihm etwas über den Kopf wachsen wollte, verstaute er es in einem Dachkämmerchen seines Gedächtnisses. Aus den Augen, aus dem Sinn. Und so begann er mit dem verzwickten Ritual der morgendlichen Zubereitung seines Tees, dem er einige Kräuter für seine Prostata zugab. Zwei Mal seihte er den Aufguss ab, und während die Flüssigkeit in die Tasse rann, schnitt Herr B. sein Brot, bestrich zwei kleine Scheiben mit Butter. Die Erdbeermarmelade – er hatte sie selbst gemacht – war leider verdorben, ein graues Schimmelauge starrte ihn provozierend boshaft an. Also aß er das Brot nur mit Butter.

Doch ganz so leicht ließ sich die Sockenfrage nicht vergessen. Er betrachtete sie als etwas Unabänderliches – gleich einem tropfenden Wasserhahn, einem losen Knauf an einer Schranktür, einem ins Leere laufenden Reißverschluss an seiner Jacke. Es mit solchen Kalamitäten aufzunehmen überstieg seine Kräfte.

Gleich nach dem Frühstück strich er sich in der Fernsehzeitschrift an, was er heute sehen wollte. Stets war er darauf bedacht, den Tag zu füllen, nur wenige Stunden ließ er frei, in denen er Einkäufe erledigte und sein Mittagessen kochte. Im Übrigen hielt er sich selten an alle Details seiner Fernsehplanung. Oft nickte er im Sessel ein, und wenn er dann erwachte, ohne jedes Zeitgefühl, versuchte er, über die eben laufende Sendung zu erfassen, in welchem Teil des Tages er sich befand.

In dem Geschäft an der Ecke, in dem er gewöhnlich seine Einkäufe machte, arbeitete die sogenannte »Chefin«. Eine statiöse Frau mit einem sehr hellen Teint und markanten Augenbrauen, die dünn waren wie Zwirn. Als er das Brot und die Büchse Wurstaufstrich schon in seinem Beutel verstaut hatte, bat er aus einer Anwandlung heraus, wie beiläufig, noch um Socken.

»Nehmen Sie solche, die nicht spannen, ohne Gummizug«, sagte die Chefin und reichte ihm ein Paar braune, säuberlich in Zellophan verpackt.

Unbeholfen drehte Herr B. das Päckchen hin und her, in dem Bemühen, etwas zu erkennen. Die Chefin nahm ihm die Socken aus der Hand, öffnete geschickt das Zellophan. Und schon hatte sie eine der beiden Socken aufgefaltet und bot sie auf ihrer gepflegten Hand mit den hübschen künstlichen Nägeln Herrn B. zur Ansicht.

»Schauen Sie … ganz ohne Gummizug. Sie drücken nicht an der Wade, das Blut wird nicht gestaut. In Ihrem Alter …«, wollte sie fortfahren, hielt dann aber inne. Offenbar befand sie, dass es sich nicht schickte, vom Alter zu sprechen.

Herr B. beugte sich über ihre Hand, als wollte er sie küssen.

Über die Länge der Socke lief eine Naht.

»Gibt es vielleicht auch welche ohne Naht?«, fragte er, als er seine Einkäufe bezahlte.

»Wie denn … ohne Naht?«, fragte die Verkäuferin verwundert.

»Also … welche, die glatt sind … so meinte ich.«

»Sie haben Ideen! Solche Socken kann man doch gar nicht herstellen. Wie sollen die denn halten?«

Nun wollte er die Sache wirklich auf sich beruhen lassen. Älteren Menschen entgeht ja tatsächlich so manches. Die Welt ist dem Fortschritt ergeben, ständig denkt sich jemand etwas Neues aus, eine Erfindung jagt die andere. Und so hatte er ganz einfach nicht bemerkt, dass von einem bestimmten Moment an die Socken eben nicht mehr so waren wie zuvor. Vielleicht seit Langem schon? Wer weiß. Man kann sich nicht mit allem auskennen, tröstete er sich, als er nach Hause ging. Fröhlich ratterte sein Einkaufsroller hinter ihm her, die Sonne lachte, die Nachbarin von unten putzte ihre Fenster, und ihm fiel wieder ein, dass er sie hatte fragen wollen, ob sie nicht jemanden empfehlen könne, der sich seiner Fenster annähme. Er sah die Scheiben von außen, sie waren so grau wie die Gardinen. Man könnte meinen, der Eigentümer der Wohnung wäre längst verstorben. Törichte Gedanken – er verscheuchte sie, begann mit der Nachbarin zu plaudern.

Der Anblick des Frühlings und der damit verbundenen Putztätigkeit setzte sich in ihm fest mit dem diffusen Gefühl, gleichfalls etwas unternehmen zu müssen. Er stellte seine Einkäufe in der Küche ab und ging sogleich ins Zimmer seiner Frau, in dem er jetzt schlief. In seinem Zimmer hortete er alte Fernsehzeitschriften, allerlei Kartons und Schachteln, leere Joghurtbecher und was man sonst an Gegenständen sammeln konnte, die sicher später mal zu gebrauchen waren.

Er ließ seinen Blick über die immer noch weiblich anmutende Ausstattung des Zimmers gleiten. Alles war, wie es sein sollte. Die Vorhänge waren zugezogen, es herrschte Dämmerlicht, das Bett war gemacht, nur die eine Ecke des Plumeaus stand hoch. In der auf Hochglanz polierten Kredenz standen Tassen mit goldenen und dunkelblauen Mustern, kleine Kristallgläschen und ein Barometer, das sie seinerzeit von der Ostsee mitgebracht hatten. Die Aufschrift unterstrich die Herkunft: Krynica Morska. Auf dem Nachttisch lag sein Blutdruckmessgerät. Der große Kleiderschrank, der dem Bett gegenüberstand, zog ihn seit Monaten an, doch seit dem Tod seiner Frau schaute er nur selten und ungern hinein. Immer noch hing dort ihre Kleidung, so oft schon hatte er sich vorgenommen, sie wegzugeben, und es dann doch nicht übers Herz gebracht. Nun kam ihm ein kühner Gedanke – wenn er die Sachen der Nachbarin von unten schenkte? Bei der Gelegenheit könnte er sie wegen der Fenster fragen.

Mittags machte er sich eine Spargelsuppe aus der Tüte, sie schmeckte richtig gut. Als Hauptgericht aß er die jungen Kartoffeln, die vom Vortag übrig geblieben waren, trank Kefir dazu. Nach dem Nickerchen, das stets auf das Mittagessen folgte, ging Herr B. in sein Zimmer und räumte in zwei eifrigen Stunden die Fernsehzeitschriften auf, die er hier Woche um Woche angehäuft hatte – fünfzig Stück im Jahr, an die vierhundert Nummern waren es, in mehreren, verschieden großen, eingestaubten Stapeln. Sie wegzuwerfen hatte symbolische Bedeutung. Herr B. hatte die Hoffnung, es ließe sich auf diese Weise der Beginn des Jahres – denn das Jahr begann im Frühling und nicht zu einem festgesetzten Kalenderdatum – mit einem reinigenden Akt begehen, vergleichbar einem rituellen Bad. Er schaffte es, alle Zeitschriften nach unten zu tragen und in den gelben Müllcontainer mit der Aufschrift »Papier« zu werfen. Dann packte ihn auf einmal Panik – er warf einen Teil seines Lebens fort, amputierte sich ein Stück seiner Zeit, seiner Vergangenheit. Er stellte sich auf die Zehenspitzen, schaute verzweifelt in den Container, versuchte, seine Zeitschriften auszumachen. Sie waren schon entglitten in den dunklen Schlund. Im Treppenhaus schluchzte er einmal schamvoll auf; ihm wurde schwindlig, ein Zeichen, dass sein Blutdruck stieg.

Als er sich am nächsten Morgen nach dem Frühstück hinsetzte, um wie üblich die Sendungen anzustreichen, die er für lohnend hielt, irritierte ihn der Kugelschreiber. Die Linie, die er auf dem Papier hinterließ, war hässlich braun. Zuerst dachte er, es läge am Papier, nahm sich eine andere Zeitschrift, zeichnete aufgebracht Kringel am Rand der Seite – sie waren ebenfalls braun. Mit der Tinte im Kugelschreiber musste etwas vor sich gegangen sein. Weil sie alt war oder aus welchen Gründen auch immer. Verärgert darüber, dass er sein Lieblingsritual unterbrechen musste, um ein anderes Schreibgerät zu suchen, tapste er an die auf Hochglanz polierte Kredenz, in der er und seine Frau ihr gemeinsames Leben lang Kugelschreiber gesammelt hatten. Unzählige Stifte lagen dort, einige waren freilich nicht mehr zu gebrauchen; mal war die Tinte eingetrocknet, mal die Mine verstopft. Eine Weile wühlte er in der Fülle herum, nahm dann zwei Hände voll heraus und kehrte zu seiner Zeitschrift zurück, in der Hoffnung, einen Kugelschreiber zu finden, der so schriebe, wie er sollte: blau oder schwarz, zur Not rot oder grün. Doch alle hinterließen diese widerliche bräunliche Spur, die an modrige Blätter denken ließ, an Bohnerwachs, an feuchten Rost – ein Farbton, von dem einem übel wurde.

Der alte Herr B. saß eine Weile bewegungslos da, nur seine Hände zitterten leicht, dann erhob er sich so heftig, dass die Stuhlbeine gegen den Boden schlugen, und öffnete das Klappfach in der altgedienten Schrankwand. Hier bewahrte er seine Dokumente auf. Er nahm sich den erstbesten Brief. Und legte ihn gleich wieder zurück. Sowohl dieser Brief als auch die folgenden Papiere – Rechnungen, Mahnungen, Kontoauszüge – waren Computerausdrucke. Erst von ganz unten konnte er ein handschriftlich adressiertes Kuvert hervorziehen. Um resigniert die Farbe der Tinte zu erkennen: braun.

Er setzte sich in seinen geliebten Fernsehsessel, streckte die Beine aus, saß reglos da. Atmete ein, atmete aus. Starrte auf das gleichgültige Weiß der Zimmerdecke. Nach einer Weile erst gingen ihm verschiedene Gedanken durch den Kopf, die er hierhin drehte, dorthin drehte, um sie wieder zu verwerfen:

Dass in der Kugelschreibertinte eine Substanz enthalten wäre, die mit der Zeit ihre Eigenschaften verändern und diesen Wandel der Farbe ins Bräunliche bewirken würde.

Dass ein neu aufgetretener Giftstoff in der Luft diesen Wandel der Farbe ausgelöst hätte.

Dass die Ursache in einer Veränderung seines Gelben Flecks zu suchen wäre oder dass er am Grauen Star litte und deshalb die Farben anders wahrnähme als bisher.

Die Zimmerdecke aber war nach wie vor weiß. Der alte Herr B. erhob sich und fuhr mit der Markierung der Fernsehsendungen fort – in welcher Farbe auch immer.

Geheimnisse des Zweiten Weltkriegs. Und ein Film über Bienen auf Planete+. Der ihn daran erinnerte, dass er einst einen Bienenstock hatte haben wollen.

Als Nächstes dann die Briefmarken. Eines Tages zog er seine Post aus dem Kasten und erstarrte – die Marken waren alle rund. Mit gezackten Rändern, vielfarbig, in der Größe einer Ein-Złoty-Münze. Ein Hitzeschauer überlief ihn. Ohne Rücksicht auf sein schmerzendes Knie hastete er die Stufen hinauf, öffnete die Wohnungstür, eilte, ohne die Schuhe auszuziehen, ins Wohnzimmer. Öffnete das Klappfach in der Schrankwand. Alles begann sich zu drehen – sämtliche Briefmarken auf den Umschlägen waren rund. Auch die älteren.

Er sank in den Sessel, wühlte in seinem Gedächtnis, versuchte, sich die eine, gültige Form einer Briefmarke in Erinnerung zu rufen. Er war doch nicht verrückt geworden! Diese runden Briefmarken erschienen ihm doch nicht ohne Grund absurd? Oder hatte er sie bisher nicht genügend beachtet? Der süßliche Geschmack des Klebefalzes an der Zunge, die dreieckige Lasche, die man fest aufdrückte, damit sie haften blieb … Früher waren die Briefe noch dick gewesen, richtig bauchige Kuverts. Und die Umschläge waren blau, man fuhr mit der Zunge über den Streifen mit dem Klebstoff, drückte mit den Fingern die Lasche zu, und … ja, die Marken waren rechteckig gewesen! Kein Zweifel. Rechteckig. Und jetzt waren sie rund! Wie konnte das sein? Er verbarg sein Gesicht in den Händen, saß eine ganze Weile so da. In der besänftigenden Leere unter den geschlossenen Lidern. Die immer dort zu finden war. Dann ging er in die Küche, um seine Einkäufe auszupacken.

Die Nachbarin nahm das Geschenk eher reserviert entgegen. Betrachtete mit einer Spur von Misstrauen die sorgfältig zusammengelegten Seidenblusen und Pullover in dem Karton. Doch konnte sie auch den Funken Begehrlichkeit in ihrem Blick nicht verbergen, als sie den Pelz entdeckte. Herr B. hängte ihn an die Tür.

Als sie dann am Tisch saßen und beide ein Stück Kuchen gegessen hatten, wozu sie Tee tranken, fasste sich Herr B. ein Herz:

»Pani Stasia«, begann er mit dramatisch gedämpfter Stimme.

Die Nachbarin hob den Blick, betrachtete ihn neugierig. Ihre lebhaften braunen Augen versanken im Geflecht der Falten.

»Pani Stasia, etwas ist da seltsam. Sagen Sie mir – haben Socken eine Naht? Eine, die über die ganze Länge läuft?«

Die Frage kam überraschend. Die Nachbarin rutschte ein Stück auf ihrem Stuhl zurück.

»Aber wie meinen Sie das, mein Lieber? Ob sie eine Naht haben? Natürlich haben sie eine Naht.«

»Und die war schon immer da?«

»Wie meinen Sie das … ob die schon immer da war? … Aber sicher.«

Mit fahriger Bewegung wischte sie Krümel in die Hand, strich das Tischtuch glatt.

»Und … Pani Stasia … in welcher Farbe schreiben Kugelschreiber?«

Ehe sie hätte antworten können, fügte er schon ungeduldig hinzu:

»Blau, nicht wahr? Seit es Kugelschreiber gibt, schreiben sie blau …«

Das Lächeln in den faltigen Gesichtszügen der Nachbarin erlosch.

»Sie müssen sich nicht aufregen … Es gibt auch rote oder grüne.«

»Ja, ja … aber gewöhnlich schreiben sie doch blau, oder?«

»Vielleicht ein kleines Schlückchen? Etwas zur Stärkung? Ich habe einen guten Aufgesetzten.«

Er wollte schon ablehnen, er durfte keinen Alkohol trinken, doch befand er, dass die Situation außergewöhnlich genug war. Und er nickte.

Die Nachbarin wandte sich der Schrankwand zu, öffnete das Klappfach, nahm eine Flasche heraus. Behutsam goss sie zwei Gläschen voll. Ihre Hände zitterten leicht. Alles in diesem Zimmer war weiß und himmelblau. Die Tapete hatte hellblaue Streifen, auf dem Sofa lag ein weißer Überwurf, darauf hellblaue Kissen. Auf dem Tisch stand ein Strauß mit künstlichen Blumen – weiß und himmelblau. Der starke Likör entfaltete im Mund seine Süße, zog die heiklen Worte in die Tiefe des Körpers hinab.

»Sagen Sie mir«, begann er behutsam, »haben Sie nicht das Gefühl, dass die Welt eine andere geworden ist? Dass sie sich …«, er suchte die passenden Worte, »… dass sie sich nicht mehr fassen lässt?«

Nun lächelte sie wieder, offenbar erleichtert.

»Aber gewiss doch, mein Lieber, da haben Sie völlig recht. Weil die Zeit immer schneller vergeht. Das heißt, die Zeit vergeht nicht wirklich schneller, nur hat sich unser Denken abgenutzt, und deshalb begreifen wir die Zeit nicht mehr so wie früher.«

Hilflos schüttelte er den Kopf, zum Zeichen, dass er nicht verstand.

»Wir sind wie alte Sanduhren, wissen Sie, mein Lieber? Darüber habe ich etwas gelesen. Da werden die Sandkörner, weil sie so oft schon durchgerieselt sind, ganz rund geschliffen, und dann rinnt der Sand immer schneller durch die Uhr. Alte Sanduhren gehen immer vor. Wussten Sie das? Genauso ist es mit unserem Nervensystem, es hat sich abgenutzt, hat sich erschöpft, die Reize laufen hindurch wie durch einen Nudelseiher, deshalb kommt es uns so vor, als würde die Zeit schneller vergehen.«

»Und andere Sachen?«

»Was für andere Sachen?«

»Nun ja … wissen Sie …« Er wollte sich etwas ausdenken, etwas Listiges, doch es kam ihm nichts in den Sinn, also fragte er geradeheraus:

»Haben Sie schon einmal von rechteckigen Briefmarken gehört?«

»Interessant …«, erwiderte sie und goss die Gläschen noch einmal voll. »Nein, bisher noch nicht.«

»Oder Schnapsgläschen, die ein Schnäbelchen haben. Bitte sehr … wie dieses hier. Früher gab es das nicht …«

»Aber …«, setzte sie an, doch er unterbrach sie.

»… oder Einmachgläsern, bei denen man den Deckel nach rechts aufdreht, oder Uhren, auf denen dort, wo früher eine Zwölf war, jetzt eine Null ist. Oder auch …«

Er hielt inne. Zu erregt war er, um fortzufahren.

Sie saß ihm gegenüber, die verschränkten Hände im Schoß, von plötzlicher Resignation ergriffen, höflich korrekt, als hätte alle Energie sie jäh verlassen. Nur die gerunzelte Stirn verriet, wie unwohl ihr in dieser Haltung war. Anspannung und Enttäuschung lagen in dem Blick, mit dem sie ihren alten Nachbarn musterte.

Wie immer legte er sich auch an diesem Abend in das Bett seiner Frau. Seit ihrer Beerdigung schlief er dort. Er zog das Plumeau bis zum Kinn, starrte, auf dem Rücken liegend, in die Dunkelheit. Lauschte auf die Schläge seines

Herzens. Weil der Schlaf nicht kommen wollte, stand er noch einmal auf, holte das rosenfarbene Nachthemd seiner Frau aus dem Kleiderschrank. Er schmiegte es an seine Brust, ein Schluchzer entrang sich seiner Kehle. Und das Nachthemd half – es brachte den Schlaf, der alles für nichtig erklärte.

Ein Besuch

Bitte schalte mich jetzt aus«, sagte sie, »ich bin müde.« Sie saß auf ihrem Bett, hielt ein altes Buch auf den Knien, doch war zu sehen, dass sie nicht darin gelesen hatte. Ein Anflug von Mitleid, ich setzte mich neben sie, betrachtete die weiche Linie ihres mageren, gebeugten Rückens, die leicht hervorstehenden Schulterblätter. In einem Reflex setzte ich mich aufrecht. Sie hatte schon etliche graue Haare an den Schläfen, neben ihrem Ohr entdeckte ich einen Pickel. Sie berührte ihn mit dem Finger, kratzte ihn auf. In einem Reflex griff ich an mein Ohr. Lena nahm die kleinen Perlenohrringe ab und gab sie mir; ich steckte sie in die Tasche. Ein seltsames Gefühl, unangenehm, schwer zu beschreiben, als sähe man etwas in die Brüche gehen und müsste sich kümmern, dass es repariert würde. Ich schlang den Arm um ihre Taille, legte meinen Kopf an ihre Schulter und schaltete sie aus; ich bemühte mich, es zärtlich zu tun.

Lena war als Letzte zu uns gekommen, vor Kurzem erst, und jede von uns war in der Lage, sie auszuschalten, doch meistens tat ich es, bevor ich schlafen ging. Heute hatte sie wahrhaftig geschuftet, und ich dachte mir, dass es sicher eine Erleichterung für sie wäre, früher ausgeschaltet zu werden – den ganzen Tag hatte sie aufgeräumt, die Motten im Kleiderschrank bekämpft, mit dem Verleger sich gestritten, sie hatte es geschafft, die Steuererklärung fertig zu machen, und jetzt sollte sie eigentlich noch unsere Fotos ausdrucken von der letzten Reise. Bei der

Steuergeschichte hakte es irgendwo – wo und warum, das wusste ich nicht, ich halte mich da raus. Ich bekomme die Sachen erst, wenn wirklich eine Entscheidung getroffen werden muss.

Am Morgen höre ich Lena in der Küche singen. Sie ist so eingestellt, dass sie sich automatisch einschaltet, sobald es hell wird. Wenn dann die gerösteten Brotscheiben mit schnappendem Laut aus dem Toaster springen, ist das für uns alle das Zeichen, dass es Zeit wird aufzustehen.

Als ich heute auf dem Weg nach unten versuchte, in ihren Gesang einzustimmen, verstummte sie. Ein uralter Schlager war es, die Worte kamen einem wie von selbst in den Sinn, losgelöst von ihrer Bedeutung, die zurückblieb in der Vergangenheit.

Alma brachte Radieschen aus dem Garten, setzte sich schweigend an den Tisch. Ihre Hände waren wie üblich schmutzig und rissig, ein Anblick, der mich ungehalten werden ließ. Ich war schon immer der Meinung gewesen, dass wir wenig Nutzen hatten von ihrer Arbeit, Radieschen hätten wir auch kaufen und Alma einfach ausschalten können. Trotzdem brachte ihre Anwesenheit auf eigentümliche Weise Ordnung in unser Leben, und der Gedanke daran half mir, die erdigen Striemen auf dem frisch gewischten Boden oder an den Handtüchern zu ertragen. Alma ausschalten – die Idee war so verrückt, dass ich schmunzeln musste.

Selten nur richtete sie ein Wort an mich, jetzt fragte sie unvermittelt:

»Was machst du eigentlich den ganzen Tag? Du drückst dich nur untätig im Haus herum.«

Grimmig hackte sie das nächste Wurzelschwänzchen von einem Radieschen.

Mir blieb die Spucke weg. Was ich mache? Was ich

mache?! Ich tat, als ließe mich die Frage kalt, verbarg meine zitternden Hände in den Hosentaschen. Ich zeichne und schreibe, meine Gnädigste. Denke. Analysiere. Benenne. Ist das wenig? Ich verdiene Geld. Bestreite unseren Unterhalt. Wir leben von den seltsamen Geschichten, die ich erfinde. Ebendeshalb muss ich schlafen und träumen. In moralischer Hinsicht sicher fragwürdig – dass man von Flunkereien und Zurechtgesponnenem leben kann, aber es gibt Leute, die machen weit Schlimmeres. Phantasieren war schon immer meine Leidenschaft, jetzt ist es eben mein Beruf geworden. Du musst ja nicht glauben, was ich mir ausdenke. Musst mir nicht vertrauen. Meine gezeichneten Geschichten drücken trotzdem eine wahre Welt aus, also sind sie auf ihre Art auch eine Form der Wahrheit. Vor allem aber brauche ich einen freien Kopf, das hilft meinen Gedanken auf die Sprünge.

Doch sagte ich nichts dergleichen, ich sagte überhaupt nichts, goss mir nur ein Glas von dem Gemüsecocktail ein, den Lena uns immer zum Frühstück mixte, und ging nach oben. Ich hörte noch, wie Alma mir etwas hinterherfauchte, ehe sie sich wieder daranmachte, die Radieschen zu kastrieren. Ich hätte ihr in aller Offenheit gesagt, was ich von ihrem völlig unnötigen Gewirtschafte hielt – wäre ich so dickhäutig wie sie.

Durch die angelehnte Tür des Kinderzimmers sah ich, wie Fania dem Dreijährigen die Brust gab. Eine süße Schwäche zog mir in den Bauch und in die Brüste, unbeschreiblich, als lösten sich die Grenzen meines Körpers an der Stelle auf, an der die kindlichen Lippen Fanias Brustwarze berührten. Als schaffte der saugende Kindermund eine Öffnung in mir, durch die ich mich mit der Außenwelt verbinden könnte.

Ja, wir haben einen kleinen Sohn. Mit dunkler Haut und asiatischen Gesichtszügen. So hatten wir ihn uns gewünscht. Was alles andere als einfach gewesen war, denn dieses Aussehen hatte damals gerade hoch im Kurs gestanden. Doch schließlich glückte es. Chalim ist wunderschön und klug. Damit er auf die Welt kommen konnte, suchten wir Fania aus, und so sind wir jetzt zu viert: Alma, Lena, Fania und ich. Und ich darf sagen, dass alle in unserer kleinen, homogenetischen Familie ausgefüllt und glücklich sind. Auch ist die Vier eine symmetrische und wunderbar stabile Zahl.

Ich stelle mir vor, dass wir die Flügel einer uralten Windmühle sind, wir drehen uns um die eine Mitte, eignen uns den Raum an, ordnen das Chaos der Zeit. Wir bewegen uns auf derselben Umlaufbahn, eine hinter der anderen, so füllen wir alle Möglichkeiten des Daseins aus. Und schon sagte ich zu mir selbst: Behalte das! Meine Elsterngewohnheit – jeden Gedanken gleich in mein Nest zu tragen, damit ich ihn in eine Zeichnung verwandeln kann. Auch jetzt, als in meiner Vorstellung das Bild der Windmühle aufschien, wäre ich am liebsten in mein Zimmer gelaufen, wo auf dem Tisch meine Papiere ausgebreitet lagen, meine Zeichnungen und Skizzen – wäre nicht der widerwärtige Gedanke gewesen, der durch meine Gehirnwindungen flatterte. Ein Gedanke, den ich liebend gern verdrängt oder auf andere übertragen hätte. Der mich zutiefst irritierte, es mir unmöglich machte, mich zu konzentrieren: Vor der Mittagszeit noch sollte unser neuer Nachbar auf einen Kaffee vorbeikommen.

Ein Fremder im Haus. Fremde Augen, ein fremder Geruch, fremde Spuren auf dem weichen Teppich. Fremde Mikroben, die er uns von wer weiß woher in die Zimmer schleppte. Ein fremdes Timbre in der Stimme, männlich dazu, tief und sonor – eine Stimmlage, die ihre Umgebung übertönt. Uns fehlte es weder an Gesellschaft noch an Zeitvertreib. An den Abenden spielten wir Canasta und sahen uns alte Filme an, über die wir uns anschließend bei einem Glas Wein unterhielten. Die feinsten Meinungsunterschiede suchten wir und fanden sie – und sei es aus Lust am Widerspruch. Auch Mikado war gut. Wir mochten Spiele mit diesem Quäntchen Glück, dem Reiz der Zufälligkeit. Wir beugten uns über die kreuz und quer durcheinandergefallenen Stäbchen, dass unsere Köpfe einander berührten, und schon begannen unsere behutsamen Finger, das Chaos zu lichten. Wir brauchten hier niemanden sonst.

Aber jetzt sollte der neue Nachbar zu uns kommen, der erst vor Kurzem eingezogen war und sicher Anschluss suchte.

Das Kind begann zu weinen, ein penetranter Laut, er bohrte sich ins Hirn.

»Beruhig ihn!«, schrie ich Fania an, und ich begriff, dass es für heute vorbei war mit der Arbeit am Vormittag. Und ich hatte doch eine Bildserie beenden wollen.

Alma war sauer, Fania war sauer – der ganze Tag verdorben. Sie legten einen Teppich aus, damit der Besuch seine Schuhe abstreifen könnte, sie würden sicher dreckig sein. Sie brachten Duftwürfel in der Toilette an, für den Fall, dass er sie – schrecklicher Gedanke – benutzen wollte. Sie stellten Tassen und Kuchenteller bereit. Wir überlegten, was er wohl mitbringen würde. Kuchen oder eine Flasche Wein? Fania tippte auf Blumen. Wie lange er wohl bliebe? Sollten wir ihn bitten, auf dem Sofa Platz zu nehmen? Oder wäre es günstiger, die Sessel ans Fenster zu rücken, wo wir ihn besser sehen konnten? Seit Langem hatten wir keinen Besuch mehr gehabt und ein wenig schon vergessen, wie die alle überhaupt aussahen. Wenn man die ganze Zeit nur auf die eigenen identischen Gesichter schaut, erlebt man einen Schock, wenn plötzlich eine Variante auftaucht. Und alles, was anders ist, erscheint einem seltsam, so hässlich unbeholfen.

Selbzweit hatte der Besuch sich angekündigt, also wollten auch wir selbzweit auftreten. Es kamen natürlich nur Lena und ich infrage. Fania war zu beschäftigt mit dem Kleinen, und Alma wollte heute den Kampf gegen die Blattläuse aufnehmen.

»Und wenn wir ihn im Garten empfangen?«, fragte plötzlich – aus dem Garten – Alma.

Lena hob neugierig den Blick.

»So herrliches Wetter, und alles blüht!«

Ich verstand, dass sie jemanden brauchte, dem sie ihre Blumen präsentieren konnte, wir genügten ihr offenbar nicht. Die Pfingstrosen blühten, ihre üppigen Köpfe wiegten sich sacht im Wind. Fast als wäre es ein Chor – nur dass kein Gesang zu hören war.

»Warum nicht …«, sagte ich und schaute sie an.

Ich wollte ihre Freude sehen. Es war nett, dass sie fragte. Sie hätte es nicht tun müssen. Wie streichelnd ließ ich meine Augen über ihr Gesicht gleiten, unsere Blicke trafen sich, um sogleich wieder auseinanderzuspringen.

Die erste Regel der Psychophysik der Symmetrie lautet, dass man sich nicht zu lange in die Augen sehen darf. Man darf einen Blick werfen, flüchtig, zwinkernd, den buchstäblichen Augenblick lang, sich aber niemals tief in die Augen schauen. Das bewirkt eine Störung in uns, die Egonen hängen sich auf. Bevor man ein Egon oder eine Egone erhält, muss man geübt haben, sich zu unterhalten, ohne seinem Gegenüber in die Augen zu schauen. Das ist die wichtigste Regel überhaupt. Uns ist noch nie etwas passiert, aber ich habe gehört, dass ein Egoton bei der Therapie mit tiefen Blicken experimentiert hat, alle Egonen hängten sich auf und mussten entsperrt werden, was sehr kostspielig war.

Ich geniere mich immer, jemandem meine Arbeiten zu zeigen, ich habe ein quälend ambivalentes Verhältnis zu ihnen – ich will, dass sie gesehen werden, und will es wieder nicht. Vor allem mit dem Text, den ich zu den Zeichnungen schreibe, bin ich ewig unzufrieden. Und wenn ich ihn einmal gelungen finde, dann nur für kurze Zeit. Liest man, was man heute geschrieben hat, morgen noch einmal durch, fallen einem sofort alle Ungeschicklichkeiten ins Auge, alle Schnitzer. Da sind mir meine Bilder lieber. Gleich, wie raffiniert die Sprache wäre, unser Gehirn verwandelt die Worte in Bilder. Ein Bild erleben wir als mächtige Welle – ein Text dagegen wirkt als Rinnsal. Die großen Romanschriftsteller wussten das nur zu gut, deshalb stützten sie ihre Dialoge mit Suggestionen, die Bilder aufrufen sollen: »… sagte sie, und ihre Augen gleißten zornig auf …«, »… erwiderte er gleichgültig und lehnte sich behaglich auf dem mit tiefblauem Plüsch bezogenen Sofa zurück …«. Die Worte haben nur Macht, wenn Bilder hinter ihnen stehen. Ich zeichne und schreibe viel, ganze Tage lang, in stummer Zurückgezogenheit, in einer Stille, in die von unten die Geräusche der Familie dringen: das Tapsen von Chalims kleinen Füßen, das Klappern der Deckel an den Töpfen, das Brausen des Staubsaugers, das Knallen der Terrassentür, wenn der Durchzug mit ihr macht, was er will. Die Geräusche beruhigen mich, die Bewegungen der Hand werden sicher. Was ich schaffe, ist für Kinder gedacht, nur sie können wirklich lesen. Erwachsene empfinden ein Schuldgefühl, ihrer Logophobie wegen, und das versuchen sie zu kompensieren, indem sie ihre kleinen Töchter und Söhne mit Kinderbüchern überhäufen. Meine Bilder sind statisch, wie in den alten Zeiten. Ich illustriere meine eigenen Märchen, mit Tusche, in einer Technik, die heute kaum noch benutzt wird, denn sie ist anspruchsvoll und aufwendig, außerdem bekommt man schmutzige Hände davon. Wenn Chalim mich mit fleckigen Fingern sieht, lacht er und sagt, ich sei klecksig. Ich muss gestehen, es erfüllt mich mit einem gewissen Stolz, dass meine Märchen sich gut verkaufen und wir uns deshalb die Egonen leisten können. Und ebendarum kann ich schreiben, zeichnen, leben. Diese Verschränkung ist das Wesentliche: kreativ sein und leben. Mehr brauche ich nicht.

Es wäre längst Zeit gewesen, mich an die Blätter zu setzen, die in den vergangenen Monaten meine Striche aufgenommen hatten, ohne Widerspruch und für immer. Aber dieser angekündigte Besuch hatte mich aus dem Konzept gebracht. Von unten hörte ich, wie Lena die Einkäufe entgegennahm – große Packungen Toilettenpapier und Monatsbinden, Küchenrollen, Wasserflaschen, Lebensmittel.

Wir sind eine Familie, wir kaufen immer eine Menge an Essen, doch haben wir zum Glück ähnliche Geschmäcker, nur in den gelegentlichen Gelüsten unterscheiden wir uns. Fania ernährt sich jetzt ein wenig anders – solange sie stillt. Sie trinkt viel Tee mit Milch, weil Alma irgendwo gelesen hat, dass man früher diese Art, den Tee zu trinken – die Bavaroise, wie man auch sagte – den stillenden Müttern empfohlen hatte, angeblich fördere er die Laktation. Lena und ich sind der Meinung, dass sie schon aufhören sollte zu stillen, doch fühlt sie sich vermutlich in ihrem Selbstwertgefühl bestärkt, was ich auch nicht verwunderlich finde, schließlich ist sie eine Egone für das Kind. Eines Tages wird sie ihre Existenzberechtigung verlieren, dann muss sie umqualifiziert werden, oder man schaltet sie endgültig aus.

Alma hingegen isst pures Fleisch. Weil sie körperlich arbeite, wie sie sagt. Da müsse sie Fleisch essen. So ein Aberglaube eben. Nach langen Diskussionen haben wir einen Inkubator gekauft. Der steht jetzt in der Küche neben dem Kühlschrank und den Backöfen. In den Fächern des Inkubators wächst das Fleisch. Die Kulturen bestellen wir aus einem Katalog. Wir müssen nur die entsprechenden Rubriken anklicken, und der Einkauf ist gemacht. Wenn Alma sich ein Schnitzel oder Lendchen braten lässt, zieht ein seltsamer Geruch durchs Haus – angenehm und widerlich zugleich.

Ich konnte mich nicht auf meine Arbeit konzentrieren, ging noch einmal nach unten.

»Hat er ›selbzweit‹ gesagt?«, fragte ich Lena, die eben damit beschäftigt war, Nüsse in den Kuchenteig zu geben.

»Stell mir den Backofen an, auf 210 Grad.«

Ich tat, was sie verlangte, goss mir Kaffee nach, und schon glitt der Kuchen in den Ofen.

»Ja, das hat er gesagt«, erwiderte sie.

»Ich bin gespannt.«

»Ich nicht.«

Wir verständigten uns immer mit nur wenigen Worten. Ein Gespräch mit einer Egone ist keine Sache großer Gefühle. Mit Fania kann es mir passieren, dass wir schon auseinandergehen wollen, ehe ihr oder mir in den Sinn kommt, man könnte doch etwas sagen. Aber bestimmte Dinge müssen eben abgesprochen und geklärt werden, denn es gibt noch eine zweite Regel. Sie betrifft das Savoir-vivre – die Frage, wer sich mit wem treffen kann.

Begegnungen wie diese, auf die wir jetzt warteten, finden nie als Treffen von nur zweien statt, die selballein sind. Meistens sind es auf jeder Seite zwei oder auch drei Egonen, ein Duoton, ein Triniton. Je privater der Charakter des Treffens, desto weniger Egonen nehmen teil. Bei einem Rendezvous sind es nach wie vor nur zwei, die sich selballein verabreden. Und weil sich das überaus schwierig gestaltet, sind Rendezvous auch selten geworden. Ich zum Beispiel habe keinerlei Erfahrungen in dieser Hinsicht. Und allein der Gedanke, ich könnte mich mit einem Fremden unter vier Augen treffen, versetzt mich in Unruhe. Sei es eine Vorsprache bei der Polizei, sei es ein Besuch beim Arzt – immer geht das ganze Egoton zusammen.

Wenn es jetzt also »selbzweit« hieß, wussten wir Bescheid, wussten, wie wir zu decken hatten. Und Lena fragte, während sie mir einen Blick zuwarf:

»Deckst du den Tisch?«

Pünktlich um zwölf stand er in der Tür: Zwei Männer in identischer Kleidung, was wir in schweigendem Einvernehmen als ziemlich daneben ansahen. Um die fünfzig, Bäuchlein, beginnende Glatze, wässrig blaue Augen, eine altmodische Brille. In der Hand hielt er einen Teller mit Obst, lauter exotische Sorten, die so oft modifiziert werden, dass man sich die Namen nicht merken kann. Der zweite hielt den gleichen Teller. Wir aßen so etwas nicht.

Einstimmig und im selben Tonfall sagten wir »Guten Tag«. Lena hatte sich eine andere Bluse angezogen, eine ohne Mehlspuren und Saftflecken. Ich hatte mir ein Tuch mit Fransen umgelegt, zuvor noch rasch ein Glas Wein hinuntergestürzt, um mir Mut zu machen. In meinem Zimmer stand immer eine Flasche bereit. Über den eigens ausgelegten Teppich ging der Besuch zur Terrassentür. Setzte sich in die Sessel, von denen man direkt auf die Pfingstrosen blickte.

»Oh, was für schöne Blumen«, sagte einstimmig der Besuch selbzweit.

Wir nahmen auf dem Sofa Platz, mit dem Rücken zum Garten. Das heißt, ich setzte mich, und Lena holte Kaffee und Kuchen. Ich wandte mich in herzlichem Ton an den Besuch, darauf bedacht, meine Blicke gleichmäßig zu verteilen, denn Regel Nummer drei besagt, dass man sich über Egonen nicht erheben, niemanden bevorzugen darf, und dass es eine Frage der Höflichkeit ist, Statusunterschiede zu verwischen. Was am Ende dazu geführt hatte, dass man möglichst bemüht war zu verbergen, wer das Alpha war und wer ein gewöhnliches Egon.

»Wir züchten Blumen«, sagte ich unverbindlich. Der Wein ließ mich mutiger werden, als ich eigentlich war. Einem Fremden gegenübersitzen und am Essen kauen – es gab wahrhaftig Angenehmeres. Ich hatte mir früher schon einen Fragenkatalog zurechtgelegt für solche Anlässe, und weil es unser Nachbar werden sollte, ergänzte ich ihn noch um einige Aspekte:

»Wie gefällt dir die Gegend hier?«

»Wo hast du vorher gewohnt?«

»Hast du einen Garten?«

Die vierte Regel lautet, dass man nicht zu aufdringlich fragen soll, wie viele Egonen im Egoton leben. Es könnte missverstanden werden als ein Sondieren des materiellen Status, und das gilt als unhöflich. Je mehr Egonen, desto größer muss der Wohlstand sein, jeder weiß das natürlich – doch kann es mitunter auch täuschen. Denn manche Reiche, die sich einem »Zurück zur Natur« verschrieben haben und einen schlichten, gesunden Lebensstil im kleinen Kreis pflegen, halten die Zahl der Egonen bewusst gering. Selballein zu leben wäre das Ideal, doch kenne ich niemanden, der sich eine solche Exzentrik erlauben würde.

Unser neuer Nachbar selbzweit saß reichlich verlegen da, erzählte ausweichend, nur zu deutlich war zu sehen, wie unsicher er sich fühlte. Offenbar bereitete auch ihm dieser Besuch kein Vergnügen. Weil er die Angewohnheit hatte, sich ständig zu räuspern, wollte ich nach Allergien fragen, und tatsächlich – ich hatte gut getroffen, so kamen wir auf verschiedene Lebensmittelunverträglichkeiten zu sprechen. Er sagte, sie seien allergisch gegen alle Getreidesorten, gegen Schokolade, Nüsse und Milchprodukte. Aus dem Augenwinkel sah ich, wie Lena in der Tür stehen blieb, in den Händen den Schoko-Nuss-Kuchen, den sie für diese Begegnung gebacken hatte. Rückwärts verschwand sie in der Küche. Um kurz darauf mit einem Teller Radieschen wieder aufzutauchen. Sie setzte sich neben mich.

Selbzweit bedienten wir uns zu viert von dem Radieschenteller und sprachen eine Weile über Kinder. Der Besuch fand es interessant, dass wir ein Kind hatten, und sie begannen auch gleich, sich umzuschauen, wohl in der Hoffnung, es beim Spielen zu entdecken, in einem Winkel des Zimmers oder versteckt unter dem Tisch.

Ich betrachtete die helle Haut des Nachbarn, die Schweißperlen auf den beiden Stirnen, die bereits licht gewordenen Haare, die die rosigen Gesichter wie eine unvollkommene Aureole umgaben. Die Brillen mit den leichten Metallgestellen rutschten ihnen immer zugleich auf die Nasenspitzen, und mit derselben Bewegung rückten sie sie zurecht.

Mir kam die Idee, ich könnte ihn zeichnen und in eine meiner Geschichten aufnehmen – als gutmütigen Zauberer, der ständig die Beschwörungsformeln durcheinanderwirft und alles Mögliche zaubert, nur nicht das, was er eigentlich will. Das musste ich mir merken!

All meine Fragen hatte ich jetzt gestellt. Er erwiderte, dass er die Gegend schön finde, dass das Haus renoviert werden müsse. Fragte bei der Gelegenheit, ob wir nicht Firmen wüssten, die wir empfehlen könnten. Er gab zu verstehen, dass er früher im Zentrum gewohnt habe, von einem bestimmten Moment an den Lärm aber nicht mehr ertragen konnte. Dann ergriff er die Initiative. Fragte, wo wir unsere Einkäufe machten. Ich hatte noch nicht zu einer Antwort angesetzt, als etwas völlig Überraschendes geschah – Alma kam ins Wohnzimmer, mit einem Teller frisch gepflückter Trauben aus ihrem eigenen Anbau, von denen wir nie hatten essen dürfen, und einer Flasche Riesling. Ohne ein Wort stellte sie beides auf den Tisch, setzte sich auf einen freien Stuhl. Lena erhob sich sogleich, sichtlich verlegen, und verließ das Zimmer; sie wollte der schrecklichen Situation vorbeugen, dass wir selbdritt dasaßen, er aber nur selbzweit. Der Besuch rutschte auch schon unruhig hin und her. Alma stellte jedem ein Weinglas hin und lächelte mich an, als sähe sie nicht meinen scharfen Blick, der ihr deutlich genug zu verstehen gab:

»So etwas tut man nicht, meine Liebe.«

»Was machst du?«, fragte sie zwanglos, während sie den Riesling einschenkte. »Vielleicht ein wenig Eis?«

Alkohol am Mittag! Eine unverblümte Frage zur Arbeit! Unser Besuch selbzweit wurde rot, die Farbe der

Verlegenheit floss in die runden, schon leicht erschlafften Wangen, hielt sich dort für einige Sekunden, gleich einem unschönen Fleck. Ich bemerkte, wie die Hand desjenigen, der links saß, zur Hand des anderen wandern wollte, um sie zu fassen, zu halten, Mut zu machen. So weit ließen sie es natürlich nicht kommen.

»Nun …«, begann der linke, »Rechnungsdienstleistungen.«

Es klang entsetzlich banal. Eine peinliche Stille breitete sich aus.

»Und du?«, fragte er nach einer Weile. Die Frage war an mich gerichtet. Um die Symmetrie zu wahren, wandte der andere den Blick auf Alma, die die Schuhe abstreifte und die Beine unterschlug. Was für ein Fauxpas!

»Wir sind die allergewöhnlichste Familie.«

»Kann ich euer Kind sehen?«, fragte der rechte.

Ich senkte den Blick, doch Alma schien die Unverschämtheit nicht zu stören.

»Er heißt Chalim, drei Jahre ist er alt.«

Sie wirkten begeistert.

»Wir wünschen uns so sehr ein Kind. Die Prüfungen haben wir schon bestanden, jetzt richten wir das Kinderzimmer ein.«

Offenbar hatten wir einen Punkt berührt, der ihnen sehr nahe ging.

»Das Zimmer nach Süden?«, fragte Alma und schenkte Riesling nach, obwohl unser Besuch seine Gläser noch nicht geleert hatte.

»Wir möchten lieber das nach Westen nehmen, dann kann das Kind am Morgen ungestört schlafen.«

Ich konnte mich nicht auf das Gespräch konzentrieren, Almas Benehmen nahm mich völlig in Beschlag. Aus dem Augenwinkel prüfte ich das Verhalten des Besuchs.

Ihre Anspannung schien sich gelöst zu haben, doch sollte man Fremden nicht zu früh vertrauen. Der linke sagte, dass er für eine große Korporation arbeite und dass seine Computer eine spezielle Kühlung benötigen würden. Der rechte fügte noch hinzu, dass der Raum, in dem er arbeite, abgeschirmt sei, wir bräuchten also keine Sorge zu haben wegen der Strahlung. Für den Moment konnte man den Eindruck gewinnen, dass das Gespräch in Gang gekommen war. Sicher hatte es mit Almas ungezwungenem Benehmen zu tun. Oder es lag schlicht am Riesling. Selten findet man heute jemanden, mit dem man sich unterhalten möchte. Die anderen sind langweilig, meistens haben sie nur wenig mehr zu sagen, als du ohnehin schon weißt, und wenn sie sich mit irgendetwas auskennen, wovon du keine Ahnung hast, dann interessiert es dich in der Regel nicht, weil du nichts damit zu tun hast … Unser Gespräch blieb auch schon wieder stecken. Ich unterdrückte ein Gähnen, der Besuch bemerkte es wohl, sie wurden unruhig. Der linke fragte wieder nach dem Kind – ob sie es sehen dürften. Ehe Alma etwas hätte sagen können, und womöglich eine Dummheit, erwiderte ich:

»Um diese Zeit schläft es.«

»Aber ja doch, aber klar … Was für eine Idee, wir wollen es doch nicht wecken … Das wäre unhöflich. Und nicht gut für den Kleinen …«, bremsten sie sich gegenseitig.

Es war zu spüren – der Besuch ging seinem Ende entgegen. Alma streckte ihre Beine wieder aus. Mit Entsetzen sah ich das riesige Loch in ihrer Socke. Die große Zehe lugte heraus. Auch der Besuch bemerkte es, und wieder liefen die beiden Gesichter rot an.

»Zeit, nach Hause zu gehen«, sagte der Besuch verlegen, und sie standen auf.

Ich verspürte eine unsägliche Erleichterung. Wir verbeugten uns alle vier, und unser Nachbar verließ das Haus. Gleich kamen Fania und Lena herbei; Lena war aufgebracht. Wir standen da und sahen, wie die beiden identischen Gestalten um die Straßenecke bogen.

»Das Kind wollte er sehen!«, rief ich empört. Dann führten wir unser Gespräch in Gedanken weiter. Was für eine Unverschämtheit, beim ersten Besuch! Und wie ungeschickt er war. Habt ihr das gesehen? Und diese komische Glatze. Wahrscheinlich sammelt er so alte Musikplatten und hängt sie sich an Schnürchen an die Decke. Rechnungsdienstleistungen … Sonst noch was! Der sitzt auf seiner Bürgerrente, hat keine Arbeit und weiß nicht, was er machen soll vor lauter Langeweile. Ob das stimmt, was er da erzählt hat mit dem Kind? … Nur Alma äußerte sich nicht. Sie ging in die Küche, aß den Kuchen, direkt vom Blech, mit den Fingern.

In den nächsten Tagen lebten wir unser übliches Leben, so wie wir es mochten. Alma arbeitete im Garten, abends trank sie Wein und blätterte in alten Zeitschriften zum Thema Pflanzen und Gartenbau. Bis spät in die Nacht blieb sie auf, schrammelte auf ihrer alten Gitarre und hinterließ überall Unordnung. Lena knurrte sie in der Küche an, beklagte sich, dass alles an ihr hängen bleibe, sie hätte keine Lust mehr zu kochen, dafür sollten wir uns eine Egone besorgen. Aber das Mittagessen, das sie kochte, war das beste auf der Welt.

Fania kümmerte sich um den Dreijährigen – Spiele, Lernen und Spaziergänge. Wenn sie am Nachmittag mit dem Kleinen im Wohnzimmer beschäftig war, leisteten wir ihr Gesellschaft. Es waren die glücklichsten Momente des Tages, wir wurden zu einer richtigen, liebenden Familie. Da der Kleine uns noch nicht unterscheiden konnte, hing er an allen wie an Fania, versuchte, an jede Brust zu gelangen, die er spürte. Die spontane Antwort meines Körpers brachte mich in Verlegenheit – das plötzliche Sich-Anschmiegen, das Schwinden der Grenzen. Als wären wir Zellen, jeden Augenblick bereit, sich zu einem Organismus zu verbinden. Wir setzten das Kind in unsere Mitte, vier identische Frauen, die sich über den Kleinen beugten, ein zärtliches Lächeln, erblühende Einheit. Behalte dieses Bild im Gedächtnis, sagte ich mir, behalte es genau im Gedächtnis, dass du es später zeichnen, es zu Papier bringen kannst. Damit es in Bleistift- und in Federstrichen wiederkehrt. So verlief meine Arbeit immer. Am Anfang stand ein Bild, später erst formte sich die Geschichte. Vielleicht war ebendies der Beginn der nächsten.

In den kommenden Tagen beendete ich zunächst eine andere Erzählung. Ich arbeitete fieberhaft, gönnte mir keine Pause, zehn, zwölf, vierzehn Stunden am Tag, doch war es ein wunderbares Vergnügen. Einige Dutzend Seiten mit Zeichnungen, begleitet von einem lakonisch gehaltenen Text. Ein riesiges Schneckenhaus, das sich nach innen windet. Dort, im Innern, ist ein Königreich, das immer vollkommener, immer heiterer wird, je weiter die Heldin vordringt. Und immer weiter windet sich die Spirale, fort in die Unendlichkeit, und die Wesen, die dort wohnen, werden kleiner und kleiner, sind aber nicht weniger vollkommen. Die Welt ist ein Schneckenhaus, das sich auf einer riesigen Schnecke durch die Zeit bewegt.

Als ich fertig war, kam Alma zu mir, betrachtete in aufmerksamem Schweigen Bild um Bild. Ich sah ihr an, wie zufrieden sie war. Sie drückte mich an sich, ich spürte ihre Rührung, ihre Liebe. Wir atmeten im selben Rhythmus, ich hörte, wie unsere Körper lebten. Ein absolutes Glück.

»Schatz«, sagte sie, »ich schalte dich jetzt aus. Du musst dich erholen vor deiner nächsten Aufgabe. Wir werden dich vermissen.«

Ich überließ mich ihren Fingern mit dem Gefühl rundum erfüllter Pflicht.

Eine wahre Geschichte

Die Frau kam zu Fall, als sie eben am Fuß der Rolltreppe den ersten Schritt getan hatte. Sie stürzte auf die Marmorfliesen, schlug mit dem Kopf gegen den Sockel einer Statue, die eine stämmige Arbeiterin darstellte – eine Weberin sollte es wohl sein, sie hielt eine Spindel in der Hand.

Der Professor sah den Zwischenfall recht genau, er befand sich zu jenem Zeitpunkt in der Mitte der abwärts gleitenden Rolltreppe. Die eilende Menge stockte kaum, zwei, drei Personen in unmittelbarer Nähe beugten sich einen Augenblick über die Unglückliche und gingen weiter, gestoßen von denen, die zu den Zügen eilten, doch der große Menschenstrom ignorierte die am Boden Liegende, er rauschte einfach weiter durch sein Bett. Die Beine der Vorübergehenden wichen geschickt dem Körper aus, nur manchmal schleifte ein Schuh an einem der Schöße des wattierten Mantels. Als der Professor die Gestürzte erreicht hatte, ging er in die Hocke, versuchte, so rasch als möglich ihren Zustand einzuschätzen – so weit dies jemandem gelingen mochte, der kein Arzt war. Auch konnte er ihr Gesicht kaum sehen, es war von der Mantelkapuze bedeckt, die sich langsam blutig färbte. Lumpen umhüllten die Frau, altersbraune, dreckige Fetzen, als wäre ihr Körper von losen Bandagen umwickelt, unter dem fleckigen Rock ragten ihre Beine hervor, die in dicken, fleischfarbenen Strumpfhosen steckten, an den Füßen trug sie ausgelatschte Schuhe, den braunen

Mantel, an dem die Knöpfe fehlten, hielt ein Ledergürtel zusammen – zu viel Kleidung für das sommerliche Wetter. Der Professor schob die Kapuze zurück. Ein blutverschmiertes Gesicht kam zum Vorschein, vom Schmerz zur Grimasse verzerrt. Schwer ging der Atem der Frau, ihre Lippen bewegten sich. Bläschen aus Speichel und Blut quollen auf.

»Hilfe!«, schrie der Professor entsetzt und riss sich das Jackett vom Leib, um es der Verletzten unter den Kopf zu legen. Er versuchte, sich zu erinnern, mit welchem Wort man hierzulande um Hilfe rief, doch alles war ihm entfallen, selbst der Satz »Guten Tag, wie geht's?«, den er im Flugzeug so eifrig geübt hatte, wollte ihm nicht mehr einfallen.

»Hilfe! Help!«, rief er in Panik. Eine Blutlache breitete sich unter dem Kopf der Frau aus, und der Menschenstrom floss darum herum, formte einen regelrechten Mäander. Immer größer wurde die Lache, immer unheilvoller, und der vom Sturz geschundene Körper ließ ihn plötzlich an ein Gemälde von Melchior de Hondecoeter denken – ein Stillleben mit der naturalistischen Darstellung eines erlegten Hasen.

Zwei Tage zuvor war der Professor in diese kalte, windige, endlos sich erstreckende Stadt gekommen, nun kehrte er eben von einem Spaziergang zu seinem Hotel zurück, wo ein Bankett die Konferenz beschließen sollte, auf der er einen Vortrag gehalten hatte. Die Konferenz war spezifischen Zusammenhängen zwischen Naturwissenschaften und Kunst beziehungsweise Literatur gewidmet. In seinem Vortrag hatte der Professor die Frage erörtert, inwieweit der Genuss von Eiweiß die Wahrnehmung der Farben beeinflussen könne. Im Zuge seiner Ausführungen wies er nach, dass die Blütezeit der niederländischen Malerei auf das Engste mit einer Ertragssteigerung auf dem Gebiet der Viehzucht und dem damit verbundenen sprunghaften Wandel der Ernährung korrelierte. Die Proteine der Milchprodukte und insbesondere die Aminosäuren im Käse fördern nämlich die Entwicklung bestimmter Hirnstrukturen, die für das Farbensehen zuständig sind. Seine Forschungsergebnisse wurden überaus positiv aufgenommen, um nicht zu sagen: enthusiastisch. Nach einem üppigen Mittagessen, bei dem er sich auf eine Diskussion über illusionistische Malerei einließ, trank er einen Kaffee und beschloss, auf den Besuch des riesigen, legendären Museums zu verzichten, zu dem eine ganze Gruppe von Konferenzteilnehmern aufbrechen wollte, er kannte das Museum schon, außerdem stand ihm der Sinn danach, alleine das Stadtzentrum zu erkunden, ein wenig frische Luft zu schnappen, sich das Leben in der Metropole anzuschauen.

Er ging ohne Eile, setzte seine ohnehin schon langen Schritte noch länger, und weil es unerwartet warm geworden war und eine honigfarbene Sonne aus den Wolken spitzte, zog er sein Jackett aus, trug es lässig über der Schulter.

Die Straßen füllten sich mit Menschen, die das schöne Wetter auf einen Spaziergang lockte. Schaufenster mit Markenwaren, in origineller Weise arrangiert, als wären es Kunstwerke, zogen die Blicke der Passanten an, lenkten sie ab von den etwas zu grellen Farben, mit denen die Häuserfassaden überzogen waren.

Die alte Flanierpromenade ließ an einen Laufsteg denken. Hier konnten die Menschen einander in Augenschein nehmen, prüfen, ob jeder den entsprechenden Platz einnähme, die Bestätigung suchen, dass jeder passte in diese Welt. Die Einkäufe wurden freilich woanders erledigt, in riesigen Handelszentren, dorthin aber wollte sich unser Professor nicht begeben. Er war zufrieden. Der Aufenthalt hier, sein Vortrag, das Wetter – alles erfüllte ihn mit Freude, selbst die Stadt, die ihm gestern noch so abstoßend, ja unmenschlich erschienen war, stimmte ihn froh. Jetzt, da der Adrenalinspiegel wieder sank und das Gefühl einer redlich erfüllten Verpflichtung ihn ergriff, spürte er, wie angenehm die Wärme über den Körper strömte; er genoss die Sonne, lächelte jeden Passanten an in der seligen Gewissheit, dass niemand ihn hier kannte und ihm alles gestattet wäre – auch wenn er nichts Bestimmtes im Sinn hatte, geschweige denn im Schilde führte. Und die Aussicht, dass er bald in die sicheren Räumlichkeiten des Hotels zurückkehren, etwas Gutes essen und den eiskalten Wodka trinken würde, den man hier so großzügig servierte, erfüllte ihn – ja – erfüllte ihn mit Glück. Mit Vorbedacht nahm er kein Taxi, schlug den Weg zu einer Metrostation ein, die breite Hauptverkehrsader entlang, über die die Autos hinfuhren, vielmehr: auf der sie gewöhnlich im Stau standen. Ab und an sauste ein Wagen mit blinkendem Blaulicht vorbei.

Der Professor schritt zügig aus. Wie gut doch die Bewegung tat nach den langen Stunden, die er in einem ungelüfteten Saal gesessen hatte. Die Sonne verschenkte ihre Wärme, er trug ein weißes Hemd, dazu die Zierde einer recht exzentrischen Krawatte – seine Frau hatte sie für ihn ausgesucht. Er fühlte sich leicht, er fühlte sich beschwingt, auch wenn es mit der frischen Luft, die er auf seinem Spaziergang hatte atmen wollen, nicht ganz so weit her war, denn auf dieser Straße wehten und wirbelten Abgasschwaden, zogen den wenigen Menschen, die hier zu Fuß unterwegs waren, in die Nasen. Der Professor bemerkte einen Mann mit asiatischen Zügen, der eine weiße Gesichtsmaske trug.

Einen Kilometer hatte er bereits auf der linken Seite der verkehrsreichen Straße zurückgelegt, und da er wusste, dass er auf die gegenüberliegende Straßenseite gelangen musste, suchte er einen Zebrastreifen. Weit und breit war keiner zu sehen. Dann sollte wohl eine Unterführung zu finden sein, dachte er. Bei einer derart verkehrsreichen Straße. Gleichfalls Fehlanzeige. Er wollte schon eine etwas größere Lücke zwischen den Autos abwarten, um auf die andere Seite zu laufen – doch als Warnung fiel ihm die Geschichte eines deutschen Doktoranden ein (während einer der Kaffeepausen war sie erzählt worden), der vor ein paar Jahren als Teilnehmer einer ähnlichen Konferenz eine Straße hatte überqueren wollen. Mit dem deutschen Vertrauen in die festgesetzten Regeln: an einem Zebrastreifen, bei grüner Fußgängerampel. Und ein mit halsbrecherischer Geschwindigkeit dahinjagendes Auto hatte ihn erfasst und tödlich verletzt.

So verwarf er das wagemutige Vorhaben und setzte seinen Weg fort, bis er nach weiteren zwei Kilometern eine Treppe entdeckte, die in die Tiefe führte. Hier endlich konnte er durch eine Unterführung auf die andere Seite gelangen. Nun wurde es ruhiger, stiller, er fühlte sich bedeutend wohler. Er betrachtete die Menschen. Müde wirkten sie und gehetzt, abwesend eilten sie dahin. Ihre Einkäufe trugen sie in großen Plastiktüten. Grüne Büschel von Wurzelpetersilie ragten heraus, die steifen Besenfächer der Lauchblätter. Bald entdeckte er auch die Quelle dieser Erwerbungen – auf einem abseits gelegenen Platz wurde ein Markt abgehalten. Obst und Gemüse gab es dort, außerdem billige Massenware aus China. Ein einziges Mal nur sah er Menschen, die nicht in Eile waren. Auf der steinernen Einfassung eines abgeschalteten Springbrunnens saßen zwei alte Männer und spielten versonnen Schach.

Die Auslagen der Geschäfte hier wirkten kärglich, in großen Ziffern und mit dickem Filzstift waren die Preise auf den Schildchen notiert. Der Professor versuchte, sie in eine ihm vertraute Währung umzurechnen, verhedderte sich dabei und befand, dass die Mühe unnötig sei, er wollte doch ohnehin nichts kaufen. In der Boutique des Hotels hatte er bereits ein Bernsteinarmband für seine Frau erworben. Sicher zu einem überhöhten Preis, doch hatte es ihm so gut gefallen, dass er nicht lange zögerte. Wie oft fand man heutzutage noch etwas, das einem sofort ins Auge fiel? Und wie oft nicht hatte man beim Einkaufen das Gefühl, in Abfallhaufen zu wühlen?

Die Sonne war bereits im Sinken begriffen, als ihr Licht noch einmal strahlend in die Straßen floss. Die Fassaden färbten sich rot, jedes kleine Detail erhielt einen frappierenden ockerfarbenen Schatten. Als sollte jede Einzelheit unterstrichen werden wie mit der Tönung des Lidschattens, den seine Frau benutzte. Alles schien ihm plötzlich voller Bedeutung, von verborgenen Zeichen erfüllt. Wie auf den Gemälden des Herri met de Bles, zu denen er gerade forschte.

Zu seiner Freude bemerkte der Professor, dass er sich jetzt in einem freundlich wirkenden Stadtteil befand, der offenbar auch für Touristen hergerichtet war. Er sah Cafés, sah kleine Tische auf dem Trottoir, gestreifte Markisen. Erleichtert ließ er sich an einem der Tische nieder, bestellte einen Kognak und einen Kaffee. Bis zum Bankett verblieb noch reichlich Zeit, er freute sich, dass er noch ein wenig allein sein konnte, in sicherer Entfernung von dem vielsprachigen Stimmengewirr der Konferenz und der ewigen Frage: Woher kenne ich nur dieses Gesicht?

Der Kognak schmeckte vorzüglich. Der rötliche Glanz der Sonne fiel auf das Gesicht des Professors – weich und sanft, eine zärtliche Wärme. Wollte man sich diesen Glanz als Getränk vorstellen, er müsste den Geschmack von Hagebuttenlikör haben. Nach einem Moment des Zögerns bestellte der Professor einen zweiten Kognak und ein Päckchen Zigaretten, obwohl er das Rauchen längst aufgegeben hatte. Ein seltsames Gefühl ergriff ihn. Als wäre die Zeit zurückgedreht. Als befände er sich in einer Sphäre, in der sein Handeln keine Konsequenzen haben, der Wirkung keine Ursache vorausgehen müsste. Als dürfte alles in einer wunderbaren Schwebe verweilen. Das war er – der Augenblick, zu dem man sagen möchte … Nur die größten Dichter wussten ihn wiederzugeben, nur die Genies unter den Malern fanden die Farben dafür. Der Professor konnte es nicht, er war lediglich ein gewöhnlicher, wenn auch anständiger und durchaus gebildeter Mensch; er konnte diesen Augenblick nur spüren, eintauchen und versinken in dem allumfassenden Vertrauen, das alle Vorstellungskraft übersteigt.

Als er bemerkte, dass es Zeit wurde für die Rückkehr, dunkelte es bereits. Die Sonne war plötzlich verschwunden, verschluckt von riesigen Gebäuden mit Tausenden von Fenstern. Wenn er seinen Weg nun zu Fuß fortsetzen würde, käme er nicht mehr rechtzeitig zum Beginn des Banketts. Also machte er sich auf zur nächsten Metrostation.

Eine ganze Weile studierte er den komplizierten Plan mit den Verbindungen, bis er begriff, dass er nur zwei Stationen von seinem Hotel entfernt war. Er kaufte einen Fahrschein an einem der Automaten, und einen Moment später befand er sich inmitten der erschöpften, schweigenden Menschenmenge, die von der Arbeit zurückkehrte nach Hause. Niemand schaute auf den anderen, eine einförmig mechanische Stimme sagte die Bahnsteige an, die Namen der Stationen – in der Sprache, die er nicht verstand, und weil sie ihm so fremd war, unternahm er auch keine Bemühungen, etwas zu verstehen. Er blickte sich um, in welche Richtung er zu gehen hätte, zögerte einen Augenblick, da strebte er schon mit der Menge der Rolltreppe zu. Und die Menge, die ihn so warm und wohlig umgab, schob ihn auf das endlos scheinende Stufenband. Mit gleichmäßiger Geschwindigkeit glitt er in die Tiefe, unter die Erdoberfläche, wo riesige, ungeschlacht wirkende Marmorfiguren residierten, mit den Attributen verschiedener Berufe ausgestattet. Die Statuen jagten ihm einen gehörigen Schrecken ein. Mit Erleichterung dachte er an das frische Hemd, das in seinem Hotelzimmer auf dem Bett bereitlag.

Eben jetzt, da er sich in der Mitte der Rolltreppe befand, sah er die Frau zu Boden stürzen, hörte sogar den dumpfen Laut, mit dem ihr Kopf gegen den Sockel der Statue schlug. Wenig später schon versuchte er, nun in der Hocke, behutsam ihren Kopf zu heben, um ihn auf sein zusammengelegtes Jackett zu betten. »Hilfe, Hilfe!«, schrie er in die Menge, von der er nur Beine und Bäuche sah. »Bitte … einen Krankenwagen!«

Ein Kind, das ein Erwachsener an der Hand hielt, schaute ihm über die Schulter und wurde gleich weitergezogen. Er fasste einen Mann am Jackensaum, der entwand sich geschickt. »Hilfe!«, rief der Professor verzweifelt. Die Menge umwogte den Mann und die Frau am Boden. Diese Entschlossenheit hatte etwas Bösartiges. Als wollten der Professor und die Unglückliche den Lauf der Erde und der Sonne aufhalten. Plötzlich wurde die Frau von Krämpfen geschüttelt, er fasste sie fester, aus Angst, sie könnte sterben. Sein Leinenhemd war schon mit Blut befleckt, ebenso seine Hände, sein Gesicht.

»Polizei!«, schrie er – und erst dieses allgemein verständliche Wort bewirkte, dass ein Mann stehen blieb, dann ein zweiter. Doch standen sie nur da und unternahmen nichts, starrten mit nicht zu deutendem Gesichtsausdruck auf das Bild, das sich ihnen bot.

»Polizei, Polizei!«, wiederholten einige Gaffer, die Menge indessen beschleunigte ihren Schritt, und der Professor wurde sich jäh bewusst, dass er den Eindruck erwecken könnte – wie er sich so über die Frau am Boden beugte –, dass er derjenige wäre, der ihr etwas angetan hätte. So versuchte er aufzustehen, zur Seite zu treten, jemand stieß ihn rüde an, er verlor das Gleichgewicht, stürzte in die Blutlache.

Einige Menschen schauten nun auf die Szene, und jetzt drängten sich auch zwei Polizisten durch die Menge. Über ihre Uniformjacken hatten sie Warnwesten gezogen, die das Neonlicht auf unwirkliche Weise reflektierten – man hätte sie für Engel nehmen wollen, eben so erschienen sie dem Professor. Die Frau lag reglos da. Der Professor erhob sich, und im Bewusstsein, dass er rot war von ihrem Blut, schaute er hoffnungsvoll auf die Gesetzeshüter. Deren Gesichter aber wirkten verbissen, sie musterten ihn mit bedrohlichen Blicken, das Opfer war ihnen anscheinend gleichgültig. Sahen sie ihn etwa als Täter an? Und wie zur Bestätigung packte ihn einer der Polizisten, drehte ihm schmerzhaft den Arm auf den Rücken. Der Professor schrie auf, empört über den so offenkundigen Ausdruck eines fatalen Missverständnisses. Dass sie die Verletzte nicht beachteten, von ihm aber Papiere forderten! Es dauerte eine Weile, bis er mit Gesten deutlich machen konnte, dass seine Papiere sich in seinem Jackett befanden, das unter dem Kopf … er deutete in die Richtung, der Kopf der Frau war zur Seite gedreht, lag jetzt auf den Fliesen, von seinem Jackett keine Spur. Indessen drängten sich drei hünenhafte Sanitäter mit einer Tragbahre durch die Menge. Der Professor sah ihre kahl rasierten Schädel, ihre Stiernacken. Auch der Polizist betrachtete sie mit Interesse – wie sie sich ihren Weg zu bahnen versuchten, die Menschen beiseitedrängten, mit der Tragbahre hantierten – und lockerte unwillkürlich seinen Griff. Die Menge aber ließ sich so leicht nicht aus dem Weg schieben, unter ihrem Druck gab der Polizist mit einem Mal den Arm des Professors frei, und als ihn die Sanitäter weiterschubsten, drehte er sich um, und in einem Anfall von Panik ergriff er die Flucht.

Zunächst irrte er über unterirdische Bahnsteige, bis er an eine Treppe gelangte, die an die Erdoberfläche führte. Mehrere Stufen auf einmal nehmend, hastete er nach oben, rempelte Menschen zur Seite, die ohnehin vor ihm ausweichen wollten, in angewiderter Furcht. Es war das Blut, das sie in Angst versetzte. Kaum hatten sie es bemerkt, veränderten sich ihre Gesichter. Dabei vergaßen sie, dass es auch durch ihren Körper strömte, durch die Adern unter ihrer weichen, so leicht verletzlichen Haut. Voller Entsetzen dachte der Professor daran, dass dieses Blut wahrhaftig eine tödliche Bedrohung für ihn darstellen könnte. Er wusste doch nichts von dieser Frau. Wenn sie eine Prostituierte war, eine Drogensüchtige?! Wenn in ihrem dunklen Blut Millionen von HI-Viren sich tummelten, die eben dabei waren, durch mikroskopisch winzige Hautdefekte in seinen Körper einzudringen?! Heute früh hatte er sich die Fingernägel geschnitten und sich dabei eine kleine Stichwunde am Daumen zugefügt. Er betrachtete die Stelle: ein Pünktchen geronnenen Bluts. Er hastete weiter die Stufen empor, Frauen kreischten auf bei seinem Anblick, drückten sich an die Wand; manche Männer wollten ihn wohl am liebsten packen und ihm die Abreibung verpassen, die er ihrer Ansicht nach verdiente, doch hatten sie Angst, ihn zu berühren. Mit langen Sätzen erreichte er den Ausgang der Metrostation, und als er draußen war, schoss ihm als erster Gedanke durch den Kopf, dass er sich waschen müsste, und sei es im erstbesten Springbrunnen, den er fände. Er stand auf dem kleinen Platz, blickte sich in Panik um. Die Toilette in der Metrostation? … Um keinen Preis hätte er dorthin zurückgehen wollen. Er versuchte sich zu orientieren, entdeckte erleichtert die charakteristisch spitz zulaufende Silhouette seines Hotels hinter den Dächern. Ohne zu überlegen, schlug er die Richtung ein, im Laufschritt fast, die Arme vor sich ausgestreckt wie ein Geist in einem Theaterstück für Kinder.

Mittlerweile war es dunkel geworden. Um zu seinem Hotel zu gelangen, musste er die nächste stark befahrene Straße überqueren. Nach der jüngsten Erfahrung mit den Möglichkeiten, solche Verkehrsadern zu überwinden, wollte er den Versuch wagen, zwischen den Autos hinüberzuhuschen, die verlangsamte Fahrt infolge eines Staus schien dem entgegenzukommen. Er wartete einen entsprechenden Moment ab und stürmte los, direkt in den Verkehr hinein, vor die Kühler der Autos, die entweder stehen blieben oder einen Bogen um ihn schlugen, wobei sich ein wildes Hupkonzert erhob. Der Professor tätschelte begütigend auf Motorhauben, doch weil er es mit seinen blutverschmierten Händen tat, brachte er die Autofahrer erst recht in Rage. Ein Mann, der am Steuer eines schwarzen Land Rover saß, ließ blitzartig die Tür aufschwingen, dass sie den Professor schmerzhaft an der Hüfte traf. Er stürzte, versuchte sogleich, wieder auf die Beine zu kommen, wohl wissend, dass er sich in akuter Lebensgefahr befand. Immer weitere Autos wichen dem blutverschmierten Menschen aus, der sich mühsam aufrappelte, und die Fahrer bedachten ihn ausgiebig mit Flüchen und Verwünschungen. Als er – er wusste selbst nicht mehr wie – die andere Seite erreicht hatte, wähnte er sich gerettet. Nun galt es nur noch, die großzügig bemessene Grünfläche vor dem Hotel zu überqueren, hoffnungsvoll wollte er das letzte Stück des Weges zurücklegen, als er bemerkte, dass er nur noch einen Schuh am Fuß hatte. Den anderen musste er verloren haben, als ihn die Tür des Land Rover getroffen hatte. Während er mit dem einen Schuh dahinhumpelte, fragte er sich besorgt, wie er nun auf dem Bankett erscheinen sollte. Andere Schuhe hatte er nicht dabei. Nun denn – dann würde er sich eben noch ein Paar kaufen müssen. Im Übrigen hatte das Bankett sicher schon begonnen. Egal, da käme er halt zu spät. Bis er einträfe, wäre der Teil mit den Reden wahrscheinlich schon vorbei.

Humpelnd erreichte er die Glastüren des Hotels. Dort stellte sich ihm ein breitschultriger Portier in den Weg, gekleidet in einer Livree, die an die Militäruniform irgendeines Operettenstaates denken ließ. Mehrmals schon hatte er den Professor gesehen, so auch am Morgen dieses Tages, doch anscheinend erkannte er ihn nicht. Der Professor erklärte, dass er im Zimmer 1138 wohne und ein Teilnehmer der Konferenz sei. Überrascht von dem flüssigen Englisch zögerte der Wächter in seiner Absicht, sich unerbittlich zu zeigen, verlangte mit Nachdruck den Reisepass. Entsetzt wurde dem Professor bewusst, dass sein Jackett verloren war und mit ihm seine Papiere. Er suchte trotzdem seine Hosentaschen ab, die hinteren, die vorderen – er fand nur eine Handvoll Münzen in der hiesigen Währung, ein Metroticket und eine angebrochene Packung Kaugummi mit Zitronengeschmack. Der Wächter musterte ihn ironisch, ein Lächeln der Befriedigung erstrahlte auf seinem Gesicht. Er packte den Professor im Nacken, wie man einen Raufbold dingfest macht, und führte den sich Windenden auf die Grünfläche, wo er ihm einen solchen Tritt in den Allerwertesten versetzte, dass der Professor zu Boden stürzte und eine ganze Weile liegen blieb.

Der Schmerz, die Demütigung und das Gefühl völliger Hilflosigkeit trieben ihm die Tränen in die Augen, er konnte das Schluchzen nicht mehr unterdrücken. Seit Ewigkeiten hatte er nicht geweint, hatte vergessen, welche Erleichterung es bringen konnte. Und er beruhigte sich tatsächlich. Sein Boot, so könnte man es ausdrücken, überquerte das Meer der Tränen, gelangte an ein Ufer, und das Schaukeln war vorbei. Hier also legte er an – eine völlig unerwartete Lage, ein völlig unbekanntes Land. Nun musste er sehen, wie er zurechtkam.

Im Dunkeln hockend – in der Grünanlage war es duster, wie so ziemlich überall in dieser schlecht beleuchteten Stadt – überlegte er, was nun zu tun sei. Hätte er sein Jackett noch, hätte er telefonieren können. Doch zusammen mit seinem Pass und den Kreditkarten hatte er auch sein Telefon eingebüßt. Er wollte versuchen, den Trakt des Hotels zu erreichen, in dem er das Bankett vermutete. Vielleicht, dass es ihm gelänge, Kollegen auf sich aufmerksam zu machen. Einige von ihnen waren noch immer Raucher, sicher würden sie gelegentlich den Bankettsaal verlassen, auf einen Balkon, eine Veranda gehen, um dort zu rauchen, vielleicht sogar in den Garten … Er bewegte sich an dem Hotelgebäude entlang, suchte aufmerksam nach erleuchteten Fenstern. Vom Foyer abgesehen wurde fast das gesamte Parterre von Restaurants, Bars und Konferenzsälen eingenommen, die meisten Fenster aber waren dunkel. Zu seiner Linken bemerkte er eine Gruppe junger Männer, die sich unter einer der wenigen funktionierenden Straßenlampen versammelt hatte. Sie schrien durcheinander, waren offenbar mit einem Brettspiel beschäftigt. Er erstarrte – er wollte nicht entdeckt werden. Lautlos huschte er an die Mauer, schob sich an ihr entlang. So gelangte er auf die andere Seite des Hotels, wo er die großen, erleuchteten Scheiben eines Restaurants sah, in dem tatsächlich ein Bankett im Gange war.

Der Anblick rührte ihn derart, dass er um ein Haar erneut in Tränen ausgebrochen wäre. Von seinem Platz an der Mauer konnte er nicht viel sehen, erst als er ein Stück zurückwich in die Grünanlage, die in diesem Teil mit stachligen Zwergmispelbüschen bewachsen war, die eben in Blüte standen und eine Mischung aus Honigduft und herbem Fauldunst verströmten, ließ sich mehr erkennen. Eingehüllt in die Gerüche, sah der Professor ein realistisches Bild – gerahmt von den senkrechten Linien des Gebäudes, verglast mit den Scheiben der Fassade. An den hohen Tischen, deren kleine, runde Platten mit weißen Tüchern bedeckt waren, standen elegant gekleidete Menschen. Sie aßen, sie konversierten – die Köpfe neigten sich einander zu, um sich alsbald nach hinten zu beugen in herzlichem Lachen. Hände berührten die Schultern des Gesprächspartners, beklopften sie freundschaftlich. Zwischen den Tischen waren schlanke Kellner im Frack unterwegs, sie bewegten sich mit flinker Unauffälligkeit, eine Hand hielten sie auf dem

Rücken, in der anderen balancierten sie Tabletts voller Longdrinks. Dieses Bild mit seinen gedämpften Farben erschien ihm wie eine moderne minimalistische Anspielung auf Brueghel: Menschen, in ewigen Kleinigkeiten befangen, ein Fest zu erledigender Dinge, eine Feier der Oberflächlichkeit … Verzweifelt suchte der Professor eine ihm bekannte Gestalt, er war sich nicht sicher, ob es sich um das richtige Bankett handelte. Das Hotel war riesig, nicht ausgeschlossen, dass mehrere Konferenzen gleichzeitig stattfanden.

Er veränderte seine Position, um besser sehen zu können, wohin diejenigen gingen, die sich von den Tischen entfernten. Sie verschwanden aus seinem Blickfeld, um wieder aufzutauchen – in einem Raum an der Ecke, der gläserne Außenwände hatte. Das war das Raucherzimmer, es wirkte wie ein Aquarium. Hier entdeckte der Professor G., den Spezialisten für platonische und nichtplatonische Objekte in der Malerei des 20. Jahrhunderts. Auch wenn er dessen Thesen nicht immer zustimmen wollte – jetzt hatte sein Anblick etwas ungemein Tröstliches. Das erste bekannte Gesicht seit Stunden! G. rauchte Zigarillos, das wusste der Professor. Von seinem Standpunkt aus sah er aber nur die energische Bewegung des Arms und die leichte Neigung des Kopfes, den G. ein wenig hob, wenn er den Rauch ausblies. Der Professor würde sich beeilen müssen, an einem Zigarillo rauchte man nicht ewig. Er humpelte auf die Gebäudeecke zu, in der Hoffnung, bemerkt zu werden, doch das Raucherzimmer lag zu hoch; wenn er so nah davor stand, war er von drinnen nicht zu sehen. Er humpelte zurück auf den Platz, und als er G. wieder im Blick hatte, drückte dieser eben sein Zigarillo aus, wandte sich, den Arm in freundschaftlicher Geste am Rücken eines Kollegen, der Tür des Raumes zu. Verzweifelt hob der Professor das erstbeste Steinchen auf, warf es mit Schwung in Richtung des Aquariums. Die Entfernung war zu groß.

In wütender Entschlossenheit wollte er noch einmal versuchen, den Eintritt an der Tür zu erzwingen. Er gelangte nicht einmal in ihre unmittelbare Nähe. Der Portier, der eben eine teuer gekleidete Frau begrüßte, die über und über mit Schmuck behangen war und auf himmelhohen Absätzen stöckelte, würdigte ihn keines Blickes. Stattdessen schritten zwei Männer von der Security des Hotels ein, Kleiderschränke mit Waffen am Gürtel – einer der beiden drehte ihm schmerzhaft den Arm auf den Rücken (dem Professor war, als hörte er Knorpel knirschen), um den Störenfried gleich darauf angewidert von sich zu stoßen. Der Professor ging zu Boden, kroch, so rasch er konnte, auf allen vieren in die Mispelsträucher. Er musste das blutige Hemd loswerden, musste sich unbedingt waschen! Aus den Sträuchern heraus sah er, wie der Security-Mann sich mit allen Anzeichen des Ekels das Blut von den Händen rieb. Zwecklos, dachte der Professor, was immer die Frau aus der Metrostation in sich tragen mochte, es war schon in ihn eingedrungen. Mit einem unbefleckt gebliebenen Streifen der Manschette wischte er sich um Mund und Augen sauber. Er erinnerte sich, am Morgen aus dem Hotelzimmer einen Springbrunnen gesehen zu haben. Den musste er jetzt finden!

Er konzentrierte sich darauf, sich seine Position zu verdeutlichen. Der Weg zum Springbrunnen würde nicht einfach werden. Er müsste sich in den Lichtkreis begeben, den die Lampen warfen, die das aufschießende Wasser in magischen Schimmer tauchten. Müsste an den zwielichtigen Gestalten vorbei, die auf dem Mäuerchen Dame oder was auch immer spielten. Doch es half alles nichts.

Er musste es tun! Er zog sein Hemd aus, stopfte es zwischen die Mispelzweige. Kälte überschauerte ihn, sofort bekam er Gänsehaut. Im Schatten sich haltend, kroch er auf den Springbrunnen zu, hielt erst inne, als er den scharf gezeichneten Rand des erleuchteten Felds erreichte. Er schob seinen Kopf ins Licht, warf prüfende Blicke – man würde ihn nicht bemerken. Er sammelte seine Kräfte zum Sprung. Sekunden nur, schon war er beim Brunnen und war auch schon im Wasser. Die Kälte nahm ihm den Atem. In fiebriger Hast begann er, sich das geronnene Blut von der Haut zu waschen, schrubbte und scheuerte seinen halb nackten Körper mit den Fingern, zog schließlich die Hose aus, von der sich das Wasser schon rot gefärbt hatte, und die Säule, die rhythmisch in die Höhe schoss, schimmerte im Licht der Designerlampen purpurfarben. Der nasse, nackte Mann im Brunnen sah die verhassten Security-Männer auf sich zustürmen. Sah, wie die Dame-Spieler aufsprangen und ebenfalls in seine Richtung liefen. Er breitete die Arme aus – er wollte einen Schrei ausstoßen, ihn mit aller Wucht gegen den riesigen erleuchteten Korpus des Hotels schleudern, doch schnürte ihm die Kälte derart die Kehle zusammen, dass er nur ein Winseln von sich geben konnte. Ihm aber schien es, dass er schrie, und er hörte seinen Schrei, so kraftvoll und klar, wie er von allen Scheiben des Hotels widerhallte, um in den schmutzig gelben Himmel aufzusteigen, sich über der riesigen Stadt auszubreiten, die er mit aller Entschlossenheit zur Ordnung rief.

Die Security-Männer hatten ihn erreicht, sie zerrten ihn aus dem Wasser, warfen ihn auf die Knie. Wenig später waren die Dame-Spieler zur Stelle, sie konnten es sich nicht nehmen lassen, dem frierenden Körper, der sich ihnen so unverschämt nackt zeigte, ein paar Tritte zu versetzen. Und dieser Körper stöhnte nicht einmal auf, er klapperte nur sprachlos mit den Zähnen. Einen Moment noch debattierten sie, was mit ihm anzustellen sei, dann packten sie den Körper unter den Achseln, schleppten ihn an einen angemessenen Ort.

Das Herz

Früher als üblich kehrten Herr und Frau M. aus dem Urlaub zurück. Herr M. wirkte müde, regelrecht krank sah er aus. Seit Längerem schon klagte er über Herzbeschwerden, und dass er noch lebte, war den verschiedenen Diäten zu verdanken, die einmal dies, einmal jenes untersagten, im Einklang mit den Vorgaben der Ernährungsspezialisten, die sich in immer kühneren Entwürfen hier an die Evolutionstheorie anlehnten, dort an die Psychoanalyse oder woran auch immer. Vor allem aber lebte Herr M. dank der allgewaltigen Fürsorge seiner Frau. Friseurin war sie – keine Frisurenstylistin, keine Haardesignerin, und erst recht leitete sie keine Hair Clinic und keine Frisurenmanufaktur. Nein, seine Gattin wusch und schnitt, föhnte und frisierte ganz einfach Haare. Ihr Arbeitsplatz war ein renommiertes Friseurgeschäft im Stadtzentrum, dort hatte sie ihre eigenen Kundinnen, die sie jedoch – zu deren Bedauern – alljährlich für mehrere Monate verließ. Von November bis April nämlich zog das Ehepaar in seiner Wohnung die Vorhänge zu und reiste nach Asien.

Herr M., ein lebensfroher, wenn auch stets blässlicher Mann, hatte früher eine gut gehende Kfz-Werkstatt geführt. Als er nach einem Herzinfarkt dieser Arbeit nicht mehr nachgehen konnte, verkaufte er den Betrieb, legte das Geld gut an und lebte seitdem – wie die Nachbarn sagten – »von den Prozenten«. Und das Leben in Asien, so die Eheleute, koste wenig, die Winter in Europa dagegen seien nicht nur teuer, man bekomme auch Depressionen.

»Wissen Sie«, sagte Frau M. zu ihren Kundinnen, »für den Winter könnte man Europa einfach dichtmachen. Dableiben würden nur noch diejenigen, die irgendwelche technischen Anlagen bedienen und schauen, dass die Heizkraftwerke laufen. Und die müssten auch nur noch halb so viel heizen.«

Zugegeben – nicht die schlechteste Idee.

Die Leute neideten den beiden ihren Lebensstil, neideten ihnen die Reisen, doch weil die Eheleute M. dann aus dem Alltag verschwanden, waren sie bald vergessen. Und Anfang Dezember schon, wenn die ersten künstlichen Weihnachtsbäume aus den Kellern geholt und die Häuser und Wohnungen mit Lichterketten geschmückt wurden, machte sich niemand mehr Gedanken um Herrn und Frau M.

Unterdessen hatten die beiden einen kleinen Bungalow mit bröselnden Wänden und einer rostigen Dusche auf der Insel Phuket gemietet. Ausgerüstet mit einer Spirituskochgelegenheit und einem tragbaren Kühlschrank, führten sie das Dasein ewiger Touristen, was auf die Dauer langweilig werden musste, wie alles, was sich in Routine verwandelt. Sie wählten sich mit ihrem Laptop ins Netz, prüften den Kontostand, die Kurse der Aktien, die sie besaßen, vergewisserten sich, dass ihre Krankenversicherung noch gültig war. Politik oder Kulturelles interessierte sie nicht, sie gingen nicht ins Kino, gingen nicht ins Theater, sahen sich nur ab und zu etwas auf YouTube an oder besuchten mit mäßiger Neugierde eines der Museen in der Umgebung. Über BookCrossing bezogen sie Bücher, die sie ihrerseits weitergaben, sobald sie sie gelesen hatten. Keine Handlung, kein Stil, keine Formulierung, an die sie sich hätten binden wollen.

Dann wurden die Herzbeschwerden des Herrn M. immer schlimmer – sein Arzt bezeichnete den Zustand des Organs als »tragisch« –, und die Eheleute wussten, dass sie ihre Lebensführung würden ändern müssen. Deshalb waren sie im vergangenen Winter weder nach Phuket gereist noch nach Sri Lanka, auch nicht ins spottbillige Indonesien, sondern an einen Ort, dessen Namen sie sich verpflichtet hatten, nicht preiszugeben. Einen bedeutenden Teil ihrer Aktien mussten sie verkaufen, um den Aufenthalt in dem hochmodernen Krankenhaus in Südchina bezahlen zu können. Dort sollte Herr M. ein neues Herz bekommen.

Genau zum richtigen Zeitpunkt traf es ein, die Gewebeverträglichkeit hätte besser nicht sein können, die Operation verlief gut. Das alte – europäische – Herz wurde im Krematorium des Krankenhauses verbrannt. Frau M. hatte zunächst noch erwogen, es zu konservieren und mit nach Hause zu nehmen.

Von wem stammte das neue Herz? Was war diesem Menschen widerfahren? Herr M. hatte danach fragen wollen, am Ende wusste er selbst nicht mehr, ob er es getan hatte, ob überhaupt die Rede auf den Spender gekommen war. Ein paar allgemeine Worte vielleicht, dann war es schon wieder um etwas anderes gegangen. Oder hatte er eigentlich gar nicht fragen wollen? Womöglich wäre es nicht gern gesehen worden in dem Krankenhaus. Und überhaupt – schließlich war er krank, was wollte man von ihm erwarten? Er fühlte sich elend, hatte Schwindelanfälle, lauschte in ständiger Unruhe auf das Schlagen seines neuen Herzens. Es schien ihm, als schlüge es anders, so eigentümlich schwer. Als würde er rennen, ja, als liefe er vor etwas davon.

In Europa breitet sich der Frühling in Wellen aus. Im Süden von Italien und Spanien beginnt er zu sprießen, bewegt sich sanft Richtung Norden – auf welchen Wegen, wer vermag das zu sagen ... Im März hat er den Süden von Frankreich und Griechenland erreicht, im April entfaltet er sich in der Schweiz und auf dem Balkan. Im Mai steht er in Deutschland und Mitteleuropa in Blüte, um schließlich im Juni in Skandinavien seine Erfüllung zu finden.

Herr M. fühlt sich bereits recht wohl, trotzdem muss er sich natürlich noch schonen. Wenn er die Wohnung verlässt und durch die Straßen seiner europäischen Stadt geht, trägt er eine weiße Gesichtsmaske, die Mund und Nase bedeckt. Die Operationsnarbe heilt, sie erinnert an den Entwurf zu einem neuen, glücklichen Leben, ein erhabenes Relief, das fürs Erste auf dem Skizzenbogen des Körpers verbleibt. Herr M. hat das Gefühl einer eigenartigen Schwebe – so war es in der Kindheit, als die Räume um ihn noch nicht erfüllt waren von Bedeutungen und jedes Ereignis einzigartig schien.

Ein Taubenschwarm fliegt von einem Rasenstück auf, flattert über einige Gebäude hin auf einen anderen Platz. Ihre Flügelschläge versetzen die Luft in Bewegung, Staubkörnchen wirbeln auf und sinken wieder zu Boden – Soldaten, zu früh zum Kampf gerufen und wieder nach Hause gesandt. Herrn M. wird jetzt alles zum Zeichen.

Er fühlt sich in vollkommenem Einklang mit seiner Stadt. Die Welt umhüllt ihn wie ein gut sitzender Anzug, nach Maß geschneidert für sein immerwährendes Wohlbefinden. Herr M. neigt nicht zu hochtrabenden Formulierungen. Sein Metier waren immer Maschinen gewesen, sein Verstand arbeitet präzise und pragmatisch. Ein Wort wie »Glück« benutzt er nicht, er sagt »Zufriedenheit«.

So schien also alles in Ordnung, doch einige Zeit nach der Operation begannen die Schlafstörungen. Herr M. lag wie in einer sämigen Flüssigkeit, die gesättigt war von den seltsamsten Bildern und Traumgesichten, und vage Klänge schwebten von ferne an sein Ohr. Es erfüllte ihn mit Angst, die er umso bedrückender empfand, als er sich nicht rühren konnte. Tagsüber verkroch sich die Angst im Bettzeug, behielt ihn von dort im Auge. Und Nacht für Nacht dasselbe Elend. Bis in den Morgen. Im Dämmerschein des Zimmers, der eben ins erste Frühlicht überging, streckte er seine Hände aus, fragte sich, warum er fünf Finger hatte und nicht sechs oder vier. Warum es auf der Welt den einen immer an allem mangelte, während andere im Überfluss schwammen. Warum die Kindheit so unverhältnismäßig lange dauerte, dass keine Zeit mehr blieb für das Erwachsensein, keine Zeit, um nachzudenken, keine Zeit, aus den eigenen Fehlern zu lernen. Warum richteten die Menschen, auch wenn sie Gutes wollten, so viel Böses an? Und warum war es so schwierig, einfach nur glücklich zu sein?

Antworten auf diese Fragen fand er natürlich keine.

Schwer zu sagen, wann es begonnen hatte mit diesen Momenten, in denen sich so unerwartet und ohne ersichtlichen Anlass ein heftiger Wunsch in ihm regte, den er zuvor nicht gekannt hatte: *Ich will.* Stärker als alle anderen war der Gedanke, gleich einer aufgezogenen Uhrfeder wirkte er, entwickelte eine Kraft, die durch nichts zu bändigen war. Abgesehen vielleicht von der beruhigenden Berührung seiner Frau, dem Medikament mit dem Namen Xanax oder dem Schlaf (wenn er denn kam).

Lange Finger hatte dieses *Ich will*, die streckte es mir nichts, dir nichts nach einer Idee aus, einem Gedanken, einem Gegenstand. So ergriff ihn etwa das Verlangen nach Farben, und er wusste nicht, wie er den unerwarteten Hunger stillen sollte. Er kaufte sich einen Band mit Bildern von Mark Rothko – das Einzige, was er in der ebenso vornehmen wie minimalistischen Buchhandlung in seinem Viertel finden konnte. Doch was er auf den Seiten des Buches sah, genügte ihm nicht, sein Blick glitt über die glänzenden Oberflächen der Reproduktionen, schweifte unbefriedigt in den Himmel. Seiner Frau kaufte er ein buntes Kleid, das ihm dann banal erschien. Im Übrigen hätte er es selbst gerne angezogen. Ja, er gestand es sich ein: Er hätte es wahrhaftig gerne angezogen. Und er sehnte sich nach Stille – einer Stille, in der noch etwas anderes enthalten wäre, ein Laut, durch den die Stille deutlicher würde. Doch wusste er den Laut nicht näher zu bestimmen, konnte ihn nicht benennen.

Im August war entschieden, dass sie wieder nach Thailand reisen würden, in dieses sanfte buddhistische Reich, das sie an die milde Süße von Kokosmilch denken ließ. Sie buchten den Flug, reservierten ein Häuschen, diesmal mit besserer Ausstattung, einem richtigen Bad und einer Küche. Mit dem Packen wollten sie noch warten, das erledigten sie gewöhnlich am Tag vor der Abreise. Was sie mitnehmen wollten, in zwei Rucksäcken und zwei handlichen Koffern verstauen – für sie ein Kinderspiel.

Anfang September jedoch verspürte Herr M. erneut jenes drängende *Ich will.* Von da an saß er ständig am Computer, befasste sich fortwährend mit nur einem Thema – China.

Wenige Tage später fanden sie sich bereits in der endlosen staubfarbenen Landschaft des buddhistischen chinesischen Südens wieder. Aus den Fenstern des klobigen

Hotelgebäudes, das mit Möbeln aus dem vorigen Jahrhundert eingerichtet war, sahen sie die hiesige Morgendämmerung. Mühsam nur hob sich die Sonne über den verschwimmenden Horizont, schob sich durch die schmutzige Luft in den Himmel.

Auf der breiten, unbefestigten Straße waren Hunderte von Menschen mit Fahrrädern unterwegs. Ihre Gesichter wirkten alle gleich. Sie kamen aus den allgegenwärtigen windschiefen Häuschen, die mit Blech gedeckt waren. Eingemummt in dicke Wattejacken von bläulich-grauer Farbe strebten sie stumm in dieselbe Richtung – auf die fernen Berge zu.

Herr und Frau M. mieteten ein altes Auto und engagierten eine Dolmetscherin, die zugleich ihre Reiseführerin sein sollte. Frau Liu, die sich keine Sekunde von ihrer Plastiktüte trennte, stellte ihnen mit unergründlichem Gesichtsausdruck ihre Zeit und ihre linguistischen Talente zur Verfügung. Sie führte sie zu verschiedenen Sehenswürdigkeiten dieses eintönigen Landstrichs, rezitierte historische Erklärungen, las Inschriften vor, die etwa in diesem Stil gehalten waren: »So wie übermäßige Seligkeit den Wahnsinn ankündigt, geht das Gefühl der Sicherheit dem Stoß des Verderbens voraus.« Die meisten der Inschriften versetzten Herrn M. in Furcht. Jeden Aspekt des Lebens schienen sie zu berühren, nichts konnte ihnen entgehen. Frau Liu erzählte in passablem Englisch einige der bekanntesten buddhistischen Überlieferungen. Da sie chronisch verschnupft war, putzte sie sich ständig die Nase, deren Röte daran erinnerte, dass es auch noch Triviales gab, Dinge, die nicht zu vergleichen waren mit der Rätselhaftigkeit der Kōans und dem erbarmungslosen Gesetz des Karmas.

Schon am ersten Tag dieser Ausflüge kamen sie zu

einem kleinen Tempel, von dem sie nichts weiter erfahren konnten, als dass er alt war und sehenswert. In kleinen Werkstätten wurden Bögen aus Reispapier gefertigt, auf denen wunderhübsche Kalligraphie entstand. Trotzdem wirkte das Kloster verfallen und verödet. Wenige Männer nur waren zwischen den Gebäuden zu sehen, sicher keine Mönche, sie trugen graue Wattejacken, wie alle Menschen in dieser Gegend.

»Vor langer, langer Zeit«, erzählte Frau Liu, »lebte in diesem Kloster ein Mönch, ein sehr gebildeter und kluger Mann.« Sie schnäuzte sich in ein Papiertaschentuch, bat mit dem Blick um Nachsicht. »Der Mönch hieß Yao, und die Leute sagten von ihm, er könne durch die Zeiten schauen und den großen Kreislauf der Seelenwanderung erkennen. Als er einmal auf einer seiner Reisen eine Rast einlegte, sah er eine Frau, die einem Kind die Brust gab und einen Fisch dabei aß. Sorgfältig suchte sie die Gräten heraus, warf die Reste einem herrenlosen Hund hin. Als das arme, abgemagerte Tier von der Freigebigkeit sich ermuntern ließ und zudringlich wurde, verjagte ihn die Frau mit einem Tritt. Yao, der Mönch, brach in Gelächter aus. Die Schüler, die ihn begleiteten, blickten ihn verwundert an: ›Meister, warum lacht Ihr? Es ist nichts Lustiges daran.‹ – ›Ihr habt recht, meine Schüler‹, erwiderte Yao, ›und doch kann ich nicht anders als lachen. Habt ihr solches schon einmal gesehen – dass jemand den eigenen Vater verzehrt und die eigene Mutter tritt? Dass jemand das Skelett des Vaters abnagt und seinen Todfeind am Busen nährt? Was für ein erbärmlicher und grausamer Anblick ist doch der Kreislauf der Seelenwanderung.‹«

Frau Liu rezitierte die Geschichte wie ein Kind, das stolz ist, ein Gedicht auswendig gelernt zu haben für eine Feier. Anschließend musterte sie die beiden skeptisch, ob sie auch verstanden hätten. Ihre Erfahrungen mit Touristen waren offenbar nicht immer die besten gewesen. Herr und Frau M. zeigten ein Lächeln, nickten versonnen. Frau Liu war beruhigt. Und gab zu verstehen, dass nun Zeit sei für ein Mittagessen.

Sie nahmen es in einem Restaurant in der Ortschaft zu sich. Der Besitzer wies ihnen drei Plätze in einer Ecke des Gastraumes zu. Sie stocherten in einem Gericht, das schlüpfrig war von Kartoffelmehl und eine Unmenge an Natriumglutamat enthalten musste.

Herrn M. verließen die Kräfte, er hatte noch mit dem Jetlag zu kämpfen. Er fand keinen Platz für sich in dieser flachen Wirklichkeit, die ihn von allen Seiten umgab, ohne dass sie ihm gestattet hätte, sich heimisch zu fühlen. Und wie sein *Ich will* ihn an diesen Ort geführt hatte – das zu begreifen, war ihm auch noch nicht gelungen.

Aus heiterem Himmel fragte er die Reiseführerin nach Gefängnissen. Ob es in dieser Gegend welche gebe? Entgeistert starrte sie eine ganze Weile auf seinen schmalen Mund.

»Wollen Sie ein Gefängnis besichtigen?«, fragte sie, und in ihrem sarkastischen Ton klang eine Note tiefer Enttäuschung mit.

Am nächsten Tag ließ sich Frau Liu nicht mehr blicken.

»Weshalb sind wir bloß hierhergekommen?«, klagte Frau M. »So kalt, wie das hier ist. Und alles so hässlich.«

Herr M. wusste nicht, was er antworten sollte. Er machte den Eindruck, als versuchte er, Witterung aufzunehmen, wie in Erwartung eines Windes, der den allgegenwärtigen Staub davonbliese, um Veränderung zu bringen.

Am dritten Tag fanden sie über die wacklige Internetverbindung einen Hinweis auf ein einst berühmtes buddhistisches Kloster, das heute vergessen war. Herr M. hatte alle Sicherheit verloren. Er wusste nicht, was tun. Wusste nicht, wohin. Doch spürte er am vierten Tag erneut sein *Ich will*. Ein Druck unter dem Brustbein, von innen her. Beunruhigend genug. »Nun mach schon!«, sagte es. »Beweg dich! Los!« Und in der Kehle steckte es. Obwohl er es ständig zu schlucken versuchte.

Herr und Frau M. packten ihre Sachen und machten sich auf den Weg.

Sie holperten über schlechte Straßen, die seit Jahren nicht mehr instand gesetzt waren. Die Landschaft wandelte ihr Aussehen, was sich gleich blieb, waren die kleinen Häuser, deren Dächer alle mit Blech gedeckt waren, die nachlässig errichteten Lagerhallen, die eintönig sich wiederholenden Bushaltestellen. Verschlungene Kabelbündel folgten dem Verlauf der Straße, sie verbanden die Häuser mit dem Stromnetz. Je weiter die Straße in die Höhe führte, desto dünner wurden die Kabelbündel. Bis am Ende ein einzelnes, rachitisches Kabel übrig blieb, das in die Richtung verlief, in der Herr und Frau M. unterwegs waren. Dann endeten mit einem Mal Straße und Kabel. Nun musste man einen seichten Bachlauf durchqueren. Dahinter erhoben sich einige Gebäude, deren Dächer an den Ecken in Verzierungen aufgebogen waren. In dem Glockenturm hing keine Glocke, sondern ein riesiger Messinggong. Herr und Frau M. stiegen aus. Der Wind brachte einen Brandgeruch mit einer zarten Note von Chemie. Das also war das besagte Kloster.

Auf dem mit Kies bestreuten Parkplatz stand nur ein Auto, mit einem Kennzeichen aus dieser Gegend. Sie parkten daneben, gingen mit zögernden Schritten auf die Gebäude zu.

Bald war klar, dass es hier niemanden gab, der sie hätte führen können. In der Saison kamen vielleicht Touristen oder Gläubige ins Kloster, aber jetzt war es zu kalt. Der einzige Baum – der mächtigste, den sie während ihres ganzen Aufenthalts in China sahen – wuchs in der Mitte des Innenhofs. Dass er die letzten hundert Jahre überdauert hatte, mutete wie ein Wunder an. Ein Ginkgo biloba. Erhaben stand er da, mit mächtigem Stamm und einer atemberaubenden Krone.

Der ältere Mann, mit dem sie sich in Zeichensprache zu verständigen versuchten, schien wenig Interesse an ihnen zu haben. Schließlich verschwand er, kam nach einer Weile mit einem Jüngeren in Uniform wieder. Der Soldat war sicher kaum älter als siebzehn, das glatte Gesicht und der sanfte Blick seiner mandelförmigen Augen verliehen ihm etwas Kindliches.

»Kann übersetzen«, sagte er in gebrochenem Englisch und deutete auf sich selbst. »Zu Meister bringen. Kloster sehr alt. Oh ja, so alt. Baum hier ist heilig. Mönche gießen selbst, machen es selbst.« Im Lachen zeigte er seine kleinen Zähne, sein hohes, schimmerndes Zahnfleisch. »Verstehen …« Er gab ein zischelndes Geräusch von sich, das die Blasenentleerung zur sinnlichen Anschauung bringen sollte.

In geringer Entfernung nur war eine Truppeneinheit stationiert, und das Kloster stand offenbar in gutem Einvernehmen mit den Soldaten; sie erledigten wohl dies und jenes, Transportfahrten, Botengänge, was auch immer. Und nun hatte der alte Mann befunden, dass der junge Soldat auch als Dolmetscher taugen würde. Fürs Erste hielt sich der Ältere jetzt abseits, sagte nur von Zeit zu Zeit etwas auf Chinesisch, womit er dem Jungen anscheinend einhelfen wollte.

Herr und Frau M. erfuhren, dass sechzehn Mönche in dem Kloster lebten und dass sich im größten der Tempelgebäude eine berühmte Statue des Buddhas des Mitgefühls befinde, eines sogenannten Milē. Um dort hinzugelangen, musste man die kleineren Tempel durchqueren.

So gingen sie von einem zum anderen, stiegen die steinernen Treppchen hinauf, schlüpften aus den Schuhen, standen begeistert vor den nächsten Statuen, ohne zu verstehen, was sie sahen: Symbole, Fähnchen, rotgoldene Papierbögen, mit Schriftzeichen bedeckt, die an zerquetschte Spinnen denken ließen. Die Besichtigung zog sich in die Länge. Der Dolmetscher schwieg mehr als er sprach, suchte ständig nach Vokabeln in seinem bescheidenen Wortschatz. Vor jedem Tempel schnürte er sich seine schweren Soldatenstiefel auf und wieder zu. In nicht geschnürten Stiefeln zu gehen, und sei es nur ein paar Dutzend Meter von einem Tempel zum nächsten, gehörte sich offenbar nicht für einen Soldaten der chinesischen Armee. Und die Schnürung hatte perfekt zu sein. Herr und Frau M. sahen es mit Verständnis, waren nach einigen Stationen vertraut mit der raffinierten Technik der Stiefelschnürung, wussten, nach welchem System die Schnürbänder durch die Ösen geführt wurden.

Als sie endlich den letzten und größten Tempel erreichten, begann es bereits zu dämmern. Im Innern des aus Holz errichteten Gebäudes, das mit roter Farbe gestrichen war, sahen sie etwas gänzlich anderes, als sie erwartet hatten. Auf einem Thron saß eine geschnitzte Figur, die Vergoldung war hier und dort geschwärzt vom Räucherwerk. Doch dieser Buddha unterschied sich von allen Statuen, die sie bisher auf ihrer Reise gesehen hatten. Es war nicht das Dickerchen mit dem breiten Grinsen und der Ausstrahlung eines doch eher schlichten Propheten der Sinneslust, sondern eine schlanke androgyne Gestalt. Der rechte Fuß lag auf dem linken Knie, und das linke Bein wiederum hing lässig vom Thron herab. Auch schaute die Gestalt nicht nach vorne, wie es sonst bei den Darstellungen üblich war, die den Eindruck erweckten, als suchte der Buddha den Blick eines Gläubigen – nein, er schaute nach unten, auf einen Punkt vor seinen Füßen. Sein Gesichtsausdruck war konzentriert, den Kopf hielt er in die rechte Hand gestützt, der Ellbogen ruhte auf dem rechten Knie. Herr und Frau M. hatten das Gefühl, den Bodhisattva in einem intimen Moment der Versunkenheit zu sehen. Als wartete er auf etwas. Sei es nun ein Bus oder das nächste Kalpa, in dem er die Erneuerung vollziehen würde. Der Soldat ließ ein Seufzen vernehmen:

»Er kommt … Zukunft … schöne Zukunft, wenn er kommt.«

Frau M. fragte, wann das sein werde, und der Soldat machte eine Miene, die wohl eine Zeit vor Augen führen sollte, die jenseits des menschlichen Vorstellungsvermögens lag.

Sie zündeten Räucherwerk an, vollzogen langsam eine tiefe Verbeugung.

Als der Soldat seine Stiefel schnürte, tauchte der ältere Mann wieder auf, führte sie über einen Pfad bergan, über das Areal des Klosters hinaus, wo zwischen schütterem Gesträuch unscheinbare Holzgebäude zu erkennen waren. Der Soldat stiefelte ihnen hinterher.

»Was ist das für ein Meister?«, fragte Herr M., doch eine schlüssige Antwort erhielt er nicht.

»Auge am Kopf«, wiederholte nur mehrfach ihr Dolmetscher des Zufalls und nickte geheimnisvoll.

Es empfing sie ein schlanker Mann mit kurz geschorenem grauem Haar. Er trug eine dunkelgraue Wattejacke und graue, schlottrige Hosen. Geistesgegenwärtig überreichte ihm Frau M. eine Bonbonniere mit belgischen

Pralinen. Das Geschenk bereitete dem Mönch sichtlich Freude. Die beiden Männer wechselten einige Sätze. Herr und Frau M. verstanden nichts davon, doch ging es zweifellos um sie.

Nun ließen sie sich draußen nieder, vor der bescheidenen Hütte mit dem kleinen, aus Brettern gezimmerten Windfang. Auf der Erde war mit Steinen eine Feuerstelle hergerichtet, dort zischelte ein Topf vor sich hin. Der Hausherr goss in einem abgestoßenen Kessel Tee auf, lächelte zufrieden. Er sagte etwas zu dem Soldaten, und dieser gab weiter:

»Ihr könnt fragen. Ist bereit.«

Sie verstanden nicht.

»Was sollen wir fragen?«

»Was ihr wollt. Habt ihr Fragen. Hier bringen Leute Fragen. Er weiß alles, kann alles erklären.«

Die Eheleute sahen sich an. Frau M. ermunterte ihren Mann mit dem Blick, er möge fragen. Schließlich waren sie um seinetwillen hier. Doch nur das Simpelste kam ihm in den Sinn: Werde ich sterben? Die dümmste Frage der Welt – er stellte sie nicht. Und er ärgerte sich vor allem über sich selbst. Dass er alles vergessen hatte, seine Zustände der Unsicherheit, des Zweifels, alle Gedanken, mit denen er sich in den Nächten herumgeschlagen hatte. Nun meldete sich seine Frau zu Wort. Fragte den Mann mit dem Tee, wer er sei. Der Soldat übersetzte die Frage, sichtlich zufrieden mit sich. Ein Lächeln zeigte sich im Gesicht des Mannes, und während er Holz nachlegte, sagte er etwas, was mehr zu sein schien als eine Antwort, die man auf diese Frage hätte erwarten wollen. Der Soldat übersetzte:

»Einfacher Mensch, hat Auge auf dem Kopf. Leute sagen, ein Mönch mit Auge auf dem Kopf. Aber hat keine

Worte zum Sagen. Fehlt viel Zeit. Wenig Zeit kommt in die Welt.«

Herr M. sammelte seine Gedanken. Jetzt war er bereit, seine erste Frage zu stellen. Auch die anderen Fragen fielen ihm wieder ein.

»Warum fehlt es in der Welt an allem? Warum reicht es nicht für alle?«

Der Soldat musterte ihn konzentriert. Herr M. hatte das Gefühl, er sähe eine Spur von Unwillen in diesem Blick. Der Soldat sagte etwas zu dem Mönch. Der spielte mit einem Stöckchen, scharrte die Glut auseinander, scharrte sie wieder zum Häufchen. Dann sagte er mit ruhiger Stimme einige Sätze, zeichnete mit dem glühenden Ende des Stöckchens einen Kreis in die Luft.

»Tut weh«, übersetzte der Soldat. »Jeder Mensch tut weh, alles Wesen tut weh.«

Er stockte, starrte auf Herrn M. und seine Frau, als wollte er ihr Verständnis dieses schlichten Sachverhalts erzwingen.

»Nichts ist da«, fügte er hilflos hinzu.

Der Mönch nickte. Lächelte.

»Wer hat mir das Herz gegeben?«, fragte Herr M.

»Herz?«, fragte der Soldat zurück. Er verstand nicht, wovon die Rede war.

Herr M. deutete auf seinen Brustkorb.

»Der Mensch, der mir das Herz gegeben hat. Vielleicht war er hier aus der Gegend. Hat man es ihm weggenommen? Was soll ich jetzt machen? …«

Weitere Erklärungen waren eigentlich überflüssig. Wenn der Mönch ohnehin alles wusste.

Mit plötzlichem Eifer wandte sich der Soldat an den Mönch. Der hob die Brauen, deutete gleichfalls auf sein Herz. Ein Ausdruck des Zweifels zeigte sich in seinem

Blick. Er schwieg, goss den Eheleuten von dem Tee nach, der nach bitteren Kräutern schmeckte. Dann begann er zu sprechen, wartete aber nicht auf die Übersetzung. Er redete und redete, als rezitierte er etwas, ja, als vollzöge er über diesem Teekessel ein Beschwörungsritual. Und so leise sprach er, dass man reglos stehen bleiben musste, mit angehaltenem Atem fast, um die einzelnen Wörter erfassen zu können. Nach einer Weile spürte Herr M., wie die Anspannung von ihm wich. Die Stimme des Mönchs wirkte besänftigend. Der Soldat hingegen wurde unruhig, offenbar war es ihm unangenehm, dass er mit seiner Dolmetschertätigkeit ins Hintertreffen geriet. Zaghaft versuchte er, den Mönch zu unterbrechen, der wehrte ihn ab mit einer Handbewegung, mit der man Fliegen verscheucht. Vielleicht, dass der Meister glaubte, die Melodie des Chinesischen könnte in den Gehirnen der Fremden bisher nicht genutzte Nervenverbindungen aktivieren, sodass eine Übersetzung nicht mehr nötig wäre. Wenn wir alle die Natur eines Buddha haben … Doch Herr und Frau M. verstanden nichts. Der Soldat zuckte die Achseln, fing an, die Schnürung seiner Stiefel zurechtzufingern.

Der Mönch beendete seine Rede, die Glut in der Feuerstelle nahm einen dunkleren Farbton an, sie war jetzt blutrot.

»Es ist spät, wir müssen gehen«, sagte Frau M., als sie verstanden hatte, dass sich hier nichts mehr ereignen würde.

Sie erhob sich, ihr Mann folgte ihr widerwillig.

Im Dunkeln schon gingen sie den Berg hinunter. Mit ihren hochwertigen Trekkingschuhen glitschten sie über den schlammigen Pfad. Ihre Hosenbeine bekamen graue Striemen.

Sie zahlten dem Soldaten mehr, als er erwartet hatte. Er

bedankte sich gerührt, doch schien er auch unzufrieden mit sich selbst. Er wirkte beschämt.

An diesem Abend packten sie schweigend ihre Sachen. Nachts wurde Herr M. wieder von seinen Albträumen geplagt. Er lag in der stickig heißen Luft des Hotelzimmers, und als einzige Rettung blieb ihm, in die Dunkelheit zu schauen.

Am Morgen machten sie sich zum Flughafen auf, dann ging es weiter in jene Region, in der sie sich zu dieser Jahreszeit gewöhnlich aufhielten: Thailand. Den Rest des Winters verlebten sie dort auf geruhsame Weise, verbrachten die meiste Zeit am Strand, prüften regelmäßig ihren Kontostand via Internet. Zum Frühjahr kehrten sie nach Europa zurück, um ihr Leben mit Bedacht in Besitz zu nehmen.

Transfugium

Als sie den Parkplatz verlässt, stellt ihr das Auto-Auto ein paar Routinefragen – ob sie Musik hören möchte, und wenn ja, welche; ob die Temperatur im Innern gesenkt oder erhöht werden soll und ob sie vielleicht möchte, dass die Luft mit einem Aromaduft angereichert wird. Auch informiert die Stimme darüber, dass im Fahrpreis Gespräche zu einem Thema der Wahl enthalten seien, und beginnt, sie in monotonem Tonfall aufzuzählen: »Funktionsbereiche implantierter Krankenversicherungen«, »Effektive Investitionen – der Immobilienmarkt auf Grönland«, »Der Übergang von wechselseitigen zu einseitigen Systemen: Kostenfaktor und Gewinnspannen«, »Wie das Baby-Design ein Teil der Evolution wurde«, »Gesundheit – Anthropogerontologie – Perspektiven der Entwicklung« …

»Nein, danke«, sagt sie und wiederholt es zur Sicherheit: »Nein. Nein.«

Eine angenehme Stille tritt ein, doch einen Moment lang hat sie den Eindruck, das Auto-Auto habe sich enttäuscht geräuspert.

Nun wird das Fahrzeug sich von selbst bewegen, von einem Satelliten ferngesteuert, gleichmäßig dahingleiten, verlässlich und nahezu geräuschlos. Es überholt nur, wo es gestattet ist, vollzieht keine riskanten Manöver, an Zebrastreifen lässt es Fußgängern den Vortritt, und eine große Zahl von Sensoren schützt das Leben der Tiere, selbst dann, wenn sie ganz plötzlich vor die Räder laufen.

Die Frau rollt sich zusammen, wickelt sich in ihre Jacke, obwohl sie eigentlich nicht friert.

Und dann hat sie einen Traum:

»Schau …«, sagt ihre ältere Schwester.

Sie stehen in ihrem alten Haus am Spülstein in der Küche. Ein Feiertag, sie kochen.

Sie schaut auf die Hände ihrer Schwester, sieht voller Entsetzen, wie sie sich unter dem Wasserstrahl auflösen, als wären sie aus Eis.

»Schau«, sagt die Schwester und hebt ihre Armstümpfe, »ich brauche sie nicht mehr.«

So träumt sie von ihrer Schwester Renata, zu der sie unterwegs ist.

Der Komplex lag weit vom Flughafen entfernt. Drei Stunden dauerte die Fahrt.

Das Auto-Auto glitt über immer schmalere Straßen, schon tauchten die markanten rot-gelben Schilder mit den Buchstaben TF auf. Das »F« war etwas höher platziert, das Logo erinnerte an eine Treppe. Wer sich in das Transfugium begab, ging aufwärts; hier trat man ein wie in das Gelobte Land. Die Symbolik des Mystischen wurde noch unterstrichen durch bewegliche Billboards, von denen atemberaubende Bilder einer ungebändigten Natur leuchteten. Diese Ansichten machten keinen Eindruck auf sie. Sie war verbunden mit dem Leben, das die Stadt den Menschen bot – die Sicherheit mit Vorbedacht geplanter Räume, zugeschnitten für den menschlichen Verstand, die menschlichen Dimensionen.

Ein Häuschen aus Holz erwartete sie, mit vier Schlafzimmern und einem geräumigen Wohnzimmer. Solche Häuschen mietete man für den Familienurlaub im Sommer. Die Kamera an der Auffahrt überprüfte ihr Gesicht, dann öffnete sich geräuschlos das Tor, und das Auto-Auto brachte sie direkt vor die Tür.

Sie stieg aus, nahm ihr kleines Gepäckstück, das Gefährt bedankte sich höflich und verschwand.

Sie verspürte den Anflug eines Schuldgefühls. Weil sie jeglichen Kontakt mit dem Fahrzeug abgelehnt und unterwegs geschlafen hatte. Ein dummes Gefühl, es war ihr bewusst. Ein Emofake.

Alles im Haus war perfekt vorbereitet: die Betten bezogen, frische Handtücher, der Tisch gedeckt, der Kühlschrank gefüllt. Es lief klassische Musik, und zu der Flasche mit einem guten Wein gab es die besten Wünsche von der Firma. Das tat sie auch als Erstes – sie goss sich ein Glas davon ein.

Die Holzveranda lag zur Seeseite hin, man blickte auf den ruhigen Wasserspiegel und die Schattenlinie gegenüber. Die anderen Bungalows, diskret zwischen den Bäumen verborgen, wirkten still und dunkel. Nur neben einem bemerkte sie ein Fahrzeug, dort brannte auch Licht. Ihre Schwester würde also nicht einsam sein in dieser Nacht. Ein Stück weiter, tiefer schon im Wald, erhoben sich die mächtigen Schemen der Transfugium-Gebäude. Weil die Glaswände eine optische Täuschung bewirkten, ahnte man sie mehr, als dass man sie tatsächlich sah.

Stille, der würzige Geruch von Waldboden, das Aroma von Nadeln, Harz und Pilzgeflecht – es fiel schwer zu glauben, dass dies nicht irgendeine Entzugsklinik in der Provinz war, sondern eines der größten transmedizinischen Zentren der Welt.

Seit dem letzten Treffen vor einigen Monaten hatte sie keinen Kontakt mehr mit Renata gehabt. Und doch befand sie sich hier, ganz in der Nähe, hinter den Mauern des Transfugiums. Wahrscheinlich würde sie ihre Schwester schon nicht mehr erkennen. Ein beklemmendes Gefühl – alles in ihr wollte Renata zu Hilfe kommen, doch ebendiesen Willen musste sie unterdrücken. Bei der letzten Begegnung schon war ihr gesagt worden, dass sie an solchen irrationalen Affekten würde arbeiten müssen. So wie man an Emofakes arbeiten musste. Das wieder und wieder ins Bewusstsein gerufene Mantra: Emotionen sind immer echt, unecht können nur ihre Auslöser sein. Emotionen, die durch unechte Ursachen ausgelöst werden, können ebenso stark sein wie Emotionen, die echte Ursachen haben. Deshalb führen sie den Menschen so oft in die Irre. Man muss sie ganz einfach vergehen lassen.

Es war schon Mittag, Zeit für das Gespräch. Ein wenig fröstelnd ging sie auf die riesigen Pavillons zu. Lief an den graphitfarbenen Glaswänden vorbei, die über den Baumwipfeln den Himmel spiegelten. Sie suchte nach Türen, nach Fenstern, nach einer Ritze, einem Spalt, doch alles schien rundum dicht und undurchschaubar, von einer Glätte, die so vollkommen wirkte, als wäre jeweils ein ganzes Gebäude aus einem Guss entstanden. Vergeblich suchte sie einen Haupteingang. Und nirgends war auch nur der kleinste Blick ins Innere zu erhaschen.

Sie gelangte an eine dunkle Wand. Sie blieb davor stehen und sagte: »Ich bin da.«

Das Gebäude brauchte einen Moment, um die Identifizierung durchzuführen. »Ich sehe dich«, schien der gewaltige Bau zu sagen – und ließ sie ein.

Professor Choi, der ihre Schwester betreute und für den gesamten Prozess der Transfugation verantwortlich zeichnete, war von androgyner, sportlich schlanker Gestalt. Er lief ihr über eine Treppe entgegen. Sein Lächeln hatte fast etwas Zärtliches. Als begrüßte er eine Freundin.

Er trug einen eng anliegenden schwarzen Sportanzug und eine Mütze, die ihm tief in der Stirn saß. Sie dachte, dass Choi womöglich eine Frau sei. Die holographische Plakette am Ärmel – mit der Aufschrift »Dr. Choi« – gab keinen Aufschluss über das Geschlecht. So wie Choi sahen reiche Menschen aus. Mit sich und ihren Körpern befasst, perfekt von Geburt an, in jedem Detail ihres Daseins entworfen und geplant, intelligent und selbstsicher im Wissen um ihre Überlegenheit. Menschen wie Choi sollte man vielleicht am besten mit »es« bezeichnen, doch klang das in ihrer Muttersprache befremdlich. Das Neutrum blieb von alters her dem Nicht-Menschlichen vorbehalten. Als müsste das Menschsein sich kreuzigen lassen für die Polarität der Geschlechter. Auch früher schon hatte sie an Choi als an »ihn« gedacht. Außerdem half es ihr, Distanz aufzubauen. Vertraulichkeiten waren ihr verhasst.

»Du hast nicht viel geschlafen«, sagte er besorgt.

Sie sah ihn an. Und spürte, dass sie keine Lust hatte, mit ihm zu sprechen. Am liebsten hätte sie sich umgedreht und wäre ohne ein Wort gegangen. Eine Formel der Begrüßung – sie brachte nichts heraus, ihre Kehle war wie zugeschnürt. Tränen stiegen ihr in die Augen. Er musterte sie aufmerksam.

»Das Bedauern ist eine irrationale Emotion«, sagte er. »Es ändert nichts, macht nichts rückgängig. Es gehört zu den vergeblichen Gefühlen, aus denen sich nicht der geringste Nutzen ziehen lässt.«

Schwarze, undurchdringliche Augen. Ein regelmäßig geformtes Gesicht. Er machte den Eindruck eines Menschen, der weit mehr wusste, als er zugeben wollte. Clever. Analytisch, und dennoch empathisch.

»Gehen wir nach draußen?« Mit einer Kopfbewegung deutete er auf den Wald und den See.

Die Wand glitt zur Seite, sie gelangten auf eine Terrasse, die ohne sichtbare Grenze in den Nadelwald überging. Sie folgte ihm Richtung Wasser. Zog eine Fotografie aus der Tasche und reichte sie ihm wortlos. Die beiden Schwestern saßen auf einem Holzzaun, an dem zwei Fahrräder lehnten. Ferien vor fünfundvierzig Jahren. Auf dem Lande, bei ihrem Onkel mütterlicherseits. Renata, die ältere, hatte ihr das Fahrradfahren beigebracht. Sie war sieben gewesen, Renata dreizehn. Beide blickten ins Objektiv, als sähen sie in die Zukunft, direkt in die Augen des Betrachters.

Choi schaute sich das Foto aufmerksam an. Sie gewann den Eindruck, dass es ihn berührte.

»Viele Menschen tun das«, sagte er. »Sie halten sich an Bilder. Es ist ein Versuch, die Gründe zu verstehen, nicht wahr? Und dass du einen Grund suchst, ist verständlich. Du fühlst dich schuldig.«

»Sie ist immer so geordnet gewesen in ihrem Leben, alles war so normal.«

»Wir haben hier Psychologen … wenn du möchtest.«

»Nein«, erwiderte sie. »Das brauche ich nicht.«

Das Wasser trug ihre Worte dem dunklen Streifen Wald am anderen Ufer zu. Dort hatte niemand mehr Zutritt – *das Herz*, wie man sagte, und sie erinnerte sich noch, wie man in ihrer Kindheit gestritten hatte um das Wort »Reservat«.

So oft hatte sie sich schon gefragt, ob dieser Mensch tatsächlich an all das glaubte, was er sagte und tat. Vielleicht war er einfach nur ein guter Verkäufer dieser neuen Ware, zu der sich die Transfugation entwickelt hatte.

»Was ist dort?«, fragte sie nach einer Weile.

»Eine Wildnis. Ohne Menschen. Und weil wir Menschen sind, können wir diese Wildnis nicht sehen. Wir haben uns von ihr abgetrennt. Um zu ihr zurückkehren zu können, müssen wir uns verändern. Ich kann nicht etwas sehen, das mich nicht enthält. Wir sind Gefangene unserer selbst. Ein Paradox. Interessant vom Standpunkt der Erkenntnis aus, zugleich ein fataler Fehler der Evolution: Der Mensch sieht immer nur sich selbst.«

Sie spürte, wie seine Art zu sprechen Zorn in ihr aufwallen ließ. Diese kurzen, simplen Sätze, mit denen er ihr das Gefühl gab, er wäre der Lehrer und sie die Schülerin.

»Ich verstehe das alles nicht. Und wenn ich mich tausend Mal in sie hineinversetzen würde. Die Welt mit ihren Augen sehen. Mit ihrem Gehirn denken …« Sie musste sich beherrschen, sie war dabei, ihn nachzuäffen. »Und trotzdem wäre ich nicht imstande zu begreifen, was hier geschieht. Wie kann man denn so etwas wollen …«, sie wusste nicht einmal, wie sie es benennen sollte, »… so etwas … wider die Natur?«

In hilfloser Empörung wandte sie sich ab, er sollte ihre Tränen nicht sehen. Dabei hatte sie gedacht, sie wäre mit den Emotionen endlich zu Rande gekommen, hätte sich im Griff. Jetzt war ihr auch noch, als hörte sie ein leises Lachen. Wütend drehte sie sich zu ihm um – er hüstelte nur, zündete sich eine gesunde Zigarette an. Sie sprach immer schneller und lauter:

»Ich bin nur deshalb hier, weil niemand sonst aus der Familie die Organisation des Ganzen übernehmen wollte. Ich bin ihre Schwester. Unsere Eltern sind zu alt und verstehen kaum, was hier vor sich geht. Die Kinder haben ihre Entscheidung akzeptiert, zumindest von *einem* Kind lässt sich das sagen. Ihr Sohn hat sich losgesagt. Ich empfinde nichts als Schmerz. Also habe ich das alles übernommen, auch wenn ich es nicht begreife. Und ehrlich gesagt, mir kann es auch gestohlen bleiben. Ich bin gekommen, um die Formalitäten zu erledigen.«

Der Zorn tat gut, er gab ihr Kraft und Sicherheit, doch Doktor Choi, der stattliche Asiate mit dem undurchschaubaren Gesicht, betrachtete sie mit einem Ausdruck, den sie als einfühlsame Überheblichkeit bezeichnet hätte.

»Du hast das Recht, wütend zu sein, enttäuscht zu sein. Auf diese Weise verteidigst du dich, verteidigst deine Integrität«, fuhr er mit seinen Schlaubergereien fort. Es wurde ihr unerträglich.

»Verpiss dich«, formte sie mit den Lippen, zum See hin gewandt, und dann ging sie los, am Ufer entlang, und das Glitzern, das über den Wasserspiegel huschte, die dunkle Wand des Waldes auf der anderen Seite und der weite, klare Himmel besänftigten sie. Sie spürte, wie ihr vom Wasser her Beruhigung zufloss, die Vorahnung einer seligen Gleichgültigkeit, wie damals, als sie zum ersten Mal von zu Hause weggefahren war und beschlossen hatte, nicht mehr wiederzukommen. Sie hatte im Bus gesessen und sich immer wieder gesagt: Ich bin niemandem etwas schuldig, jeder trägt die Verantwortung für seine Entscheidungen.

»Wie kann ein Mensch wollen, dass er aufhört, er selbst zu sein?«, fragte sie Choi, der ihr folgte. »Das ist doch Selbstmord. Im Grunde vollzieht ihr ihren Wunsch nach Euthanasie.«

Choi fasste ihre Hand, sie musste stehen bleiben. Er nahm die Mütze ab, jetzt wirkte sein Gesicht noch weiblicher als zuvor.

»Die Menschen des Westens sind der Überzeugung, dass sie sich radikal von den anderen Menschen, ja, von allen anderen Wesen unterscheiden. Dass sie außergewöhnlich sind und etwas Tragisches an sich haben. Sie sprechen von der ›Geworfenheit ins Dasein‹, sprechen von Verzweiflung und Einsamkeit, schlagen hysterische Töne an. Sie lieben die Selbstkasteiung. Dabei machen sie aus geringfügigen Unterschieden wer weiß was für ein Drama. Warum sollten wir denn annehmen, die Kluft zwischen dem Menschen und der Welt sei bedeutender und erhabener als die Kluft, die zwei andere Formen des Daseins trennt? Kannst du das nachempfinden? Warum sollte das, was dich von dieser Lärche trennt, in philosophischer Hinsicht bedeutsamer sein als das, was die Lärche von einem Specht trennt?«

»Weil ich ein Mensch bin«, erwiderte sie, ohne zu überlegen.

Er nickte betrübt, als hätte er erwartet, dass sie zu keiner Verständigung gelangen würden.

»Ovid … du erinnerst dich? Er hat es geahnt.«

Indem er fortfuhr, ließ sich Choi auf einem Geländer nieder, mit dem Rücken zum See.

»Die Metamorphosen gehen nicht von den mechanischen Differenzen aus. So ist es auch mit der Transfugation: Sie setzt auf Ähnlichkeiten. In evolutionärer Hinsicht sind wir immer noch Schimpansen, Igel und Lärchen. Das alles tragen wir noch in uns. Und in jedem Moment können wir darauf zurückgreifen. Wir sind nicht durch Abgründe davon abgeschnitten. Was uns trennt, sind bestenfalls Fugen, kleine Ritzen des Daseins. *Unus mundus.* Die Welt ist eins.«

So oft schon hatte sie es gehört, und die Argumente hatten sie nicht zu überzeugen vermocht. Es war ihr zu abstrakt. Sie hätte lieber gewusst, ob die Transfugation mit Schmerzen verbunden war. Ob ihre Schwester sich dort einsam fühlen würde? Was bedeutete es, dass die Verwandlung »in einem Kraftfeld« vonstattenging? Besaß der Mensch bis zuletzt sein Bewusstsein? Blieb er bis zuletzt er selbst? Und wenn Renata ihre Entscheidung rückgängig machen wollte? Mehr als einmal schon war sie fast in Panik geraten, hatte das Gefühl gehabt, ihre Schwester mit Gewalt erretten zu müssen – sie entführen, zu Hause einsperren, damit sie wieder so leben sollte wie Hunderte, Tausende, Millionen Menschen lebten, jeder in seinem Eckchen, jeder an seinem Platz.

Vor einem halben Jahr hatten sie Abschied genommen, hier, in diesem Park. Ruhig und sachlich war es vonstattengegangen, nahezu ohne Worte. Renata hatte ihr die Papiere vom Notar übergeben, alle unterschrieben und mit amtlichen Hologrammen versehen. Schließlich die Kette mit dem Bergkristall in Tropfenform. Das einzige Schmuckstück, das Renata trug. Und als ihre Schwester dann in Richtung der Gebäude verschwunden war, hatte es ihr den Atem genommen. Eine Beklemmung, wie sie den Menschen erfasst, wenn er begreift, dass etwas Unwiderrufliches geschieht. Sie sah ihr nach, in der Hoffnung, Renata würde sich noch einmal umdrehen, ihren Entschluss überdenken, sich anders entscheiden. Zurückkommen. Doch nichts dergleichen – sie sah nur Renatas Rücken, sah die dunkle Tür, die sich mit lautlosem Gleiten schloss, um als schwarze, undurchsichtige Tafel still zu stehen.

»Ist sie immer noch hier? … Wo denn?«

Choi deutete auf das Transfugium-Gebäude.

»Ja. Und sie ist bereit.«

Einige Male schon hatte sie mit Choi gesprochen – dieser Mensch war nicht imstande, ihr auch nur den kleinsten Trost zu spenden. Auch wenn er intelligent war, eine gewisse Wärme ausstrahlte, Fürsorge erkennen ließ. Sie spürte seine Überheblichkeit. Was er in Wirklichkeit dachte – sie wusste es nicht. Er wiederholte nur, was in der Broschüre stand. Als wäre es Zeitverschwendung, eine Erklärung in anderer Form zu versuchen.

Neben ihrem Bett lag ein Exemplar der *Metamorphosen*, wie die Heilige Schrift in einem Hotel. Hübsch ediert, in altem Stil und illustriert, erinnerte es an ein Buch aus dem 19. Jahrhundert. Wahrscheinlich sollte es nostalgische Gefühle wecken an etwas lang Vergangenes, etwas Natürliches von verlässlichem Bestand. Wahrscheinlich sollte es ganz einfach beruhigend wirken. Mehrfach hatte sie in der Broschüre gelesen, dass die Welt nicht aus einer beständigen, einheitlichen Substanz bestehe, sondern erfüllt sei von einem fortwährenden Fluss aufeinander einwirkender Kräfte und Beziehungen. Jedes Wesen besitzt einen Willen, der es am Leben erhält. Die Wirklichkeit besteht aus Millionen von Daseinsformen, die sich unablässig überlagern und verflechten in einem Willensnetz. Manche sind raffiniert und von geradezu plastischer Struktur, andere haben etwas kraftlos Fatalistisches. In einer Welt, die so beschaffen ist, wird vieles möglich, was zunächst unvorstellbar scheint, und Grenzen erweisen sich als illusorisch. Die heutige Medizin ist in der Lage, sie zu überwinden.

»Gehen wir zurück«, sagte sie. Sie wollte das Gespräch beenden. »Mir ist kalt.«

Sie spürte eine Irritation, vergleichbar einem Juckreiz. Sein väterlich anmaßender Ton ging ihr auf die Nerven. Seine Makellosigkeit ging ihr auf die Nerven. Er sah sie mit einem Ausdruck der Entschuldigung an. Und verabschiedete sich mit der Versicherung, dass er in der Nacht dazukommen werde.

Sie hatten ein gewöhnliches Leben geführt. Die eine wie die andere. Waren in einem glücklichen Zuhause aufgewachsen. Die Eltern hatten sich geliebt, ehe sie, infolge der Vereinnahmung durch das fortschreitende Alter, nicht mehr miteinander gesprochen hatten. Tragödien und Dramen – nach menschlichem Maß. Die Gesundheit – unter Kontrolle. Die Kinder – zwei Töchter, wohlgeraten. Sechs Jahre Altersunterschied, klein genug für ein gemeinsames Zimmer, zu groß, als dass sie dieselbe Musik hören oder sich gegenseitig modische Klamotten hätten ausleihen können. Ein leerer Raum entstand zwischen ihnen, der nicht zu überwinden war. Sie betrachteten einander mit Neugier, mit Sympathie, mit einer bestimmten Art von Verbundenheit, die leicht mit Liebe zu verwechseln war, doch in Wirklichkeit hatten sie nur wenig gemeinsam, gingen ihre eigenen Wege.

Stiefschwestern waren sie; die Eltern hatten das Gepäck ihrer Vergangenheit in die Ehe mitgebracht. Sie gehörte zur Mutter, Renata zum Vater. Von Anfang an hatte man ihnen zu verstehen gegeben, dass sie sich anfreunden müssten, weil sie damit ihre Eltern retten könnten. So erhielten sie die Aufgabe, ihren Beitrag zu einer harmonischen Familie zu leisten, und da sie beide ein ähnliches Verantwortungsgefühl hatten, glückte es auch. Sie war sechs, Renata war zwölf. An ihre leibliche Mutter hatte Renata keine Erinnerung mehr, zu früh war sie gestorben. Deshalb wahrscheinlich akzeptierte sie auch ihre neue Mutter so rasch, lernte sie lieben. Es gab keinen Grund für Bockigkeiten. Und sie, die jüngere, war stolz, dass sie eine ältere Schwester haben würde. Sie bewunderte sie – ihre Bücher, ihre Musik, die getrockneten Froschkadaver, die späte Rückkehr vom Geburtstag einer Freundin, in einem seltsamen Zustand, den sie für eine Krankheit hielt und der sich als Alkoholrausch entpuppte. Sie erinnerte sich, wie sie im Dunkeln gelesen hatte, und der Schimmer des Bildschirms hatte ihrem Gesicht etwas Maskenhaftes verliehen.

Gleich nach dem Ende der Schulzeit war Renata von zu Hause ausgezogen und für mehrere Jahre in einer Großstadt verschwunden. Die Eltern besuchte sie nur noch zu Ostern und zu Weihnachten. Sie studierte kosmische Ingenieurwissenschaften, doch musste sie erkennen, dass dieses Fach paradoxerweise nicht dazu anhielt, nach draußen zu gehen und in den Himmel zu schauen. Nach dem Studium verbrachte sie die meiste Zeit vor dem Bildschirm, studierte Diagramme und Ziffern, schrieb ihre eigenen Werte und Zahlen dazu. Für diese Arbeit bekam sie ein ordentliches Gehalt. Sie wurde schwanger und lebte mit einem schweigsamen Mann zusammen, auch er ein Ingenieur – Spezialist für die Trinkwasseraufbereitung in fernen Ländern. Er war oft auf Reisen, doch führten sie ein gutes Leben. Jedenfalls wirkte es nach außen so. Sie kauften ein Haus im Süden, hatten Bienenstöcke und einen verwilderten Garten. Einmal zerstörte ein Feuer ihre Imkerei, sie bauten sie wieder auf. Sie wusste noch gut, wie Renata am Telefon geweint hatte wegen der Bienen. An andere Tränen konnte sie sich nicht erinnern. Verglichen mit ihrem eigenen Chaos schien das Leben ihrer Schwester wohlgeordnet, gleich einem sorgsam mit Kies bestreuten Weg. Sie besuchte Renata nur selten; dann sah sie sie zumeist in Sportkleidung, ein breites Band hielt ihre Haare zusammen. Sie joggte lange Strecken, querfeldein, geradezu besessen.

Sie duschte, machte sich einen Kaffee, setzte sich auf die Stufen zur Veranda. Die Wasserfläche zog den Blick an, doch bot sie ihm nichts, worauf er sich hätte konzentrieren können. So glitten die Gedanken unweigerlich in die Vergangenheit. In den letzten Monaten hatte sie ständig gegrübelt, wo es in Renatas Leben einen Wendepunkt gegeben haben könnte? Ein Zeichen der Veränderung? Den ersten Gedanken an die Transfugation? Eine psychische Krise, ein Ereignis, ein Erlebnis – etwas, das den ihr Nahestehenden verborgen geblieben war. Wann war es geschehen?

Sie verlor sich in der Erinnerung an Augenblicke, kleine Szenen. Bilder von früher flimmerten ihr vor den Augen. Vielleicht waren Ursachen mit dem Staub vergleichbar – als einzelne Teilchen sind sie nicht zu bemerken, erst in bestimmter Konzentration formt sich die Wolke einer Zwangsläufigkeit. Das erste Bild: Sie stehen vor dem Spiegel und vergleichen – mit gerafften Kleidern – ihre Beine. Befriedigt stellt sie fest, dass ihre hübscher sind, länger und schlanker. Und Renata gibt ihr recht. Dann hüpfen beide nur in Unterhöschen auf dem Sofa. Das zweite Bild: Sie machen auf dem Sportplatz ein Wettrennen mit anderen Mädchen, sie rennen 60 Meter. Renata hält nicht an, läuft übers Ziel hinaus, läuft eine ganze Runde um den Sportplatz. Das dritte Bild: Sie sind am Meer und graben sich im Sand ein. Renata bleibt fast den ganzen Tag lang liegen. Die einzige Bewegung – das leichte Auf und Ab des Sandes, ihre Atemzüge. Abends sieht man, wie die Sonne ihr Gesicht verbrannt hat.

Wo aber war der Moment, der erklären könnte, was jetzt geschah? Es musste doch einen Anfang geben, einen Ursprung der Veränderung, den einen Nullpunkt, den einen Gedanken, das eine traumatische Erlebnis, die eine Lektüre, die alles in Bewegung brachte, der eine Song unter all den zahllosen Dateien, die sie sich ständig gegenseitig geschickt hatten, im Wissen, dass alle Zeit des Universums nicht genügen würde, sie anzuhören. In Gedanken ging sie alle möglichen Situationen durch. Alles, was ihr in den Sinn kam. Einmal hatte ihr Vater gesagt, Renata habe nach der Geburt so lange geweint, dass sich ihr Hals entzündete.

Das Menü zusammenzustellen überließ sie dem freundlichen Mann unbestimmbaren Alters mit der hübschen ockerfarbenen Haut, die so reizvoll mit dem Weiß seiner Kleidung kontrastierte. Er sollte sie zu den Vorspeisen beraten. Das tat er so humorvoll, als ginge es um einen Junggesellinnenabend. Seine gute Laune reizte sie.

»Es sollte eher eine Art Leichenschmaus sein«, sagte sie mit boshafter Befriedigung.

Er schenkte ihr einen gefühlvollen Blick, und wenn sie sich nicht täuschte, sah sie Mitgefühl.

»Leichenschmaus, Hochzeitsschmaus … Essen ist immer etwas Fröhliches.«

Die Törtchen waren bauchig, in verschiedenen Farben, und jede Farbe lag einzeln auf einem Tablett. Wie Farbtöpfchen, dachte sie. Angetan von der Vielfalt, wählte sie zwischen Rosa und Lavendel, zwischen Himbeere, Blaubeere und Kakao. Und erst die Cremes, mit denen sie gefüllt waren – grüngolden, purpurrot. Sie waren so unnatürlich, so gänzlich vom Menschen gemacht. Der Mann mit der ockerfarbenen Haut nickte über den Törtchen:

»Bitte, kosten Sie. Vielleicht hilft Ihnen der Geschmack bei der Wahl …«

»Entschuldigen Sie … es ist mir schon immer schwergefallen, mich zu entscheiden.«

Er reichte ihr die Speisekarte.

»Das betrifft nur die unwichtigen Dinge. Wenn wir wirklich etwas wollen, verfliegen alle Zweifel.«

Sie nickte ohne rechte Überzeugung, putzte sich die Nase. Er deutete auf die angeführten Vorspeisen, sagte mit einem Ton des Stolzes:

»Es versteht sich natürlich, dass das Fleisch völlig sauber ist. Aus unseren eigenen Inkubatoren.«

Vor dem Restaurant hatte sie mit Namen versehene Skulpturen in Lebensgröße gesehen – eine Kuh, ein Schwein, ein Huhn, eine Ente, eine Gans. Sie waren den Gewebespendern gewidmet. Den Namen der Kuh hatte sie behalten: Adela. Ratlos schaute sie auf die lange Auflistung der Gerichte, blickte den Restaurateur an. Der warme Blick seiner dunklen Augen ruhte in gespannter Erwartung auf ihr.

»Darf ich mich an dich schmiegen?«, fragte sie unvermittelt.

»Aber sicher«, erwiderte er und schien nicht im Mindesten überrascht. Als wäre auch diese Dienstleistung auf der Speisekarte verzeichnet. Er schloss seine Arme um sie. Sie nahm den Geruch eines Weichspülers wahr.

Wenig später machte er sich mit seinem Team daran, die Tische im Salon und auf der Terrasse für die Bewirtung vorzubereiten. Verschiedene Sorten Tarte und allerlei Salate wurden gebracht, flinke Finger richteten Obstkreationen an.

Als das Team wieder verschwand, bot sich im Licht der tief stehenden Sonne ein besonderes Bild – die Wipfel des nördlichen Waldes glühten in Orangetönen, wie riesige Kandelaber sahen sie aus, die sich im Wasser spiegelten.

Langsam brach die Nacht herein. Sie konnte förmlich sehen, wie die Dunkelheit aus der Tiefe unter den Baumwurzeln emporquoll, unter den Steinen des Waldbodens, vom Grund des Sees. Alles schärfte noch einmal seine Umrisse, als wollte es sich seiner Existenz versichern, ehe es in Finsternis versank. Das letzte Licht der Baumkerzen erlosch, kalte Luft zog auf, Vorbotin der Nacht.

Sie warf sich die Jacke über, ging zum See. Das Fünkchen ihrer gesunden Zigarette glomm in der Dunkelheit. Vom anderen Ufer müsste es zu sehen sein, ein scharfes Auge könnte sicher auch die Bewegung verfolgen. Wie sie die Zigarette an die Lippen führte, sie von den Lippen nahm.

Ihr Telefon klingelte. Boy – so nannten sie ihn in der Familie, obwohl er schon fast vierzig war. Renatas Sohn. Er sagte, dass er nicht komme. Seine Stimme klang verwaschen, er schien betrunken.

»Jetzt hör endlich auf, Renata und uns alle zu schikanieren«, erwiderte sie leise auf sein aggressives Gestammel. »Du benimmst dich wie ein trotziges Kind. Du hast doch nichts zustande gebracht, nicht im Geringsten geholfen.«

Sie spürte, wie sie in Fahrt geriet, wie ihre Wut sich von Sekunde zu Sekunde steigerte.

»Alles hast du mir überlassen, dabei bist du ihr Sohn. Den ganzen Papierkram habe ich erledigt, habe sie hier besucht, mit den Ärzten gesprochen, und jetzt kann ich mich noch um irgendwelche Törtchen kümmern. Weißt du was? Du bist ein kleiner, erbärmlicher Rotzlöffel!«

Sie machte eine so heftige Bewegung mit dem Telefon, dass es in die Nadelstreu fiel.

Später saß sie auf der Veranda, blickte auf die breite, dunkle Linie des anderen Ufers. Der Streifen Wald, verschwommen gespiegelt im Wasser, der zart geriffelte Spiegel des Sees. Zwei riesige Vögel flogen auf, kreisten über den Bäumen und verschwanden wieder.

Als die Kinder noch klein gewesen waren, hatte sie Renata ab und an besucht; kraftlos und bedrückt hatte sie gewirkt. Wie üblich gepflegt und gut angezogen, doch hatte ihr biegsamer Körper ein paar Pfunde mehr, und ihre Gesichtszüge waren wie verwischt. Sie joggte nicht mehr, stattdessen machte sie lange Spaziergänge mit raschem, energischem Schritt. Kam verschwitzt zurück und verschwand unter der Dusche. Besonders mitteilsam war sie nie gewesen, jetzt wollte sie überhaupt nichts mehr von sich erzählen, nichts mehr gab sie preis. Sie lächelte kaum noch, ihr ganzer Sinn für Humor schien dahin. All ihre Zeit widmete sie dem Garten und den Kindern, Boy und Hanna, die sie in die Schule fuhr und zu verschiedenen Freizeitaktivitäten am Nachmittag. Sandwichtüten, Lunchboxen, alles stets zur Hand, in ständiger Bereitschaft. Der Geruch der Kinder im Haus, ein wenig stickige, klebrige Luft. Der Geruch des Gefangenseins. Die Zimmer aseptisch sauber, praktisch und hell. Ihr Mann, die schweigende Ruhe selbst, tauchte am Abend auf, verschwand am Morgen, doch war zu sehen, wie nah sie sich standen. Auch wenn jeder ein Leben für sich führte, hatten sie offenbar eine Form der Verständigung gefunden. Wenn die jüngere Schwester zu einem der seltenen Besuche kam, saßen sie nachmittags auf dem hellen Sofa im Wohnzimmer und achteten darauf, keinen Tropfen Tee oder Kaffee zu verschütten. In die gegenüberliegenden Ecken gedrückt, sprachen sie über Dinge, die an ihnen vorüberzogen wie die Informationsstreifen in den Fernsehnachrichten: Hanna hat im Juni Prüfungen; der Vertrag ihres Mannes macht einen längeren Aufenthalt im Ausland erforderlich; es gibt verschiedene Möglichkeiten, im Garten Wasser zu sparen; jüngste Forschungen haben ergeben, dass Nikotin die Lebenserwartung erhöht. Eine Unterhaltung in Sprechblasen, sie schwebten eine Weile über ihnen, ehe sie verwehten wie der Rauch der gesunden Zigarette, die ein hohes Alter versprach. Fasziniert betrachtete sie Renatas geordnetes Leben, ja, vielleicht war eine Prise Neid dabei – sie selbst war ständig in Bewegung, mit ihrer Arbeit befasst, von zahllosen Menschen umgeben –, doch empfand sie es immer als Erleichterung, wenn sie in ihr Durcheinander zurückkehren konnte.

Dann trat eine Veränderung ein. Es war die Zeit, als die Kinder das Haus verließen und ihr Mann verstarb. Eine entsetzliche Krebserkrankung musste er durchleiden. Als hätten finstere Mächte ein Urteil an ihm vollstrecken wollen für Vergehen, die im Verborgenen blieben. Als sie ihre Schwester einige Jahre später wiedersah, lebte sie bereits allein. Sie hatte ein Häuschen mit einem Gemüsegarten gekauft, am Rand eines Waldes gelegen. Zunächst pflanzte sie dort Kräuter an, dann wucherte der Garten langsam zu. Sie achtete nicht mehr so auf ihr Äußeres wie früher, färbte ihre Haare nicht mehr. Jetzt flossen sie ihr als ergrauter Schleier auf die Schultern. Und je weißer ihre Haare wurden (dabei war sie eben Mitte vierzig), desto dunkler wirkte ihr Gesicht, wettergegerbt und ausgetrocknet. Die hellen Augen hatten etwas wachsam Prüfendes. Sie wandte den Blick ab, wenn man sie ansah. Als fürchtete sie, jemand könnte in ihr Inneres schauen und dort … Ja, was hätte man dort gesehen?

Zwei Tage verbrachten sie zusammen, kochten gemeinsam, saßen auf der Bank im verwilderten Garten. Sie spürte, dass ihre Schwester einzig mit den eigenen Gedanken beschäftigt war. Lediglich beim Anblick ihrer Hunde lebte sie auf. Drei große Wolfshunde hatte sie, die sie keinen Moment aus den Augen ließen. Als Gast im

Haus fühlte sich die jüngere Schwester unbehaglich. Die unergründlichen Augen der Hunde schienen jede Nuance der Situation zu erfassen.

Im nahezu leeren Wohnzimmer hing ein Flachbildschirm, der den ganzen Raum erfüllte mit einem sanften, grauen Schein. Auf den ersten Blick konnte sie nicht erfassen, was er zeigte, dachte zunächst, es handelte sich um eine abstrakte graphische Darstellung. Erst als sie näher herantrat, erkannte sie die realistischen Details. Eine winterliche Landschaft, aus der Vogelperspektive aufgenommen, von nördlichem Wald bewachsene Hänge, die Fichten sahen aus wie Beistriche, wahllos über ein Blatt Papier verstreut. Über eine große Fläche am Waldrand bewegten sich Tiere. Eins hinter dem anderen, dunkle Schemen, wie aufgereiht auf einer Schnur. Sie verschwanden an dem einen Rand des Bildschirms, um am gegenüberliegenden wieder aufzutauchen. Und immer so fort.

»Zwei Wolfsrudel, die sich für den Winter vereint haben«, sagte Renata, die sich von hinten genähert hatte, und zur großen Überraschung ihrer Schwester legte sie den Kopf auf ihre Schulter.

»Schau, in welcher Ordnung sie sich bewegen …«

Die Tiere unterschieden sich voneinander, wie sie jetzt erkennen konnte. Die vorderen waren deutlich kleiner und bewegten sich auch anders, sie liefen tiefer geduckt. Auch die Abstände zwischen den einzelnen Tieren variierten.

»Sie setzen ihre Pfoten in die Spuren der Leitwölfin. Hinter ihr gehen die schwächeren Tiere«, sagte sie, den Kopf noch auf der Schulter ihrer Schwester. »Die ältesten geben das Tempo an, damit sie nicht zurückbleiben, sie wären sonst verloren. Dann kommen die stärksten Rüden, die das Rudel verteidigen, wenn Gefahr droht. Hinter ihnen – und das sind die meisten – kommen die Fähen und die Jungtiere, die Frauen und Kinder. Und am Ende … siehst du den einzelnen Wolf?« Getrennt vom Rudel schloss er markant den Zug durch die Einöde ab. »Freie Elektronen. Käuze. Auch für sie ist ein Platz im Rudel.«

»Und ich dachte schon, das sind Hunde …«

»Man kann einen Hund nicht mit einem Wolf verwechseln.« Renata löste sich von ihr, trat näher an den Bildschirm, um sie auf weitere Details aufmerksam zu machen. »Wölfe sind größer und haben längere Läufe, der Kopf ist größer und der Hals massiger. Hier … man kann es deutlich sehen. Auch ist der Schwanz viel buschiger.«

»Und deine Hunde?«

»Das sind Wolfshunde. Eine Kreuzung. Aber es sind keine Wölfe. Den eigentlichen Unterschied bemerkst du im Blick. Hunde schauen verständnisvoll, fragend, hingebungsvoll, der Blick eines Wolfs ist völlig anders, aufmerksam, aber ohne Teilnahme. Da kann es dich richtig überlaufen.«

Das Thema belebte sie sichtlich. Anschließend kochten sie gemeinsam, tranken ein wenig Wein. Es war ihre letzte Begegnung. Sie erinnerte sich an den Abschied.

»Tiere sind wahre Meister, wenn es darum geht, Absichten zu erkennen. Wusstest du das?«, fragte Renata unvermittelt, als brächte sie ein Gespräch zu Ende, das sie nicht geführt hatten. »Das könnten wir von ihnen lernen. Falls uns etwas Derartiges überhaupt in den Sinn käme. Wenn du diese Fähigkeit hättest, wüsstest du, was ich vorhabe und warum. Und du würdest es akzeptieren, ohne eine Spur von Unruhe.«

Damals konnte sie noch nicht begreifen, wovon ihre ältere Schwester sprach.

Nach Einbruch der Dunkelheit kamen die Eltern mit Hanna. Das Gesicht der Mutter war blass, von Sorgen gezeichnet. Ihre Lippen wirkten, als wären sie ständig zusammengepresst. Als würde sie sich fortwährend sagen: »Halte noch ein bisschen aus, nur noch ein bisschen musst du dich quälen.« Doch wäre es verfehlt, dies allein mit Renatas Entscheidung in Verbindung zu bringen. Die Mutter hatte schon immer diese Miene gehabt. Sie trug sie wie eine Uniform: »Sprich mich nur an, wenn es begründet und wichtig ist!« Der Vater wirkte in letzter Zeit völlig abwesend. Was wirklich in ihm vorging, ja, ob überhaupt etwas in ihm vorging, war nicht mehr zu erschließen. Manchmal pfiff er unvermutet vor sich hin, verstrickt in sein Innenleben, zu dem niemand mehr Zutritt hatte. Der einzige Mensch, den er noch wahrnahm, war seine Frau.

»Wann soll das stattfinden?«, fragte die Mutter gleich nach der Ankunft. Es klang so sachlich, als erkundigte sie sich nach einem chirurgischen Eingriff, der zwar unangenehm, doch mit der Aussicht verbunden wäre, dass danach eine Besserung einträte.

Sie bewegte sich mithilfe eines Rollators.

»Wenn es hell wird. Die Sonne geht sehr früh auf«, erwiderte die Tochter und half ihr auf die Treppe.

Hanna war eine umsichtige Enkelin. Sie verteilte das bescheidene Gepäck in der Unterkunft (für eine Übernachtung nur), brühte die Kräuter für den Abend auf. Nach dem Essen, das sie nahezu schweigend zu sich nahmen, saß die Mutter steif da, hielt die Informationsbroschüre auf der ersten Seite aufgeschlagen. Auch wenn sie längst auswendig wusste, was dort zu lesen stand – sie konnte es noch immer nicht erfassen.

»Ich möchte mich nur noch einmal vergewissern«, begann sie in einem Ton, dem die Irritation anzuhören war. »Das ist jetzt so, wie wenn man seinen Körper der Wissenschaft gibt, für bestimmte Untersuchungen. So wie es meine Eltern gemacht haben. Man gibt seinen Körper der Wissenschaft, ja?«

Die jüngere Tochter setzte zu einer Antwort an, doch schien sie zu zweifeln, ob ihre Mutter sie überhaupt hören wollte. Die Frage war wohl eher rhetorisch gewesen.

»Sie ist gestorben«, sagte der Vater und tätschelte die Hand seiner Frau. Dann nahm er sich eine Zeitschrift von dem Tischchen, blätterte mit rascher Bewegung in den bunten Seiten.

Sie hatte keine Ahnung, was ihr Vater fühlte. Seit seiner Demenzerkrankung war er ihr zum rätselhaftesten Wesen geworden. Es wäre ihr leichter gefallen, ein Eichhörnchen zu verstehen als ihren eigenen Vater.

»Sehen wir sie noch einmal?«, fragte die Mutter mit kaum geöffneten Lippen. »Können wir sie noch einmal umarmen?«

»Ich habe dir doch schon gesagt, dass das nicht mehr geht«, antwortete die Enkelin. »Wir haben uns im Winter von ihr verabschiedet, vor Monaten schon.«

»Warum hat sie uns dann noch einmal herbestellt?«, fragte der Vater.

»Sie hat uns nicht herbestellt. Sie geht jetzt fort, und wir wollen dabei sein, wenn es geschieht«, entgegnete die jüngere Tochter.

»Müssen wir das?«, brummte der Vater.

Wider Erwarten tauchte Boy doch noch auf. Er kam in schwarz glänzender Montur, auf einem altmodischen Auto-Motorrad. Die Familie saß auf der Veranda. Einen Teil der Törtchen hatten sie in bunte Krümel verwandelt, die morgen die Vögel aufpicken würden. Boy roch nach

Alkohol. Vor Kurzem erst hatte er sich von seiner Frau getrennt.

Er nahm seinen Helm ab.

»Was soll der Zirkus? Wozu die ganze Operette? Mit diesem ach so geheimnisvollen Zentrum hier, das wie eine Psychoklinik aussieht? Genau das ist es ja wohl auch. Eine Klapse. Und ihr seid die Bekloppten. Habt euch von ihr reinziehen lassen in den ganzen Irrsinn.«

Er knallte den Helm auf den Boden, stiefelte Richtung See. Niemand sagte ein Wort.

»Ihr seid be-scheu-ert!«, schrie er in die Dunkelheit.

Nach und nach trafen die Gäste ein. Sie empfing sie, als wäre sie es, die hier ein Bankett gäbe. Als Erste kam Margo, eine Freundin von Renata, mit ihrem Partner. Dann zwei ältere Herren, Nachbarn von Renata, wie sich zeigte.

Kurz nach Mitternacht tauchte Doktor Choi auf, wie immer im schwarzen Sportdress und mit der eng sitzenden Mütze. Er überreichte der Familie Papiere: den Pass, die notariellen Verfügungen, die Ergebnisse verschiedener medizinischer Untersuchungen, die Einverständniserklärung. Er ließ sich am Tisch nieder, als fühlte er sich allein seiner Existenz wegen eingeladen. Erklärte, dass er gerne dabei sein, es gerne sehen wolle. Mit einer kosmischen Symphonie sei es vergleichbar – die chaotisch zerstreuten Elemente kehren an ihren Platz zurück.

In diesem Moment polterten Boys schwere Stiefel über die Veranda. Sie fuhr zusammen. Wenn ihr Neffe wieder eine Szene machen würde? Im Grunde hoffte sie ja darauf, hoffte auf eine Szene, ein Ereignis, das die Welt wieder ins alte Gleis brächte. Vielleicht würde Boy die Tische umwerfen, die Flaschen zerschlagen, die Reste der zauberhaft bunten Törtchen zermalmen. Sie hätte es verstanden. Er hatte genauso Angst wie sie. Doch nichts geschah.

Schweigend goss er sich ein Glas Wein ein, schaute wieder auf den See. Wie grau sein Haar geworden war. Und richtig elend sah er aus.

Sie stand an die Holzwand gelehnt, rauchte. Hanna unterhielt sich halblaut mit ihrer Großmutter, tätschelte ihr die mageren Hände, die von bräunlichen Leberflecken bedeckt waren. Margo wärmte in der Küche etwas auf, der Vater sah sich alte Fotos von Renata an, über denen er schließlich einschlief. Hanna nahm ihm die Bilder aus den Händen.

Sie hörte Fetzen der Unterhaltungen auf der Veranda, hier in aufgeregtem, dort in lässig lockerem Ton. Unter allen Anwesenden glänzte Doktor Choi. Sätze einer Diskussion, die Stimme von Doktor Choi, die sich über den Geräuschpegel der Gäste aufschwang. Jemand widersprach ihm, doch was er entgegnete, ging wieder unter im Stimmengewirr.

Aus dem Augenwinkel sah sie die Schemen von Boy und Hanna, vor dem Hintergrund des Sees – sie hielten sich in den Armen, Bruder und Schwester.

Im Osten wurde der Himmel grau. Empfindliche Kälte war zu spüren. Ein Wind kam auf, er kräuselte den Wasserspiegel. In diesem Licht erinnerte der See an einen mit Asche gefüllten Krater.

»Ein großer Moment«, sagte Doktor Choi. »Es beginnt. Schaut!«

Vom Transfugium-Gebäude her kam ein Floß auf den See. Eigentlich eine schwimmende Plattform. Ferngesteuert bewegte sie sich auf das andere Ufer zu, dorthin, wo kein Mensch je an Land gehen konnte. Dem *Herzen* zu. Anfangs nahm man nur die Bewegung wahr, die beiden Streifen des in Unruhe geratenen Wassers. Als der Himmel sich weiter aufhellte, war es zu erkennen: das Tier, das reglos wie eine Statue mit gesenktem Kopf auf der Plattform stand. Ein Wolf.

Das Tier drehte den Kopf, schaute einen Augenblick lang in Richtung der Menschen auf der Veranda, dann hatte es der Schatten des anderen Ufers verschluckt.

Der Berg aller Heiligen

Die Maschine nach Zürich gelangte planmäßig in den Luftraum über der Stadt, dort aber musste sie Schleifen ziehen, denn der Flughafen war eingeschneit, und nun hieß es warten, bis die Schneepflüge ihre langsame, aber effektive Arbeit verrichtet hatten. Als das Flugzeug endlich zur Landung ansetzte, rissen die Schneewolken auf, und am orangefarben glühenden Himmel war ein Gewirr von Kondensstreifen zu sehen, die sich kreuz und quer überschnitten, ein gigantisches Gitternetz bildeten – als wollte Gott uns ermuntern, eine Partie Drei gewinnt mit ihm zu spielen.

Der Fahrer, der mich abholen sollte, erwartete mich mit dem Deckel eines Schuhkartons in der Hand, auf dem mein Name stand. Schon bei der Begrüßung sagte er mir, dass er mich zu einer Pension bringe. Der Weg zum Institut sei völlig eingeschneit, dort sei kein Durchkommen.

Sein Dialekt war so eigentümlich, dass ich ihn kaum verstehen konnte. Überhaupt hatte ich das Gefühl, nicht zu begreifen, was hier vor sich ging. Immerhin hatten wir den 8. Mai.

»Die Welt steht kopf. Schauen Sie nur …« Der Mann verstaute mein Gepäck im Wagen, deutete in den dunkelnden Himmel: »Damit vergiften sie uns. Mit Flugzeugen versprühen sie Gase, die unser Unterbewusstsein verändern.«

Ich nickte. Das Gitternetz am Himmel konnte wahrhaftig beunruhigend wirken.

Überall Staus auf den Straßen, die Reifen drehten durch, die Autos bewegten sich im Schneckentempo vorwärts, an den Straßenrändern häufte sich glasiger Matsch. In der Stadt arbeiteten die Räumfahrzeuge auf Hochtouren, in den Bergen aber, in die wir jetzt mit größter Vorsicht fuhren, waren die Strecken nicht geräumt. Krampfhaft hielt der Fahrer das Lenkrad, beugte sich weit nach vorn, und seine beachtliche Adlernase wies die Richtung wie ein Schiffsbug den Kurs, auf dass wir durch die See der klammen Dunkelheit in einen Hafen fänden.

Ein Vertrag hatte mich hierhergebracht. Ich sollte eine Gruppe von Jugendlichen einem Test unterziehen, den ich seinerzeit selbst entworfen hatte. Auch nach über dreißig Jahren war es weltweit der einzige entwicklungspsychologische Test dieser Art, der in Fachkreisen Anerkennung gefunden hatte.

Die Vergütung, die ich für diese Arbeit erhalten sollte, war großzügig. Beim ersten Lesen des Vertrags hatte ich gedacht, es müsste sich um einen Irrtum handeln. Zugleich wurde ich verpflichtet, absolutes Stillschweigen zu bewahren. Die Firma, die mir den Auftrag erteilte, hatte ihren Sitz in Zürich, ihr Name sagte mir nichts. Doch kann ich nicht sagen, dass es allein das Geld gewesen wäre, das mich lockte. Es gab noch andere Gründe, die eine Rolle spielten.

Spät in der Nacht erst kamen wir an. Ich war überrascht zu sehen, was es mit der »Pension« auf sich hatte – Gästezimmer in einem alten, düsteren Kloster am Fuß eines Berges. Die Natriumdampflampen gossen ein zähes Licht über die Kastanienbäume, denen der Schnee zusetzte. Sie standen schon in Blüte, und so überschüttet von den weißen Kissen, wirkten sie, als fügten sie sich einer unfassbaren, absurden Unterdrückung. Der Fahrer brachte mich zu einem Seiteneingang, trug mir den Koffer die Treppe hinauf. In der Zimmertür steckte der Schlüssel.

»Alle Formalitäten sind schon erledigt. Jetzt schlafen Sie sich erst einmal aus. Morgen hole ich Sie ab. Das Frühstück finden Sie im Kühlschrank, um zehn bereiten die Schwestern den Kaffee.«

Erst nach der Tablette konnte ich schlafen, fand mich in meinem geliebten Zeitloch wieder, in das wir uns – mein Körper und ich – in gutem Einvernehmen sinken ließen wie in ein flaumweiches Vogelnest. Seit die Krankheit sich gezeigt hatte, übte ich mich auf diese Weise Nacht für Nacht darin, nicht zu sein.

Am nächsten Morgen um zehn wurde ich Zeugin des seltsamsten Kaffeerituals, das ich je gesehen hatte. In einem Raum von riesigen Ausmaßen stand ein Tisch aus massivem Holz, der die Spuren seines jahrhundertelangen Gebrauches trug. An diesem Tisch saßen sechs alte Frauen im Habit, jeweils drei auf einer Seite, die identische Ordenstracht ließ auch die Gesichter ähnlich werden. Als ich eintrat, hoben sie leicht den Kopf. Die siebte Schwester, energisch flink, trug eine gestreifte Schürze über ihrem Habit, eben stellte sie eine beachtliche Kaffeekanne auf den Tisch, sie wischte sich die Hände an der Schürze ab, kam mir entgegen, die knochigen Finger zu mir ausgestreckt.

Eine Spur zu laut begrüßte sie mich. Das hatte – wie ich bald begriff – einen schlichten Grund: Die meisten dieser älteren Frauen waren schwerhörig. Sie stellte mich namentlich vor, nannte rasch die Namen der Ordensschwestern. Sie klangen wunderlich. Die älteste hieß Beatrix, dann gab es eine Ingeborg, eine Tamar und eine Charlotta.

Isidora, Cäsarina. Tamar machte durch ihre Reglosigkeit auf sich aufmerksam. Sie wirkte wie die Statue einer Göttin aus ältester Zeit. Groß und rundlich saß sie in ihrem Rollstuhl, mit einem hübschen, blassen Gesicht, das aus dem Habitkörper wuchs. Mir war es, als schaute sie durch mich hindurch in einen weiten Raum hinter mir. Offenbar gehörte sie bereits zu jenen Menschen, die im Geiste Wanderungen durch die Zeit unternehmen, über die Hochweiden des Gedächtnisses streifen, und wir sind ihnen dabei lediglich ein störendes Krümchen, das den Augapfel reizt.

In Erstaunen versetzte mich der große, helle Saal, der in einen Essraum und einen Bezirk zum Kochen abgeteilt war. Dort standen große Gasherde mit zahlreichen Kochstellen und Backöfen, auch einen eigenen Brotbackofen konnte ich entdecken. An den Wänden hingen riesige Pfannen, und auf Tablaren waren Töpfe aufgereiht. Unter dem Fenster eine Reihe Spülsteine, wie in der Küche einer Fabrikkantine. Arbeitsflächen aus Stahlblech, allerlei Geräte, nicht aus Kunststoff gefertigt, sondern aus Metall, und die bauchigen Schrauben vermittelten den Eindruck, als stammten diese Utensilien aus der Nautilus von Kapitän Nemo. Die sterile Sauberkeit, die hier herrschte, ließ an ein altväterliches Laboratorium denken, an Doktor Frankenstein und seine heiklen Experimente. Modern waren in diesem Saal nur die Behälter für die verschiedenen Sorten von Müll.

Schwester Charlotta erklärte mir, dass die riesige Küche schon seit Jahren nicht mehr in Gebrauch sei. Auf einem kleinen Gasherd würden sie kochen oder den Cateringservice eines Restaurants in der Stadt nutzen. Schwester Anna – mit der Schürze, die Priorin, wie ich jetzt wusste – fügte hinzu, dass noch in den sechziger Jahren, als sie selbst hierhergekommen war, sechzig Schwestern aus ganz Europa im Kloster gelebt hätten.

»Früher wurde hier Brot gebacken. Und Käse haben wir gemacht, jeder Laib wog fünfzehn Kilo. Jetzt lohnt es sich nicht mehr, für sieben Schwestern Brot zu backen und Käse zu machen ...«, begann Schwester Charlotta, als wollte sie einen längeren Vortrag einleiten.

»Für acht! Wir sind doch acht!«, bemerkte Schwester Anna optimistisch. »Besuchen Sie uns während Ihres Aufenthalts dort oben«, sie deutete mit dem Kinn in eine unbestimmte Richtung. »Das ist auch unsere Einrichtung. Es gibt eine Abkürzung über die Weiden, eine halbe Stunde zu Fuß.«

Jetzt ging die Kanne von Hand zu Hand, und das dunkle Rinnsal des Kaffees floss in die Tassen. Mit beherzten Händen griffen die Schwestern nach der portionierten Kaffeesahne. Behutsam lösten die betagten Finger die goldenen Deckelchen, gossen die Sahne in den Kaffee. Dann rissen die Schwestern die Deckelchen gänzlich ab, hoben sie an den Mund, als wären es Hostien aus Aluminium. Eine geschickte Bewegung der Zungen ließ das Deckelchen blank zurück, ohne eine Spur der Sahne. Nun wanderten die Zungen ins Innere der Becherchen, spürten den letzten Tröpfchen nach. Sichtliches Vergnügen bereitete ihnen dieses Sahneschleckritual, und dem flinken Geschick, mit dem es vonstattenging, war anzusehen, wie viele Hundert Male sie es schon vollzogen hatten. Anschließend mussten die Papierstreifen von den Becherchen gelöst werden. Findige Fingernägel wussten, wo die Klebestellen sich befanden – und dann lagen vor jeder Schwester drei Wertstoffe auf dem Tisch: Plastik, Aluminium, Papier.

»Wir achten hier auf die Umwelt. Wir Menschen sind

ja eine besondere Spezies, aber wenn es so weitergeht wie bisher, sind wir vom Aussterben bedroht«, sagte Schwester Anna und zwinkerte mir verständnisinnig zu.

»Nur zu wahr«, kicherte eine andere. »Jedes Jahr stirbt eine von uns, fast kann man die Uhr danach stellen …«

Meinerseits nun mit dem Kaffee und dem Sahnebecherchen beschäftigt, hatte ich nicht bemerkt, dass eine achte Frau nahezu lautlos in die Küche gekommen war. Sie setzte sich neben mich. Eine leichte Bewegung ließ mich zur Seite schauen – ich sah eine sehr junge Frau, die den gleichen Habit trug wie die älteren Nonnen. Sie hatte einen dunklen Teint, dessen Eindruck jugendlicher Frische sie am deutlichsten von den blassen Gesichtern der anderen Schwestern unterschied. Als hätte man sie eben erst auf diesem Interieurbild dazugemalt – unter Verwendung eines neuen Satzes Farben.

»Das ist unsere Schwester Swati«, stellte die Priorin die Jüngste vor, und der Stolz war nicht zu überhören.

Ein unpersönliches Lächeln, dann erhob sich die junge Frau, um den säuberlich getrennten Abfall einzusammeln und in die entsprechenden Behälter zu werfen.

Ich war der Priorin dankbar, dass sie mich wie eine alte Bekannte empfangen hatte. Als ihr Handy klingelte, zog sie allerlei Gegenstände aus der Tasche: Schlüssel, Lutschpastillen, ein kleines Notizbuch, ein Alubriefchen Tabletten. Dann kam ein altes Nokia-Telefon zum Vorschein. Vorsintflutlich – so hätte man es nennen können.

»Ja … danke …«, sagte sie mit diesem seltsamen Dialekt. Dann wandte sie sich an mich:

»Der Fahrer wartet schon auf dich, mein Kind.«

Während ich mich gehorsam durch das Labyrinth des alten Gebäudes zum Ausgang leiten ließ, bedauerte ich den nicht ausgetrunkenen Kaffee. Draußen musste ich die

Augen schließen vor der hellen Maisonne. Ehe die Autotür zuschnappte, hörte ich das Tropfkonzert des tauenden Schnees. Von überallher fielen die Tropfen, trommelten auf das Dach, die Treppe, plitschten an die Scheiben, plitschten auf das Laub der Bäume. Unter unseren Füßen sammelte sich ein munteres Flüsschen, mit dem sich die Exzentrik des Schnees in die Banalität von Wasser verwandelte, das talwärts strömte, Richtung See.

Ich weiß nicht, weshalb mir der Gedanke in den Sinn kam – dass diese älteren Frauen im Habit in Würde auf den Tod warteten. Ich aber plagte mich herum.

»Hier haben Sie ideale Arbeitsbedingungen, schauen Sie nur …«, sagte am selben Tag Dani zu mir, die Direktorin des Forschungsprogramms. Sie sprach Englisch mit italienischem Akzent, ihren Gesichtszügen nach hätte man jedoch eher an indianische oder fernöstliche Vorfahren denken wollen.

»Hier ist Ihr Arbeitszimmer. Sie müssen also nicht einmal nach draußen, um zur Arbeit zu gehen.« Sie lächelte. Neben ihr stand ein Mann mit einem stattlichen Bauch, über dem sich ein kariertes Hemd spannte.

»Viktor, der Chef des Programms …«

Dann sagte sie mir noch, dass ganz in der Nähe ein Wanderweg verlaufe, über den man ohne größere Mühe – in drei Stunden nur – auf den Gipfel des mächtigen Berges gelangen könne, der von überallher zu sehen war und den Eindruck vermittelte, man befände sich noch immer im Flachland.

Das Institut war in einem modernen Betonbau eingerichtet. Gerade Linien bestimmten die Silhouette. Alubänder hielten die großflächige Verglasung, in der die unregelmäßigen Formen der Natur sich spiegelten; das linderte den strengen Eindruck des schmucklosen Klotzes. Hinter diesem erhob sich wiederum ein Gebäude, das Anfang des 20. Jahrhunderts errichtet worden sein musste – einer Schule zum Verwechseln ähnlich, zumal ich davor ein Sportfeld sah, auf dem eine Gruppe Jugendlicher Ball spielte.

Erschöpfung erfasste mich, sicher der Höhe wegen, doch vielleicht auch einfach deshalb, weil ich mich ständig müde fühlte in letzter Zeit. Ich bat darum, dass mich jemand zu dem Zimmer bringe, in dem ich in den nächsten Wochen wohnen sollte.

Diese Müdigkeit kam immer am frühen Nachmittag, gegen zwei befiel sie mich, ich wurde schläfrig und träge, hatte das Gefühl, der Tag verfalle in eine Depression, von der er sich bis zum Abend nicht mehr erholte. Erst gegen sieben kam er wieder halbwegs zu sich, schleppte sich bis Mitternacht dahin.

Ich hatte keine Familie gegründet, kein Haus gebaut, keinen Baum gepflanzt, meine gesamte Zeit war der Arbeit gewidmet, den ständigen Forschungen und der Auswertung der Ergebnisse, die ich durch komplizierte statistische Raster laufen ließ, denen ich immer mehr vertraut hatte als den eigenen Sinnen. Die Errungenschaft meines Lebens war ein psychologischer Test, mit dessen Hilfe sich Charaktereigenschaften in statu nascendi untersuchen ließen – Eigenschaften, die sich noch nicht herauskristallisiert, noch nicht verfestigt hatten in dem System, das die ausgereifte Persönlichkeit eines Erwachsenen darstellte. Mein Test für Entwicklungstendenzen hatte rasch weltweite Anerkennung gefunden und wurde in großem Umfang angewandt. Ebendiesem Test verdankte ich, dass ich bekannt wurde, eine Professur erwerben konnte, ein gesichertes Auskommen fand. Und immer weiter arbeitete ich an der Vervollkommnung des Verfahrens. Mit der Zeit erwies sich, dass der TfE eine überdurchschnittliche prognostische Aussagekraft besaß, mit hoher Wahrscheinlichkeit ließ sich vorhersagen, wie sich ein Mensch entwickeln, in welcher Weise sich seine Persönlichkeit ausformen würde.

Früher wäre es mir undenkbar erschienen, dass ich einmal ein Leben lang dasselbe tun, mich fortwährend mit einer Sache beschäftigen würde. Ich hatte mich immer als unruhigen Geist empfunden, und meine Leidenschaften waren mir oft als Strohfeuer erschienen. Hätte man mich als Kind meinem eigenen Test unterzogen, um herauszufinden, wer ich einmal werden würde – ob sich wohl gezeigt hätte, dass ich ebenso fleißig wie ausdauernd die eine Idee verfechten, mich der präzisen Ausarbeitung eines einzigen Werkzeugs verschreiben sollte?

Am Abend desselben Tages fuhren wir zu dritt ins Städtchen, besuchten ein Restaurant, dessen große Fenster auf den See zeigten. So konnten die Gäste den besänftigenden Anblick des dunklen Wassers genießen, in dem das Lichterspiel der Stadt sich spiegelte. Die wellenbebende Tiefe lenkte immer wieder meine Aufmerksamkeit von meinen Gesprächspartnern ab.

Wir aßen Birne mit Honig und Gorgonzola, danach ein Trüffelrisotto, das teuerste Gericht auf der Karte. Auch der Weißwein war exquisit. Viktor redete am meisten, und seine tiefe Stimme übertönte – zum Glück – die aufdringliche Musik, die kalt und mechanisch klang. Er klagte darüber, dass es keine charismatischen Menschen mehr gebe, alle seien heute so gewöhnlich, niemand habe mehr Energie genug, die Welt zum Besseren zu ändern. Sein karierter Bauch polierte die Tischkante. Dani behandelte mich mit höflichem Respekt und einer Vertraulichkeit, die mir angenehm war. Sie beugte sich zu mir herüber, dass die Fransen ihres Schals bedenklich nah am Teller hingen und in den geschmolzenen Gorgonzola einzutauchen drohten. Ich fragte sie natürlich nach den Jugendlichen. Wer sie waren, warum sie diesem Test unterzogen werden sollten. Und was es mit »unserem Programm« auf sich habe – auch wenn in diesem Augenblick meine Aufmerksamkeit weniger dem Gespräch galt als vielmehr dem Geschmack der winzigen Trüffel, die nicht größer als Streichholzköpfchen waren.

Die Jugendlichen, so erfuhr ich, kamen für drei Monate in einer sogenannten Bergschule zusammen, wo sie im Rahmen von Unterrichtseinheiten und Freizeitveranstaltungen auf ihre Begabungen hin untersucht werden sollten. Alle seien adoptiert, erklärten mir die beiden, und das Programm analysiere den Einfluss des gesellschaftlichen Kapitals auf die Entwicklung der Persönlichkeit (sagte er) bzw. die Wirkung eines ganzen Spektrums an Milieufaktoren im Hinblick auf die späteren beruflichen Erfolge (sagte sie). Meine Aufgabe war leicht: Ich sollte den Test in der breitesten Version durchführen. Exakte Profile wollten sie haben, präzise Prognosen für die Zukunft. Das Ganze war eine private Initiative. Die Sponsoren verfügten über alle nur erdenklichen Genehmigungen, das Programm war auf mehrere Jahre hin angelegt und wurde vorerst noch geheim gehalten. Ich nickte, um den Anschein bemüht, als hörte ich zu, doch war ich in Wirklichkeit völlig dem Genuss der Trüffel hingegeben. Seit dem Beginn der Krankheit schien sich mein Geschmackssinn aufgefächert zu haben. Ich war in der Lage, jede einzelne Note zu unterscheiden: die Pilze, die kleinen Stückchen der Hartweizennudeln, das Olivenöl, den Parmesan, die mürben Knoblauchkrümchen. Was früher Gerichte gewesen waren, nahm ich jetzt als lose Zusammenschlüsse der Zutaten wahr.

»Wir dürfen dankbar sein, dass eine Berühmtheit wie du sich bereit erklärt hat, hierherzukommen«, sagte Dani, und wir ließen die Gläser klingen.

Wir genossen das Essen, unser Gespräch fand in einer Atmosphäre träge entspannter Höflichkeit statt. Dann machte der Wein die Zungen ein wenig geschmeidiger. Ich sagte, dass jede Idee, die auf eine Vorhersage der Zukunft hinauslaufe, große Faszination bei den Menschen auslöse, aber ebenso auch heftigen irrationalen Widerstand. Eine Art Klaustrophobie sei damit verbunden, eine Angst vor dem Fatum, mit dem die Menschen sich seit Ödipus herumschlügen. Und im Grunde wollten sie doch gar nicht wissen, was die Zukunft ihnen bringe.

Auch sagte ich, dass effektive psychometrische Werkzeuge etwas von einer genial konstruierten Falle hätten. Sei die Psyche einmal darin gefangen, hinterlasse sie desto deutlichere Spuren, je heftiger sie aufbegehre. Wir wissen doch, dass der Mensch als wahres Füllhorn an Potenzial geboren wird, und die Jahre des Heranwachsens stellen keineswegs eine Zeit des bereichernden Lernens dar, vielmehr sind sie ein Prozess der fortlaufenden Eliminierung von Möglichkeiten. Von einer wilden, üppig wuchernden Pflanze bleibt am Ende eine Art Bonsai übrig – eine verkümmerte und zurechtgestutzte Miniaturausgabe der möglichen Spielarten unseres Selbst. Mein Test unterscheidet sich von den anderen nicht dadurch, dass sich mit ihm untersuchen lässt, was wir im Zuge unserer Entwicklung gewinnen, sondern was wir verlieren. Unsere Möglichkeiten reduzieren sich – eben das erleichtert es vorherzusagen, wer wir einmal werden.

Meine wissenschaftliche Karriere war ständig begleitet gewesen von Versuchen, meine Forschungen ins Lächerliche zu ziehen, sie abzuwerten, ihnen den Ruf des Parapsychologischen anzuhängen, ja, ich wurde sogar bezichtigt, meine Untersuchungsergebnisse gefälscht zu haben. Deshalb wahrscheinlich war ich so misstrauisch geworden, immer bereit, mich zu verteidigen. Als Erstes greife ich an und provoziere, dann weiche ich zurück, erschrocken über das, was ich ausgelöst habe. Am meisten bringt mich der Vorwurf des Irrationalen auf. In der Anfangsphase erscheinen wissenschaftliche Entdeckungen immer irrational, weil die Rationalität die Grenzen der Erkenntnis bestimmt. Um diese Grenzen zu überschreiten, müssen wir die Rationalität verlassen und uns in den dunklen Wirrwarr des noch Unerforschten wagen – um ebendiese Dunkelheit Stück für Stück zu erschließen, rational zu machen – zu begreifen. Als ich rund um den Erdball reiste, um Vorträge zu meinem Test zu halten, begann ich jeden Auftritt mit den Worten: »Ich weiß, dass euch das provoziert, zum Widerspruch reizt, aber das Leben des Menschen lässt sich vorhersehen. Es gibt Instrumente, die das ermöglichen.« Und jedes Mal trat eine spannungsgeladene Stille ein.

Als wir in den Aufenthaltsraum kamen, waren die Jugendlichen mit einem Spiel beschäftigt; sie stellten bestimmte Szenen dar. Im Flur schon hatten wir ihre Lachsalven gehört. Mühsam nur beherrschten sie sich, bei der Begrüßung ernst zu bleiben.

Ich war fast im Alter ihrer Großmütter, das schuf eine von Zuneigung geprägte Distanz zwischen uns. Sie ließen sich nicht ein auf Vertraulichkeiten, nur ein besonders mutiges Mädchen, ebenso zierlich wie resolut, stellte mir einige Fragen: Woher ich komme? In welcher Sprache meine Mutter gesprochen habe? Ob ich zum ersten Mal in der Schweiz sei? Wie schlimm es mit der Umweltverschmutzung sei in dem Ort, in dem ich wohne? Ob ich eine Katze hätte oder einen Hund? Und wie die Untersuchungen aussehen würden? Ob sie nicht langweilig seien?

Ich bin Polin, begann ich mit der Beantwortung der Fragen. Und meine Mutter hat Polnisch gesprochen. In der Schweiz bin ich schon ein paar Mal gewesen, man kennt mich an der Universität in Bern. Wo ich wohne, ist die Umweltverschmutzung stark spürbar, aber noch schlimmer ist es in der Stadt, aus der ich weggezogen bin. Vor allem im Winter, wenn über der ganzen nördlichen Halbkugel der Smog immer mehr zunimmt. Aber in dem Dorf, in dem ich jetzt lebe, muss man keine Gesichtsmaske tragen. Und die Untersuchungen – die werden ganz angenehm sein. Ein paar Computertests müsst ihr machen, mit ganz gewöhnlichen Fragen – zum Beispiel, was man mag und was nicht, so in dieser Art. Und dann werdet ihr ein paar dreidimensionale Figuren anschauen und mir sagen, was sie darstellen könnten. Einige Untersuchungen machen wir auch mit ganz modernen Apparaten. Das wird nicht wehtun, höchstens ein bisschen kitzeln. Und langweilig wird es ganz bestimmt nicht werden. Einige Nächte lang müsst ihr eine besondere Mütze aufhaben, die euren Schlaf überwacht. Bei manchen Fragen werdet ihr sicher denken, dass sie sehr persönliche Dinge betreffen, aber wir Forscher sind verpflichtet, alles für uns zu behalten. Deshalb möchte ich euch bitten, immer ganz ehrlich zu sein. In einem anderen Teil der Untersuchungen müsst ihr noch einige Aufgaben lösen, das wird dann so sein, als würden wir Spiele machen. Ich verspreche euch, dass wir

Spaß haben werden dabei. Und – ja, ich hatte einen Hund, aber er ist gestorben, und seitdem möchte ich kein Tier mehr haben.

»Haben Sie nicht daran gedacht, dass Sie ihn klonen können?«, fragte das Mädchen – Miri hieß sie, wie ich nun erfahren hatte.

Was sollte ich dazu sagen? Daran hatte ich tatsächlich nicht gedacht.

»In China wird das schon ganz oft gemacht«, sagte ein großer Junge mit einem dunklen, länglichen Gesicht.

Die Sache mit dem Hund löste eine lebhaft wirre Diskussion aus, dann schienen die Kinder die Begrüßungshöflichkeiten als beendet anzusehen und kehrten zu ihrem Spiel zurück.

Wir durften uns anschließen – es war, wie ich verstand, ihre Variante des Spiels der Botschafter. Mit Pantomime und ohne ein Wort zu benutzen, stellt man etwas dar, und die anderen müssen es erraten. Wir spielten, ohne Mannschaften einzuteilen, jeder für sich. Ich biss mir an allem die Zähne aus. Sie bezogen sich auf irgendwelche Spiele oder Filme, die ich nicht kannte. Sie waren wie von einem anderen Planeten, blitzschnell liefen ihre Gedanken, in Verkürzungen, sie hatten Welten im Kopf, die mir völlig fremd waren.

Sie zu beobachten bereitete mir Freude. Sie waren so jung, so energiegeladen, so nah an der Quelle des Lebens. Aus ihnen sprach die wunderbare Scheu von Menschen, deren Grenzen noch nicht fest umrissen sind. Noch nichts wurde zerstört in diesen Wesen, noch nichts hatte sich verkapselt, versteinert – der Organismus drängte einfach vorwärts, klomm in die Höhe, erregt von der schieren Präsenz des Gipfels.

Wenn ich heute an diese Szenen zurückdenke, sehe ich,

dass sich mir vor allem Thierry und Miri eingeprägt haben. Thierry – groß, mit dunkler Haut, und seine schweren Lider erweckten den Eindruck, als langweilte er sich ständig oder als wäre er halb nur wach. Miri – von zierlicher Statur, in sich versammelt wie eine Sprungfeder. Auch die Zwillinge erweckten meine Aufmerksamkeit. Betritt man einen Raum, in dem sich mehr als ein eineiiges Zwillingspaar befindet, erfasst einen ein Gefühl des Irrealen. So war es auch hier. Das erste Paar: zwei Jungs, die weit voneinander entfernt saßen. Julian und Max. Beide stämmig, mit dunklen Augen, schwarzen Locken, großen Händen. Zwei blonde Mädchen: Amelia und Julia. Identisch angezogen, saßen sie in stiller Konzentration nebeneinander, so nah, dass ihre Schultern sich berührten. Fasziniert betrachtete ich sie, unwillkürlich auf der Suche nach kleinen Merkmalen, in denen sie sich unterscheiden könnten. Vito und Otto hingegen taten alles, um die Ähnlichkeit aufzuheben. Der eine hatte eine Igelfrisur, der andere ließ die Haare lang wachsen; der eine trug ein schwarzes Hemd und lange Hosen, der andere Shorts und ein T-Shirt in Regenbogenfarben. Dass sie Zwillinge waren, bemerkte ich erst nach einer Weile – und ertappte mich dabei, dass ich sie anstarrte. Nachsichtig gaben sie zu erkennen, dass sie offenbar gewöhnt waren an solche Blicke. Neben Miri saß Hanna, eine hochgewachsene Siebzehnjährige mit der Figur eines Models und androgyner Ausstrahlung. Sie nahm nicht teil an dem Spiel, ein Lächeln huschte um ihren Mund, als wäre sie mit ihren Gedanken ganz woanders. Adrian – groß und schlank, hyperaktiv, mit dem nervösen Bedürfnis, das große Wort zu führen. Er drängte sich nach vorne, wollte immer als Erster raten, verdarb den anderen den Spaß. Und schließlich Eva, die sich bemühte, den Frieden wiederherzustellen, indem sie ihn in mütterlichem Ton zur Ordnung rief. Eine Gruppe von Heranwachsenden, wie man sie in jedem Zeltlager der Pfadfinder hätte treffen können.

Am nächsten Tag begann ich mit den ersten Untersuchungen, die der Erfassung psychoneurologischer Parameter dienten. Diese Testeinheiten hatten mechanischen Charakter, es ging um Gedächtnis und Aufmerksamkeit. Bausteine, die in einer gewissen Reihenfolge angeordnet werden mussten, die Deutung bestimmter Zeichnungen, einmal mit dem linken, einmal mit dem rechten Auge. Und wie ich es versprochen hatte – die Sache machte ihnen Spaß. Als ich am Abend die Ergebnisse in meinen Computer eingab, kam Viktor zu mir:

»Ich wollte dich nur an die Verschwiegenheitsklausel erinnern, die du unterschrieben hast. Nur interne Datenträger. Keine eigenen.«

Er irritierte mich mit dieser Bemerkung. Ich empfand sie als Affront.

Als ich anschließend auf der Terrasse meinen täglichen Joint anzündete, erschien abermals Viktors besorgtes Gesicht in der Tür.

»Ganz legal, auf Rezept …«, erklärte ich.

Ich reichte ihm das Tütchen, er nahm einen tiefen Zug, geradezu fachmännisch, behielt den Rauch im Mund, kniff die Augen zusammen, als bereitete er sich auf den Wandel des Bildes vor, die Wirklichkeit der weichen Konturen.

»Habt ihr mich genommen, weil mir nicht mehr lange zu leben bleibt? War das der Grund? Immerhin ist es die beste Garantie, dass alles vertraulich bleibt. Schweigen bis ins Grab …«

Er ließ ein wenig Rauch entweichen, das Übrige

schluckte er. Fixierte den Fußboden, als hätte ich ihn bei einer Lüge ertappt, die er sich eben zurechtlegen wollte. Schließlich sagte er ausweichend, dass Vorhersagen bezüglich der Zukunft eines Menschen, die sich auf irgendwelche Tests stützen wollten, seiner Auffassung nach dem gesunden Menschenverstand Hohn sprächen. Weil er aber ein loyaler Mitarbeiter des Instituts und zudem an den Auftraggeber gebunden sei, wollte er seine Zweifel für sich behalten.

»Sag mir, was sind das überhaupt für Untersuchungen?«

»Selbst wenn ich es wüsste, könnte ich es dir nicht sagen. So ist es halt, du musst dich damit abfinden. Tu deine Arbeit und atme die frische Schweizer Luft. Sie wird dir guttun.«

Mein Eindruck war, dass er damit zu erkennen geben wollte, er wisse um meine Krankheit. Weiter sagte er nichts mehr, konzentrierte sich auf das Rauchen.

»Wie komme ich von hier zum Kloster?«, fragte ich nach einer Weile.

Wortlos zog er sein Notizbuch hervor, zeichnete mir die Abkürzung auf.

Tatsächlich erreichte ich das Kloster in zwanzig Minuten, auf einem Pfad, der sich über die Bergweiden schlängelte. Ich passierte ein paar Viehtore, musste mich recht nah am elektrischen Weidezaun hindurchzwängen. Eine Weile verbrachte ich noch bei Pferden, die reglos unter der Frühlingssonne im Schnee standen, als grübelten sie über diesen klimatischen Antagonismus nach, auf der Suche nach einer Synthese.

Schwester Anna empfing mich in weißer Schürze – sie war dabei, mit Swati Ordnung zu machen. Auf Bänken im Korridor standen Kartons mit Papieren. Die Schwestern wischten den Staub von den Stößen, stapelten die

Unterlagen auf einem Wägelchen, um sie in den Keller zu bringen. Die Priorin unterbrach offenbar nicht ungern diese Beschäftigung, nahm mich mit, um mir den neuen Aufzug vorzuführen. Wir glitten ein paar Mal hinauf und hinunter, bewegten uns zwischen dem Wohnstockwerk und der Kapelle hin und her. Die zwei erleuchteten Knöpfe – aufwärts, abwärts – durften uns daran erinnern, dass wir letztlich doch nicht so viele Möglichkeiten zur Verfügung hatten, wie wir vielleicht annehmen wollten. Eine Erkenntnis, die durchaus Erleichterung brachte.

Dann zeigte mir Schwester Anna die Klausur. Mit ausgebreiteten Armen deutete sie an, wo früher ein Gitter die Grenze der Welten markiert hatte.

»Wir haben hier gesessen, und dort standen unsere Besucher. Der Priester hat uns die Beichte durch das Gitter abgenommen, und durch das Gitter haben wir mit unseren Gästen gesprochen. Noch in den sechziger Jahren. Kannst du dir das vorstellen? Wir fühlten uns wie Tiere in einem Zoo des Herrgotts. Einmal im Jahr kam ein Fotograf und hat ein Foto gemacht, natürlich auch durch das Gitter.«

Sie zeigte auf die Fotos, die dicht an dicht in schmalen Rahmen an der Wand hingen. Auf allen dasselbe Motiv: eine Gruppe von Frauen im Habit. Die einen saßen, die anderen standen hinter ihnen, in der Mitte die Mutter Oberin, und irgendwie wirkte sie immer etwas größer und statiöser. Manche der Körper wurden von dem überkreuz laufenden Gitter geteilt, doch hatte sich der Fotograf bemüht, den Standpunkt so zu wählen, dass die Gesichter alle zu sehen waren. Je weiter ich mich zurückbewegte in die Zeit, Schritt für Schritt durch den Korridor, desto mehr Ordensschwestern sah ich auf den Bildern, und desto solider wirkten die Habite und die Schleierhauben.

Schließlich beherrschten sie die Fotografien so deutlich, dass die Gesichter der Schwestern wie Reiskörner wirkten, auf einem graphitfarbenen Tischtuch verstreut. Ich betrachtete die Gesichter, die nicht mehr waren, und ich beneidete die Frauen darum, dass jeder von ihnen dieser eine besondere Tag beschert worden war, an dem sich Gott ihr mitgeteilt, ihr gesagt hatte, dass er sie ganz für sich haben wolle. Ich war nie gläubig gewesen, und eine Anwesenheit Gottes hatte ich nie gespürt, nicht einmal eine Ahnung davon.

Das Kloster war 1611 gegründet worden, als zwei Kapuzinerinnen aus dem Norden in dieses Tal kamen und sich neben einem Weiler niederließen. Sie hatten einen Schutzbrief des Papstes, wurden von wohlhabenden Gönnern unterstützt. Im Laufe von zwei Jahren hatten sie das nötige Geld beisammen, und im Frühjahr 1613 begann der Bau. Als Erstes entstand ein kleines Gebäude mit den Nonnenzellen und einem Wirtschaftstrakt, der sich rasant erweiterte. Hundert Jahre später gehörten bereits die ganze Umgebung, das Tal und die Wälder, dem Orden. Um das Kloster herum entstand ein Städtchen, zum Teil abhängig von der Klosterwirtschaft. Die günstige Lage – am See und an einer Handelsstraße – tat das Ihre, der Handel blühte, die Bewohner des Städtchens wurden wohlhabend.

Die Ordensregel gestattete manchen Nonnen – den sogenannten äußeren Schwestern – einen durchaus intensiven Kontakt mit der Welt; die inneren Schwestern hingegen verließen die Klausur nicht, waren auch sehr selten nur zu sehen hinter dem Gitter, das die Sphären trennte. Sie stellten das unsichtbare, mystische Element dar in der ewigen Partie des Drei gewinnt. Die Schwestern in der Klausur steckten bis zu den Spitzen ihrer Schleierhauben in unablässigem Gebet, ihre Lippen waren in emsiger Bewegung, ihre Körper pressten sich in Demut an den Steinboden der Kapelle, die Arme zum Kreuz gebreitet, so lagen sie da, widerstandslos dem Strom der Gnade ergeben, der dem Gebirgsstädtchen gute Geschäfte bescherte und den Schwestern ein stetiges Wachstum ihrer klösterlichen Güter. Vielleicht, dass auf ebendiesen im Gebet versunkenen inneren Schwestern das göttliche Auge im dreieckigen Riss des Himmels ruhte.

Die äußeren Schwestern führten ihre Geschäfte, die Finger fleckig von der Tinte, in die sie die Federn tauchten, wenn sie die nächsten Schock Eier, die nächsten Fuhren Fleisch oder Linnen in die Bücher eintrugen, die Ausgaben vermerkten für die Bauleute, die ein weiteres Gebäude als Armenstift errichteten, oder für die Schuster, die die Schuhe für die Waisen fertigten.

Schwester Anna erzählte von diesen Dingen, wie man von der Familie erzählt. Fasziniert, liebevoll und bereit, den klösterlichen Vorfahrinnen zu vergeben – die Sünde der Kleinlichkeit, das allzu emsige Interesse für Geschäftliches. Das Kloster gedieh wie ein prosperierendes Unternehmen, schließlich gehörte ihm der gesamte Grund bis hinunter zum See. Im 20. Jahrhundert erst setzte der Niedergang ein, insbesondere nach dem Zweiten Weltkrieg. Die Stadt machte sich breit, forderte die nächsten Parzellen Bauland für Villen und öffentliche Gebäude, und dann verloren auch die Menschen mehr und mehr den Glauben. Seit 1968 hatte keine Novizin mehr das Kloster betreten, von Swati abgesehen. 1990, als Schwester Anna Priorin wurde, waren es noch 37 Nonnen.

Weil die finanziellen Mittel schwanden, mussten nach und nach die riesigen Klostergüter verkauft werden, und so blieb zum heutigen Tag nur das eine Gebäude, in dem die Schwestern wohnten. Ihre letzte Scholle verpachteten sie an Bauern, die den Grund als Weideland nutzten. Den Garten bebaute der Inhaber eines Bioladens. Die Schwestern gestatteten ihm, den Namen des Klosters auf seinen Produkten zu führen, dafür bekamen sie von ihm Milch und Gemüse. Zudem erwies sich, dass sie leider zu spät verstanden hatten, welch merkantiler Segen aus den Klosterrezepturen fließen konnte. Denn der Kuchen war längst aufgeteilt, die Benediktiner und Zisterzienser, die Barmherzigen Brüder und weitere Orden hatten männlich solidarisch jede Konkurrenz vonseiten der Nonnen vom Markt verbannt. Auch die Umwandlung des Klosters in eine gewinnbringende Kooperative war nicht gelungen. Das Gebäude bei der Kirche hatten sie einer Grundschule übergeben, in dem kleinen Bau auf der Gartenseite befand sich ein Hostel, das von der Stadt geführt wurde. Von dem Geld, das ihnen diese Pacht einbrachte, konnten die Schwestern im letzten Jahr den verglasten Aufzug bauen lassen. Der Weg über die enge Steintreppe war ihnen immer beschwerlicher geworden. Nun sah man sie mehrmals täglich gedrängt in dem gläsernen Kasten stehen, wenn sie die wenigen Meter Höhenunterschied zur Kapelle überwanden.

Von alledem erzählte mir die Priorin, während sie mir die Winkel des Klosters zeigte. Ich folgte ihr, den Geruch ihres Habits in der Nase. Er roch nach dem Innern eines Kleiderschranks, in dem seit Jahren Säckchen mit Lavendel hängen. Im wohligen Gefühl der Geborgenheit wäre ich bereit gewesen, mich überreden zu lassen – und meine restlichen Tage hier zu verbringen, anstatt den Kids Elektroden an den Kopf zu legen.

Die Luft um Schwester Anna schien zu vibrieren, als wäre sie von einer warmen Aureole umgeben. Die Priorin hätte sie erhaschen und portioniert in Einmachgläsern verschließen können. Das wäre erst ein Geschäft geworden!

Mit raschem Schritt führte sie mich durch die tadellos sauberen Flure, die nach Bohnerwachs dufteten. Zahllose Türen gab es, Winkel und Halbetagen, Nischen, in denen polierte Heiligenstatuen standen. Ein wahres Labyrinth. Nach kurzer Zeit schon wusste ich nicht mehr, wo ich war.

Eingeprägt hatte sich mir die Galerie der klösterlichen Ahninnen, die Oberinnen mit ihren Gesichtern, die einander so verwirrend ähnlich waren. Und die Inschrift über dem Eingang zur inneren Kapelle, in klobiger Fraktur gemeißelt: »Wie geschrieben stehet: Der erste mensch Adam ist gemacht mit einer seelen / die dem leib ein thierlich leben gibt: und der letzte Adam mit einem geist / der da lebendig macht.«

Unter unseren Schritten knarrten die Dielen, unsere Hände berührten die blank geriebenen Geländer und Klinken, die im Laufe der Jahre zu einem Revers der Handflächen geworden waren.

Wir gelangten auf eine Art Entresol. Der Holzboden war ganz und gar abgerieben, vielleicht auch nie gestrichen. Hier wurde die Wäsche getrocknet, und zwischen den Bettbezügen und Laken auf den Leinen entdeckten wir Schwester Ingeborg und Schwester Beatrix. Sie hielten Nadeln in den Händen, nähten die Knöpfe an, die beim Waschen abgegangen waren. Die arthritisch verkrümmten Finger kämpften tapfer, um die Nadel in die Löcher zu führen.

»Salve, Meitli«, sagte Schwester Anna. »Dann wollen wir ihr mal Auxi vorstellen, oder?«

Die Schwestern wurden lebhaft, die steinalte Beatrix

quietschte auf wie eine Teenagerin. Schwester Anna ging zu einem Vorhang, der sich in unschuldigem Weiß darbot, zog ihn mit theatralischer Geste auf:

»Tataaa …«

Eine kleine Nische wurde sichtbar, und darin eine Figur, von zweifellos menschlicher Gestalt, doch seltsam verkrümmt und womöglich doch nicht menschlich. Erschrocken wich ich zurück. Schwester Anna schmunzelte, musterte mich forschend und sichtlich zufrieden mit der Wirkung, die sie alle wohl schon kannten. Ich war sicher nicht die Erste, die hier zusammenfuhr.

»Das ist unser Auxi.«

»Mój Boże«, japste ich auf Polnisch. Meine Miene muss komisch genug gewesen sein, die Schwestern brachen in Lachen aus.

Ein menschlicher Körper, vielmehr ein Skelett, mit Haut bespannt, die Mumie eines Menschen, sterbliche Überreste, senkrecht aufgestellt und liebevoll ausstaffiert. Nach dem ersten Schrecken konnte ich Einzelheiten erkennen. Die Schwestern hinter meinem Rücken kicherten immer noch.

Das ganze Skelett war mit allem erdenklichen Dekor versehen – gestrickt, gehäkelt und geflochten. In den Augenhöhlen steckten große Halbedelsteine, auf dem blanken Schädel saß eine Mütze, gehäkelt aus einem Garn, das mit bunten Perlen verziert war. Um den Hals hatte Auxi ein besticktes Halstuch aus dünnem Batist geschlungen, ursprünglich war es schneeweiß gewesen, jetzt hatte es einen grauen Ton. Wie ein Wölkchen Herbstnebel sah es aus. Hier und da schaute die verdorrte Haut unter der Kleidung hervor. Deren Schmuckstück war ein eleganter Justaucorps, wie man ihn im 18. Jahrhundert getragen hatte. Das silbriggraue Stoffmuster ließ an Eisblumen denken. Aus den Ärmeln lugten Spitzenmanschetten, sie bedeckten zur Hälfte die klauenhaft verkrümmten Hände, die in zerbröselnden Mitaines steckten. Mitaines! Auf die verdrehten Beine waren weiße Seidenstrümpfe gezogen, die Füße baumelten in schrumpeligen Spangenschuhen, an denen gleichfalls Halbedelsteine blinkten.

Die Richtlinie war immer dieselbe: dass der Untersuchende keine engere Bindung aufbauen solle mit dem Untersuchten. Dieses Prinzip kam mir sehr entgegen. Die Jugendlichen sah ich nur während der Testeinheiten. Wohlerzogen waren sie, alle Anweisungen führten sie gewissenhaft aus. Nur bei den Projektionstests, wenn man seine Phantasie spielen lassen musste, hatten einige von ihnen Schwierigkeiten, die gestellte Aufgabe zu verstehen. Als Nächstes folgten Aufzeichnungen der Hirnströme. Weil diese Untersuchungen auch im Schlaf gemacht wurden, mussten die entsprechenden Gerätschaften in die Zimmer gebracht und dort angeschlossen werden. Über eine Woche kam ich nicht nach draußen, sah den erblühenden Frühsommer nur von meiner Terrasse aus, wenn ich mein besänftigendes Kraut rauchte. Bald leistete mir Viktor regelmäßig Gesellschaft, sodass mein Vorrat immer rascher dahinschwand.

Bei einem unserer Gespräche sagte mir Viktor, dass dem Kloster die Schließung drohe – »aus biologischen Gründen« –, und dann erzählte er mir von Swati.

Schwester Anna hatte irgendwo gelesen, dass es in Indien noch wahre Heiligkeit gebe, dort habe sie sich noch nicht verflüchtigt, sei noch nicht in alle vier Winde verweht worden von der Gewalt der Geschichte, dem Rauch von Auschwitz.

Wir saßen auf dem Balkon meines Zimmers, erschöpft von der Arbeit, wir hatten die Apparaturen zur Messung der Hirnströme in die Zimmer getragen und angeschlossen. Viktor betrachtete das glimmende Ende des Joints, sagte in der Aufwallung eines Schuldgefühls:

»Ich kann nicht die ganze Zeit von dir schnorren. Das geht wirklich nicht. Für dich ist es ein Medikament, und ich rauche dir das weg, nur so zum Vergnügen.«

Ich zuckte die Schultern.

»Indien? …«

»Also gut … ja … ich habe ihr das gesagt. Wenn es überhaupt noch irgendwo eine wahre Spiritualität gebe, dann in Indien. Gott sei nach Indien umgezogen. So was in der Art …«

»Glaubst du das?«, fragte ich in einem Reflex.

Der Rauch aus meinem Mund formte sich zu einer hübschen Kugel.

»Natürlich nicht. Ich wollte sie einfach beruhigen mit einem angenehmen Gedanken. Ich hatte nur nicht bedacht, dass sie es bei dem Gedanken nicht belassen würde. Dass sie anfangen würde zu handeln. Und dann ist sie mit ihren über siebzig Jahren nach Indien aufgebrochen, ganz allein … um Nachwuchs zu finden für ihr Kloster.«

Ich konnte es mir vorstellen. Schwester Anna – wie sie im grauen Sommerhabit bei einer Moschee in Delhi steht, mitten im Gewühl der Rikschafahrer, der herrenlosen Hunde, der heiligen Kühe, mitten im Staub und Schmutz. Doch zum Lachen war mir nicht zumute, diese Wirkung hatte Marihuana schon lange nicht mehr bei mir.

Viktor hingegen gluckste vor sich hin.

»Da ist sie dann von einem Kloster zum nächsten gefahren, Hunderte von Kilometern, auf der Suche nach Novizinnen, die bereit wären, nach Europa zu kommen.

Eine Gerechte hat sie schließlich gefunden. Swati. Nach Indien fahren, um eine Nonne mitzubringen. Begreift man das? ...«

Am nächsten Tag hatte ich die Akten auf dem Tisch – von Spezialistenhand geführt, sorgfältig, ohne überflüssigen Ballast. Sie enthielten die Daten zu meinen Jugendlichen. Ich hatte Viktor um die Akten gebeten. Was mir als Erstes auffiel – es gab weder Vor- noch Nachnamen, stattdessen Kürzel auf selbstklebenden Zettelchen: »Hl 1.2.2« – »JhC 1.1.2/JhC 1.1.1.« Möglicherweise waren diese Unterlagen gar nicht für mich bestimmt, und Viktor hatte sie mir irrtümlich gebracht. Was waren das für Codes? Außer den Tabellen mit den biologischen Parametern fand ich Tafeln mit Genomen und Diagrammen, mit denen ich ebenso wenig anfangen konnte. Ich versuchte, anhand dieser Daten meine Schützlinge zu identifizieren, doch halfen mir die Angaben und Auflistungen nichts. Offenbar ging es hier um eine andere, weitaus abstraktere Ebene. Viktor musste sich geirrt haben, er hatte mir die falschen Akten gegeben. Als ich sie in sein Arbeitszimmer bringen wollte, machte ich, einem Impuls folgend, noch einmal kehrt, notierte an meinem Schreibtisch die seltsamen Signaturen auf dem Rand einer alten Zeitung. Notierte, der Vollständigkeit halber, auch die Geburtsdaten.

Viktors Arbeitszimmer war verlassen. Die Fenster standen offen, der Wind bewegte die Aluminiumleisten der Jalousien. Es klang wie ein Zikadenchor.

Am nächsten Morgen erhielt ich via Intranet endlich die Dokumentation, die ich schon mehrfach angefordert hatte – die Milieubefragungen und die biographischen Angaben. Jede Datei war mit dem Vor- und Nachnamen gekennzeichnet. Thierry B., geboren am 02. 12. 2000.

Adoptiveltern: Schweizer, wohnhaft in einer Kleinstadt. Er: Erzieher in einer Schule, sie: Bibliothekarin. Allergiker. Differenzierte Beschreibungen klinischer Hirnuntersuchungen – leichte Epilepsie. Blutgruppe. Psychologische Basistests. Tagebuch, von den Adoptiveltern geführt. Sorgfältige Eintragungen, aber ohne besondere Aussagekraft. Dyslexie. Eine genaue Beschreibung der Zahnspange. Proben der Handschrift. Fotos. Schulaufsätze. Ein ganz normales Kind, das ständig medizinisch untersucht worden war. Von den biologischen Eltern keine Silbe.

Miri C., 21. 03. 2001 – dasselbe. Präzise Tabellen zu Größe und Gewicht. Eine Hauterkrankung – Fotos, Diagnosen usf. Die Adoptiveltern: Mittelstand, ein kleiner Unternehmer, eine Malerin. Kinderzeichnungen. Jede Menge Verweise auf andere Dokumente, sorgsam nummeriert und klassifiziert. Die Zwillinge Julian und Max. Geboren am 09. 09. 2001. Sie kamen aus Bayern. Die Adoptiveltern: Unternehmer, besaßen mehrere Textilfabriken, höherer Mittelstand. Von Komplikationen bei der Geburt war die Rede, daher der niedrige Apgar-Index bei beiden. Julian hatte ein exzellentes Gehör, besuchte eine Musikschule. Max hatte einen Unfall gehabt, als er sieben war. Ein Auto hatte ihn erfasst – ein komplizierter Beinbruch. Sein musikalisches Talent – durchschnittlich.

Unwillkürlich griff ich nach der Zeitung, auf der ich mir am Vortag die Kürzel notiert hatte. Das Geburtsdatum der Zwillinge fand ich zwei Mal zugeordnet: Fr. 1.1.2 und Fr. 1.1.1.

Adrian T., geboren am 29. 05. 2000, die Signatur bei seinem Geburtsdatum: Jn 1.2.1. Aus Lausanne. Die Adoptiveltern: Beamte. Der Junge war mit dem Gesetz in Konflikt geraten. Milieubefragung. Ein Polizeibericht. Einbruch in ein Hallenbad, Vandalismus. Mehrere Geschwister. Eva H., Signatur Hl 1.1.1. Die Adoptiveltern hatten sich scheiden lassen, als sie neun war. Von der Mutter erzogen, einer Lehrerin. Hervorragende Zensuren, spielt Basketball. Interessiert sich für Filme, schreibt Gedichte. Musikalische Begabung. In Behandlung wegen juveniler idiopathischer Arthritis.

Ich überflog die Berichte, konnte nur staunen über die Fülle des akribisch gesammelten Materials. Aus wie vielen Perspektiven die Leben der Heranwachsenden durchleuchtet worden waren! Als sollten diese Menschen zu Spionen, Genies oder Revolutionären ausgebildet werden.

Schwester Anna gestattete mir, Auxi zu fotografieren – jede Einzelheit seines im Zerfall verewigten Körpers. In der Drogerie im Städtchen ließ ich die Bilder ausdrucken, hängte sie über meinen Schreibtisch. Nun musste ich nur den Blick heben und konnte die Kunstfertigkeit so vieler Generationen von Nonnen bewundern, die sich mit dem Zutrauen von Kindern jeden Quadratzentimeter des Leichnams angeeignet hatten, in der Absicht, das Grauen des Todes zu überdecken. Hier ein Knöpfchen, dort ein Säumchen, zierlich genäht. Eine Spitze, ein Besatz, ein Pompon, eine Manschette, ein Krägelchen, ein Täschchen, eine Krause, eine Paillette, eine bunte Perle. Verzweifelte Beweise des Lebens.

Die Apotheke hatte mein Medikament nicht vorrätig, ich musste ein paar Tage warten. So machte ich den örtlichen Dealer ausfindig – ich hatte meine Methoden – und kaufte ein paar Portionen. Es war starker Stoff, ich mischte ihn mit Tabak. Nach der Chemotherapie waren die Schmerzen fast völlig verschwunden, die Angst aber war geblieben. Die Angst, dass sie noch in mir lauerten,

Metallfedern gleich, deren spiralige Ruhe jeden Augenblick aufspringen könnte, um meinen Körper in Stücke zu reißen. Wenn ich rauchte, verwandelten die Federn des Schmerzes sich in Luftschlangen, die Welt erfüllte sich mit Zeichen, und Dinge, die weit voneinander entfernt waren, schienen sich Botschaften zu senden, Bedeutungen zu weben, Beziehungen zu schaffen. Alles schien allem wohlwollend verbunden zuzuzwinkern. Ein ausgesprochen angenehmer Zustand – an einer solchen Welt konnte man sich sättigen bis zur Genüge. Zwei Chemotherapien hatte ich hinter mich gebracht, ich fand kaum noch Schlaf, mein Körper war mir entglitten. Nur eine Kraft war mir verblieben – die Angst. Vielleicht drei Monate, hatte der Arzt gesagt, vielleicht drei Jahre. Ich wusste, dass es mir guttun würde, wenn ich Beschäftigung hätte. Deshalb war ich hierhergekommen. Das Geld alleine hatte nicht den Ausschlag gegeben – obwohl solche Summen in meiner Situation durchaus helfen konnten, das Leben zu verlängern. Diese Tests durchzuführen verlangte keine übermäßigen Anstrengungen von mir, ich machte die Arbeit fast schon automatisch.

Jeden Morgen stand ich früh auf, und während die Jugendlichen Unterricht hatten, ging ich hinunter zum Kloster. An einem Tag Ende Mai sah ich Miri alleine auf dem Geländer am Rand des Sportfelds sitzen. Sie sagte mir, dass sie ihre Tage habe und befreit sei von der Gymnastik. Ich weiß noch, wie sie angezogen war, ganz in Himmelblau – die Jeans, das Hemd, sogar ihre Sneaker hatten diese Farbe. Ich wusste nicht recht, was ich sagen sollte.

»Sie wirken traurig auf mich«, sagte sie mit einem Ton dezenter Provokation. »Die ganze Zeit. Selbst wenn Sie lächeln.«

Sie hatte mich sozusagen auf frischer Tat ertappt. Wenn ich alleine war, legte ich den Ausdruck routinierter Selbstsicherheit ab.

Ich betrachtete ihren zierlichen Körper, der an ein Vögelchen denken ließ. Mit flinker Bewegung sprang sie vom Zaun, man hätte glauben können, sie wöge buchstäblich nichts. Sie sagte, sie wolle schon nach Hause. Sie habe Heimweh nach den Eltern, nach ihrem Hund. Dort hatte sie ein eigenes Zimmer, hier musste sie eins mit Eva teilen. Eigentlich hatte sie sich immer Geschwister gewünscht, jetzt wusste sie, dass andere Menschen sie störten.

»Sie machen Ihre Tests, weil Sie etwas suchen. Wir fragen uns auch, warum wir hier sind. Ich habe einen ziemlich hohen IQ und kann mir so einiges denken. Ich glaube, es hängt damit zusammen, dass wir adoptiert sind. Vielleicht haben wir ein bestimmtes Gen. Und jetzt machen Sie also Ihre Tests und untersuchen uns. Und? Haben Sie schon etwas Besonderes an uns entdeckt? Was habe ich denn mit den anderen gemeinsam? Nichts.«

Sie begleitete mich ein Stück, und wir begannen, uns über die Schule zu unterhalten. Sie besuchte eine Musikschule, spielte Violine. Und sie erzählte mir etwas Eigentümliches: Sie mochte Trauertage – die gab es jetzt immer öfter, wegen der klimabedingten Naturkatastrophen, nach Terroranschlägen. Sie mochte die traurige Musik, die dann im Radio und Fernsehen gespielt wurde. Oft hatte sie das Gefühl, dass ihr alles auf die Nerven gehe, es gebe zu viel von der Welt, und solche düsteren Trauertage empfinde sie als Erleichterung. Die Menschen sollten sich Gedanken machen über sich selbst. Sie mochte Händel, mochte das Largo aus dem *Xerxes*, das auch Lisa Gerrard gesungen hatte. Und Mahler gefiel ihr, vor allem die *Kindertotenlieder*.

Ich musste lächeln. Eine Melancholikerin.

»Und dann zieht es dich also zu mir?«

Wir gingen ein Stück zusammen den Berg hinunter, bis zur Pferdeweide. Auf dem Weg riss Miri Halmspitzen ab, verstreute die zarten, noch unreifen Ähren.

»Sie tragen eine Perücke, stimmt's?«, fragte sie plötzlich, ohne mich anzusehen. »Sie sind krank. Sie müssen sterben.«

Ihre Worte trafen mich wie Schläge gegen die Brust. Meine Augen füllten sich mit Tränen, ich drehte mich um, eilte – allein – auf das Kloster zu.

Die Vormittage im Kloster beruhigten mich. Ich fühlte mich wohl in der Gesellschaft der heiteren Frauen, die so versöhnt mit ihrem Leben waren. Die vom Alter gezeichneten Finger, die beim morgendlichen Kaffeetrinken die kleinen Wertstoffmengen sortierten, brachten die Ordnung zurück. So würden auch mich in nicht allzu ferner Zukunft andere Finger in meine Bestandteile zerlegen, und alles, woraus ich mich zusammensetzte, sollte an seinen früheren Ort zurückkehren. Das Endrecycling. Von den Portionsbecherchen Kaffeesahne blieb nach dem Absolutionsritual nur noch Einzelnes übrig, isolierte Elemente, die nun anderen Kategorien angehörten. Wo waren jetzt Geschmack und Konsistenz? Wo war der Gegenstand, zu dessen Formung sie eben noch beigetragen hatten?

Wir saßen immer in der Küche, und Schwester Anna verlor sich in Abschweifungen, wenn sie sich anschickte, meine neugierigen Fragen zu beantworten. Nie war vorherzusehen, wohin wir gelangen würden auf den gewundenen Pfaden ihres Gedächtnisses. Ich musste an meine Mutter denken, sie hatte auch so erzählt – in breiten Zügen, mit zahllosen Fäden, die sich mäandrisch verschlangen. Eine wunderbare Eigenart alter Frauen – sie bedecken die Welt mit ihrer Erzählung wie mit einem riesigen Tuch. Und die anderen Schwestern, die unterdessen in schweigender Anwesenheit über kleineren Arbeiten saßen, wurden mir zu Bürginnen der Wahrheit, Buchhalterinnen der Zeit.

Zu Auxi gab es detaillierte Hinweise in der Klosterchronik. Auf meine Bitte hin hatte Schwester Anna mir den entsprechenden Band herausgesucht, ich fand ihn beim Morgenkaffee.

Es war der 28. Februar 1629. An jenem Tag begaben sich alle Nonnen und alle Einwohner der Stadt auf die Straße, die vom Süden her kam. Sie erwarteten die Rückkunft der Sendboten aus Rom. Kurz vor Einbruch der Dämmerung tauchte ein nicht allzu großer Zug Reiter auf, ihnen folgte ein Wagen, über den ein farbiger Stoff drapiert war, nass und besudelt von der langen Reise. Unter diesem Tuch war er mit Ledergurten festgezurrt – der Sarg. Die Reste eines Girlandenschmucks schleiften im sulzigen Schnee, die Reiter waren erschöpft und durchfroren. Die Einwohner der Stadt, mit dem Bürgermeister und einem eigens zu diesem Anlass geladenen Bischof an der Spitze, übergaben dem Heiligen symbolisch den Schlüssel der Stadt. Knaben in weißen Chorhemden stimmten eine lang geübte Begrüßungshymne an, und da in diesem garstigen Monat noch keine Blumen zur Hand waren, mit denen sie die außergewöhnliche Gabe würdig hätten empfangen können, wurden Fichtenzweige vor den Wagen gestreut.

Am selben Abend noch gab es eine feierliche Messe – am kommenden Sonntag, so verkündete man, werde Auxentius zu sehen sein, in drei Tagen also, im Anschluss an das Hochamt. Bis zu diesem Zeitpunkt sei es die Aufgabe der Schwestern, die Reliquien entsprechend herzurichten nach den Unbilden der mühevollen Reise.

Der Anblick, der sich den Schwestern bot, war erschreckend. Sie wichen zurück, als sie ins Innere des Sarges schauten. Doch was hatten sie wohl erwartet? In welch kostbare Gewänder kleidete ihre Phantasie den Märtyrer, von dem nie zuvor eine Kunde zu ihnen gedrungen war? Was glaubten sie, bekämen sie zu sehen – die armen Kapuzinerinnen, die in ihren kaum geheizten Zellen froren, mit ihren Handstulpen auf den von der Frostluft rissigen Händen, mit den wollenen Schenkelstrümpfen unter dem Habit?

Ein dumpfer Seufzer der Enttäuschung flatterte ins Gewölbe der Kapelle. Der heilige Auxentius war ein gewöhnlicher Leichnam, in gut gedorrtem Zustand zwar und auf seine Weise gepflegt (wenn man es so nennen wollte), doch die gebleckten Zähne und die leeren Augenhöhlen konnten einen trotzdem das Gruseln oder zumindest den Ekel lehren.

Schwester Anna sagte, dass die drei Tage nicht genügt hätten. Seit jener Zeit also sorgten die Schwestern für das Aussehen des Toten. Seit mehr als drei Jahrhunderten. Sie bannten den Schrecken mit einem Kosenamen, mit ihren kleinen Scherzen und dem liebevollen Schmuck. In ihren jüngeren Jahren hatte Schwester Anna selbst noch Manschetten für Auxi gehäkelt, weil die früheren sich in Wohlgefallen auflösten. Es war die letzte Handarbeit gewesen zu Ehren des Heiligen. Schwester Swati weigerte sich – Gelübde hin oder her –, an dieser Tradition sich zu beteiligen. Und Schwester Anna konnte sie verstehen.

Zurück in meinem Zimmer versank ich im Netz. Als

die Stadt Rom im 16. Jahrhundert mit gewaltigen Baumaßnahmen erweitert wurde, traten bei der Anlegung neuer Fundamente häufig Katakomben zutage, in denen man die sterblichen Überreste von Menschen fand. Wie jede Stadt, war auch Rom auf Gräbern errichtet worden, die Werkzeuge der Bauarbeiter durchbrachen die Decken der Grabkammern, Sonnenlicht strömte in verborgenes Dunkel, zum ersten Mal seit Hunderten von Jahren. Dann begannen die Menschen auf eigene Faust, in die Katakomben einzudringen, und in ihrer Phantasie staffierten sie die unterirdischen Tunnelgänge mit allen möglichen geheimnisvollen Geschichten aus. Denn wer sollte dort wohl liegen – wenn nicht christliche Märtyrer?

In den langen Reihen der Grabnischen mochten die Toten an etwas Kostbares denken lassen. An einen Wein etwa, der in aller Stille seine Reife erleben, seine besondere Qualität entfalten sollte. Das Moment der Entropie, der zerstörerische Zahn der Zeit, der die Gesichter in blanke Schädel und die Körper in Skelette verwandelt – es focht die Toten nicht mehr an. Wenn die Leiber vertrocknen und schrumpfen, treten sie in eine höhere Ordnung ein, verfeinern sich. Eine Mumie löst nicht das Entsetzen aus, das einen beim Anblick der Verwesung erfasst. Eine Mumie strahlt viel eher eine Art Würde aus.

Die Entdeckung der Nekropolen brachte einige Schwierigkeiten mit sich. Die geborgenen sterblichen Überreste mussten ein zweites Mal bestattet werden. Das sollte auf den damals im Gebrauch befindlichen Friedhöfen geschehen, doch war es eine ungeheure Menge – mumifizierte Körper, vollständig erhaltene, wohlgeformte Skelette. Der Blick gewöhnte sich rasch daran, und bald begann er, wie es nun einmal die Art des Menschen ist, Unterscheidungen zu treffen und besondere Mumien zu entdecken – hier eine außergewöhnlich gut erhaltene, dort einen ausnehmend ebenmäßigen Körperbau –, und von hier war es nur noch ein kleiner Schritt zu der Annahme, es hätten solche besonderen Mumien auch ihren eigenen Wert.

Papst Gregor XIII., ein ebenso strenger wie finsterer Pontifex Maximus, sann in einem seiner Briefe über die unerwartete Menge an Toten nach: »In ebendiesen schweren Zeiten, so will es uns dünken, ist dies gewaltige Heer der Erde entstiegen, doch anstatt ihm dafür unsere Dankbarkeit zu erweisen, drängen wir es sogleich erneut in die Düsternis der Gräber zurück. Wahrlich, schwere Zeiten sind es für den rechten Glauben, da uns die Abtrünnigen von allen Seiten bedrohen, und kein Schwert und kein Feuer, so scheint es, vermag noch etwas auszurichten gegen die verluderte lutherische Häresie. In solcher Not könnten auch die Toten sich beteiligen am Kampfe …«

Im Sinne dieser Worte fand einer der päpstlichen Beamten (wer genau, ist nicht bekannt, man munkelt von einem gewissen Verdiani, einem engen Vertrauten Seiner Heiligkeit, der ein Händchen fürs Geschäftliche gehabt haben soll) – fand also ein päpstlicher Beamter Beschäftigung für das Heer der Toten. Eine eigene Kanzlei wurde geschaffen, die vielversprechende Kleriker versammelte, Männer mit Talenten und einer lebhaften Phantasie. Außerdem warb man Scharen von Gott ergebenen Nonnen an, die in geduldiger Arbeit die sterblichen Überreste von den Rückständen der Jahrhunderte zu reinigen hatten. Das gesamte Unterfangen wurde mit dem Siegel der Verschwiegenheit belegt.

Rundum vorbereitet traten die Heiligen schließlich in Erscheinung, ordentlich in bescheidene Särge gebettet, gesäubert von Spinnweben und Staub, von Erdklümpchen und Wurzelfäden, bedeckt mit einem sauberen Stück Linnen. Jeder hatte eine Urkunde, versehen mit Namen und Herkunft, dazu gab es eine ausführliche Vita, eine Schilderung der näheren Umstände des Märtyrertodes sowie eine Erläuterung zu den jeweiligen Wirkungsfeldern – welche Fürbitte man sprechen, welches Gebet man an sie richten solle. Jeder und jede Heilige hatten eigene Attribute und eine eigene Domäne – wie die Figuren der heutigen Computerspiele. Den einen bat man um Mut, die andere um ein Quäntchen Glück. Dieser nahm sich der Trinker an, jene hielt die Nagetiere fern …

Die Bestellungen aus ganz Europa ließen nicht lange auf sich warten. Jede Supplik, die an den Papst erging, jedes Schreiben an Seine Heiligkeit waren verbunden mit der Bitte, Reliquien zu senden – gegen eine entsprechende, nicht allzu hoch veranschlagte Opfergabe. Den geplünderten Kirchen, denen es schlecht genug erging nach den Bilderstürmen der Protestanten, verhalf eine solche Reliquie wieder zu Prestige, lockte die Schäfchen unter ihr Dach, auf dass sie sich erneut versenkten in das Mysterium des Todes für den Glauben in alter Zeit, das sie daran erinnern sollte, dass dieses Jammertal nichts als ein schnöder Tand sei, verglichen mit Seinem Königreich. Und: Memento mori!

Über lange Jahre hinweg wurden auf diese Weise Mumien aus den Katakomben als Heilige ausstaffiert. Die besagten Kleriker der erste Stunde verließen die Kanzlei, wurden Nuntien oder Kardinäle, die Gott ergebenen Nonnen hauchten still ihr Leben aus, ihnen folgten weitere, und unterdessen kamen und gingen die Päpste, sanken dahin in die Zeit wie Kalenderblätter: Sixtus, Urban, Gregor, Innozenz, Clemens, Leo, Paul, und wieder ein Gregor, bis hin zu Urban VIII. Im Jahre 1629 gab es die

Märtyrerkanzlei noch, mittlerweile hatte man – um die Arbeit effektiver zu gestalten – Tabellen und Schemata zur Hand. Dieselben Foltermethoden und Todesarten sollten sich nicht allzu oft wiederholen, auch eine übermäßige Häufung derselben Namen und Attribute galt es zu vermeiden.

Schwester Anna erzählte mir am nächsten Tag von der Geschichte eines Heiligen, die sie einmal gehört hatte – etliche Hundert Kilometer liege seine Kirche entfernt –, mit einigem Befremden, denn die Lebens- und Märtyrergeschichte dieses fremden Heiligen, eines gewissen Rius, sei der des Auxentius verblüffend ähnlich. Da waren den Verfassern der Zertifikate offenbar die Ideen ausgegangen. Außerdem erwähnte Schwester Anna eine wissenschaftliche Studie, im 20. Jahrhundert verfasst, die römischen Heiligen gewidmet sei und im Laufe der Dekaden gewisse – ja, so müsste man es nennen – Moden habe entdecken können. Ende des 16. Jahrhunderts beispielsweise tauchten innerhalb weniger Jahre auffallend viele Heilige auf, die von Heiden gepfählt worden seien. Jede Beschreibung des Märtyrertodes zeichnete sich durch deftigen Realismus aus, das schriftstellerische Talent der jeweiligen Kanzlisten garantierte eine Gänsehaut. In derselben Periode wurden zahlreiche heilige Frauen bekannt, denen angeblich die Brüste abgeschnitten worden waren, die sie dann als ihre Attribute auf einem Tablett vor sich her trugen. Im zweiten Jahrzehnt des 17. Jahrhunderts waren Enthauptungen beliebt. Die abgeschlagenen Köpfe fanden auf wunderbare Weise zu ihren Rümpfen zurück, wuchsen wieder mit ihnen zusammen.

»Du bist doch Psychologin«, sagte Schwester Anna zu mir, »da kannst du dich sicher gut in sie hineinversetzen, in die Erfinder dieser Heiligenviten. Noch in den schlimmsten Grausamkeiten steckt doch für denjenigen, der es schreibt, ein wenig Vergnügen, oder?«

Ich erwiderte, dass allein das Wissen um eine Sphäre, die übler sei als die, die uns zuteilwurde, eine heilende Wirkung habe.

»Und das allein sollte schon unsere größte, in Worten nicht zu fassende Dankbarkeit gegenüber dem Schöpfer erwecken«, entgegnete Schwester Anna.

Mit der Zeit wurden die Namen immer gewagter, der Vorrat hatte sich offenbar erschöpft. Nun tauchten mehrere heilige Osiannas, Magdentias, Hamartias, Angustias, Violantas auf; bei den Männern Abhorentius, Milruppo, Quintilion sowie ein heiliger Auxentius – dessen sterbliche Überreste im Vorfrühling des Jahres 1629 in dieses Kloster gelangten.

»Wissen Sie denn, was dort gemacht wird?«, fragte ich Schwester Anna und deutete in die Höhe, wo über den Weiden eben noch das Gebäude des Instituts zu erkennen war.

»Wir haben gehört, dass dort wichtige Untersuchungen durchgeführt werden. Mehr nicht.«

Später legten wir Bettwäsche zusammen, nach der Technik, die wohl auf der ganzen Welt angewandt wird. Überall, wo es Federbetten und Kopfkissen gibt, Bettbezüge und Laken. Wir standen einander gegenüber, zogen an den großen Rechtecken aus Baumwoll- und Leinengewebe, damit sie nach dem Waschen ihre Form wiederfänden. Rasch hatten wir die Bewegungen abgestimmt. Zuerst über die Diagonalen, in mehreren, kurzen Rucken, dann beide zugleich an derselben Längsseite, bis die Falten sich geglättet hatten. Dann gingen wir aufeinander zu, falteten den Stoff in der Hälfte, und wieder die raschen

Rucke, über die Diagonalen, an derselben Längsseite, bis wir nach den letzten Schritten ein handliches Päckchen in den Händen hielten. Dann das nächste Laken, und alles von vorn.

»Wir können uns denken, um was es dort geht, aber das ist nicht dasselbe wie wissen.«

Schwester Anna sprach von sich selbst immer in der ersten Person Plural. Nach all den Jahren hatte sie eine kollektive Klosteridentität angenommen.

»Sei ohne Sorge, meine Liebe«, sagte sie, und es klang fast zärtlich. »Die Kirche will immer das Gute.«

Auxi schaute uns mit seinen Halbedelsteinaugen an, die Stückchen Seidenstoff, die seine Lider markieren sollten, waren ins Farblose verschossen. Die Brauenbögen aus Edelsteinen in dunklem Rot – so geschwungen, als zöge ungläubiges Erstaunen sie in die Höhe.

In der Nacht führte mich das Internet abermals auf unerwartete Pfade, die noch um einiges illustrer waren – ich las von den weiteren Geschicken der Heiligen, vielmehr ihrer sterblichen Überreste, von der Anbetung von Haarbüscheln, Fingern und Zehen, aus den Leibern genommenen Herzen und abgetrennten Köpfen. Die Glieder des gevierteilten heiligen Adalbertus wurden als Reliquien an mehrere Kirchen und Klöster gesandt. Ich las vom Blut des heiligen Januarius, das rätselhafte chemische Wandlungen durchlief, die sein Aussehen und seine Konsistenz veränderten. Las vom Diebstahl heiliger Leiber, von der Zerstückelung sterblicher Überreste zur Gewinnung von Reliquien, die anschließend veräußert wurden. Herzen vervielfachten sich auf geheimnisvolle Weise. Heilige gab es, die Hände sonder Zahl gehabt haben mussten. Ja, der Reliquienkult machte selbst vor der Vorhaut des kleinen

Jesusknaben nicht halt: *sanctum praeputium*. Auf Archivseiten eines Auktionsportals fand ich verblüffende Angebote – als Erstes sprang mir eine Reliquienschatulle mit einer Portion sterblicher Überreste des Johannes Capistranus ins Auge, über den polnischen Online-Marktplatz Allegro zu erwerben für 680 Złoty.

Zuletzt stieß ich auch auf unseren Helden vom Wäscheboden, den heiligen Auxentius. Seine Aufgabe war es gewesen, die Löwen zu dressieren, denen man zu Zeiten Kaiser Neros die Christen zum Fraß vorgeworfen hatte. Eines Nachts sprach einer der Löwen mit menschlicher Stimme zu ihm. Es war die Stimme von Jesus Christus. Was er zu Auxentius sagte, ist nicht überliefert, doch am Morgen nahm Auxentius den christlichen Glauben an. Seine Löwen ließ er frei, bald darauf wurde er gefasst. Als man auch die Löwen wieder eingefangen hatte, warf man ihnen Auxentius zusammen mit anderen Christen zum Fraß vor. Die Löwen aber verschonten ihren früheren Herrn, so wurde er von den Schergen Neros erdolcht. Nach seinem Tod nahmen Christen heimlich den Leichnam an sich und brachten ihn in die Katakomben.

»Ich stand dort vor dem Hotel und hatte Angst, einen Schritt zu tun«, sagte Schwester Anna.

Die anderen Schwestern waren schon gegangen, auch die säuberlich getrennten Wertstoffe waren abgeräumt.

Sie setzte sich auf das niedrige Fensterbrett, mit einem Mal wirkte sie verblüffend jung.

»Es war heiß und schwül, wie das Klima in Indien eben ist. Der leichte Reisehabit klebte mir am Leib. Ich fühlte mich wie gelähmt. Was ich sah, erfüllte mich mit Grauen«, sie hielt inne, suchte nach Worten, »diese unbeschreibliche Armut, der verzweifelte Kampf ums Überleben, die ganze Grausamkeit dabei. Hunde, Kühe, Menschen, Rikschafahrer mit verhärmten Gesichtern, bettelnde Krüppel. Als wäre das Geschenk des Lebens ein Zwang, der sich gegen den Willen dieser Wesen richtete, sie verurteilte zum Leben. Als wäre dieses Leben ein Niedergang, als Strafe über sie verhängt.«

Sie wandte sich vom Fenster ab, sagte, ohne mich anzuschauen:

»Ich denke, ich habe dort die größte Sünde begangen, und ich weiß nicht, ob sie mir verziehen wurde, auch wenn ich gebüßt habe dafür. Der Priester, dem ich es gebeichtet habe, verstand ganz offensichtlich nicht, wovon ich sprach.«

Wieder blickte sie zum Fenster.

»Dort war nichts von der Heiligkeit, die man mir in Aussicht gestellt hatte. Ich fand nichts, was den ganzen Schmerz hätte rechtfertigen können. Was ich sah, war eine mechanische, biologische Welt, organisiert wie ein Ameisenhaufen, mit einer unerbittlichen Ordnung, die ebenso träge war wie dumm. Und ich entdeckte dort etwas, was entsetzlich war. Möge Gott mir verzeihen.«

Jetzt erst schaute sie mich an.

»Ich ging ins Hotel zurück, saß dort einen ganzen Tag. Ich konnte nicht einmal beten. Am nächsten Tag kamen, wie verabredet, die Schwestern aus dem Konvent außerhalb der Stadt, um mich abzuholen. Wir fuhren durch eine ausgetrocknete orangefarbene Landschaft mit verdorrten Bäumen, überall lag Müll herum. Wir sprachen nicht, die Schwestern spürten wohl, in welcher Verfassung ich war. Vielleicht hatten sie es selbst einmal in ähnlicher Weise erlebt. Neben der Straße sah ich eine Reihe von Hügelchen, die sich bis zum Horizont hinzogen, in fünfzehn, zwanzig Metern Abstand voneinander. Die Schwestern sagten, es sei ein Friedhof für heilige Kühe. Ich verstand nicht, was sie meinten, bat um eine Erklärung. Die Unberührbaren, so erfuhr ich, brachten die toten Kühe hierher, damit die Kadaver nicht die Städte verunreinigten. Sie ließen sie in der sengenden Sonne liegen, und die Natur tat das Ihre. Ich fragte, ob wir anhalten könnten. Ich stieg aus, näherte mich einem der Hügelchen, von denen ich annahm, es müssten die Überreste der Tierleiber sein, Fell und Knochen, gedorrt von der Hitze. Aus der Nähe entdeckte ich jedoch noch etwas anderes: zusammengedrehte, ineinander verschlungene Plastiktüten, auf denen die Namen der Geschäftsketten noch zu lesen waren, Schnüre, Gummiringe, Plastikverschlüsse von Flaschen, Plastikbecher. Kein Verdauungssaft war in der Lage, es mit dem chemischen Fortschritt des Menschen aufzunehmen. Die Kühe fraßen den Abfall und trugen ihn in ihren Mägen mit sich. Verendete die Kuh, machten sich Maden und Raubtiere über den Körper her. Das Beständige blieb – der Müll.«

Einige Tage vor meiner Abreise nahm ich Abschied von den Schwestern. Ich musste noch meine Papiere ordnen, die Geräte abbauen und eine abschließende Berechnung anstellen. Das letzte Bild, an das ich mich aus dem Kloster erinnere – die alten Frauen, gedrängt in dem gläsernen Aufzug, der nach oben glitt, um sie zur Messe zu bringen. Bewohnerinnen des Paradieses, wie ein Hieronymus Bosch sie dargestellt hätte, unterwegs in die Sphären am Ende der Zeit.

Als ich über den Weidepfad zurück zum Institut ging, formte sich ein Gedanke in meinem Kopf, einfach und klar – die sachliche Antwort auf die quälenden Fragen, auf die mir hier niemand hatte antworten wollen: was nun eigentlich hinter den Untersuchungen steckte, an denen ich teilgenommen hatte wie ein gehorsamer Soldat, der dafür seinen Sold erhielt. Der Gedanke war ebenso schlicht wie aberwitzig, vermutlich also nicht gänzlich abwegig. Und Miris unschuldige Frage klang mir wieder in den Ohren, am Tag meiner Ankunft im Institut: »Haben Sie nicht daran gedacht, dass Sie ihn klonen können?«

Ich breitete die Akten der Jugendlichen vor mir aus, zündete mir einen Joint an. Vertiefte mich in ihre Geburtsdaten, die Angaben der Uhrzeit, des Ortes, als gehörte es auch zur Arbeit des Instituts, ihnen ein Horoskop zu erstellen. Aber wer weiß, vielleicht war ja auch das geplant? Mit dem Bleistift notierte ich zu jedem Namen, jedem Geburtsdatum die rätselhafte Signatur.

Die eigentlichen Untersuchungen waren beendet, die Profilskizzen entworfen, ich wartete nur noch auf die letzten Daten, die gewöhnlich in Form einer Graphik erschienen, ein gutes Dutzend prognostische Kurvenverläufe, die hier von einer höheren Wahrscheinlichkeit sprachen, dort von einer geringeren. Der Computer berechnete alle Charakteristiken und ordnete sie um von ihm erstellte Achsen an. Die Basisgraphik ließ an einen Baum denken, dessen Äste sich durch unterschiedliche Dicke unterschieden. Die stärksten Äste markierten die höchste Wahrscheinlichkeit. Ich hatte schon Bäume gesehen, die boten sich dar wie ein Baobab, mit einer Unmenge an Möglichkeits-Ästen. Andere hatten nur einen einzigen dominanten Ast. Kinder – hübsche, kluge Menschenkinder, verwandelt in eine Baumgraphik.

Ich schob die Dateien hin und her, ordnete das Material, als plötzlich der Schmerz mich packte, der wohlbekannte Schmerz, der von Zeit zu Zeit auf sich aufmerksam machte wie ein Wächter, der ein Auge auf den Lauf der Dinge hatte. Und an der Grenze dieses Schmerzes, eben vor dem Moment, da die Erleichterung eintrat, wenn er abzuebben begann, fügte es sich zusammen – die Dateien und Symbole, die Geburtsdaten und Signaturen, mit denen die Akten der Heranwachsenden versehen waren, die Inschrift über dem Eingang zur Kapelle im Kloster, Danis Lächeln, die schwarzen Trüffelstückchen, Miris besorgte Augen, als sie nach meinem Hund gefragt hatte –, es fügte sich zusammen, wurde zu einem Schneeball, der durch meine Gedanken rollte, und alles, was er berührte, nahm er mit sich, um desto größer und fester zu werden. Nun sah ich alles deutlich vor mir. Einzig die Bedeutung der Ziffern in den Kürzeln hatte ich noch nicht verstanden. Vielleicht die fortlaufende Nummerierung von Versuchen oder die Bezeichnung bestimmter Versionen eines Experiments. Miri – Kl 1.2.1, Julian – Fr 1.1.1, Max – Fr 1.1.2, Hannah – Chl 1.1.1, Amelia und Julia – Hd 1.2.2 und Hd 1.2.1, Eva – Tr 1.1.1, Vito und Otto – JhC 1.1.2 / JhC 1.1.1, Adrian – Jn 1.2.1, Thierry – JK – 1.1.1.

Es war doch so einfach:

Die heilige Klara von Assisi – der Körper, ohne Zeichen von Verwesung, seit der Mitte des 19. Jahrhunderts in einer Kristallvitrine zu sehen, in der Basilika Santa Chiara. Eine große Menge an Reliquien, gut erhaltenes blondes Haar. Der heilige Franziskus – das Skelett in gutem Zustand, in der Basilika San Francesco in Assisi. Die heilige Hedwig von Andechs – ebenfalls ein gut erhaltenes Skelett, Reliquien wurden von der Krakauer Kurie verschickt, ein Knöchelchen vom Ringfinger wird in einer Kirche in Westpolen aufbewahrt. Knochensplitter der heiligen Hildegard. Reliquien der heiligen Thérèse von Lisieux, der so genannten »kleinen Theresia«, die unablässig um die Welt wandern. Drei waren noch verblieben, die ich noch nicht zugeordnet hatte – nur eine Frage von ein paar Mausklicks. Es schien mir, als hätte ich in einer Partie Drei gewinnt den perfekten Kreis in eines der Quadrate gesetzt.

Meine Sachen waren gepackt, ich rief dasselbe Taxiunternehmen an, das mich vor über einem Monat hierhergebracht hatte. Als ich vor der Schule wartete, dass der Wagen käme, sah ich Miri auf dem Zaun sitzen. Sie lächelte. Ich kam auf sie zu, doch brachte ich kein Wort heraus, so bewegt war ich. Ich schaute nur auf ihr unschuldiges, besorgtes Mädchengesicht, ihre geröteten Wangen.

»Klara?«, sagte ich kaum hörbar.

Und sie wunderte sich nicht, als ich nach einem Moment des Zögerns ihre Hände nahm und auf meine Stirn legte. Nach einigen Sekunden erst verstand sie es. Berührte meine Augen, meine Ohren. Dann legte sie beide Hände auf mein Herz. Auf die Stelle, wo ich sie am nötigsten brauchte.

Der Kalender der menschlichen Feste

Winter. Die Grauen Tage

Niemand kennt den Körper des Monodikos besser als Ilon der Masseur. Ilon ist ein Meister. Ilon ist unersetzlich. Jeden Quadratzentimeter dieses Körpers kennt er, und wenn er seine Hände ausstreckt, kann er den Körper mit den Fingern nachbilden, ein flüchtiges Phantom aus Berührungen erschaffen, aus streichelnden Bewegungen, leichten Klapsen, die den Blutfluss beleben. Jede Narbe kennt er, weiß genau, wie sie verläuft, alle Phasen der Heilung hat er erspürt. Er weiß, wo einmal eine Sehne gerissen war und ob sie wieder richtig zusammengewachsen ist. Jeden Bluterguss registriert er, verfolgt seine Resorption. Jedes Knötchen, jede Verdickung, jede Spur einer chirurgischen Naht, jeder Bruch, jeder blockierte Muskelstrang – nichts entgeht ihm, das ist sein Metier, das er seit mittlerweile vierundzwanzig Jahren betreibt. Vor ihm war es sein Vater gewesen. Aber Ilon weiß auch, dass er es niemandem vererben kann. Er hat keinen Sohn. Ilon hat eine Tochter.

Vor Kurzem brachte die Polizei sie nach Hause. Seitdem kontrolliert Ilon der Masseur jeden Tag, wann sie heimkommt. Aufmerksam beschnuppert er sie, einmal hat er auch einen Drogentest machen lassen. Negativ. Orestas Schwierigkeiten sind offenbar anderer Natur. Das Mädchen scheint an einer Art Zornesdepression zu leiden, was man den Hormonen in den Stürmen der Pubertät zuschreiben könnte.

Seit Langem schon empfand Ilon seiner Tochter gegenüber ein mächtiges Gefühl, das sich zudem fortwährend verhärtete – Schuld. Aber nicht, weil er machtlos gewesen war gegen die Krankheit der Mutter, deren Tod er nicht hatte verhindern können. Und die Ursache lag auch nicht darin, dass er keine Zeit hatte für seine Tochter und selbst dann, wenn er weniger arbeitete und öfter zu Hause war, nicht wusste, wie er mit ihr reden sollte – ja, worüber sie überhaupt hätten sprechen sollen, wenn sie denn einmal ein Gespräch begannen. Nein, das alles war nicht der Grund. Ilon der Masseur empfand einen Schmerz darüber, dass sie überhaupt geboren worden war, es schien so offensichtlich, dass nichts Gutes sie erwarten würde in ihrem Leben. Solche Gedanken gingen ihm durch den Kopf, und er bereute es bitter, dass er sie gezeugt hatte, dass ihm und seiner Frau so etwas in den Sinn gekommen war – ein Kind. Oresta war seine Achtlosigkeit, war seine Sünde.

Mit ihren sechzehn Jahren wirkte sie immer noch kindlich. Sie hatte lange Locken, und ihr Gesicht ähnelte dem ihres Vaters, was sie wenig anziehend machte.

Ilon sorgte sich um ihre Zukunft, und obwohl er wusste, dass sie sein Metier nicht übernehmen würde, brachte er es ihr bei. Sie aber riss sich – ehrlich gesagt – nicht darum, etwas zu lernen.

Einmal kam sie früher als üblich aus der Schule zurück. Ilon war schon auf dem Sprung zur Arbeit.

Sie sagte:

»Eine Freundin wird bei mir übernachten.«

Ein Schreck durchfuhr ihn. Wenn er die Wohnung mit den Augen eines Gastes betrachtete – das Durcheinander, das ewige Schummerlicht.

Während er ohne ein Wort des Protestes den Ersatzschlüssel suchte, erfuhr er, dass die Freundin Filipa hieß und dass die beiden sich seit einigen Monaten kannten.

Als Filipa am Abend erschien, überraschte sie ihn mit ihrem Äußeren. Ilon schien es, als müsste sie deutlich älter sein, als sie behauptete. Sie wirkte wie eine reife Frau, selbst ihre jungenhafte Figur konnte nichts an diesem Eindruck ändern. Die Mädchen küssten sich zur Begrüßung auf den Mund, Orestas Vater reichte Filipa die Hand. Einen kurzen Moment nur schaute sie ihm in die Augen – so durchdringend, dass er den Blick abwenden musste. Zwitschernd verschwanden die Mädchen in Orestas Zimmer.

Als Ilon am nächsten Morgen aufstand, war hinter der Tür noch alles still.

Den Weg von seiner Wohnung zu seiner Arbeitsstelle legte Ilon der Masseur zu Fuß zurück. Zwanzig Minuten brauchte er dafür. Zuerst ging er am Ufer eines stark verschmutzten Flusses entlang, der sein zornig dunkles Wasser mit leisem Murren führte. Dann überquerte er eine Brücke, auf der tagtäglich Menschen demonstrierten. Aus früheren Zeiten hatten sie ihren Protest geerbt, keiner der Passanten wusste mehr, worum es eigentlich ging. Stumm standen die Demonstranten da, die Münder mit schwarzem Klebeband versiegelt, vom Morgen bis zum Mittag. Und nach der Mittagspause kam die zweite Schicht.

Hinter der Brücke lag das Regierungsviertel, jetzt musste er einen Passierschein vorzeigen. Hier waren die Straßen fast leer, das Rauschen der Stadt verlor sich in Kopfsteingassen, schleifte über schartige Simse, drehte sich in Toreinfahrten, um in wunderlichen Echos widerzuhallen auf stattlich angelegten Höfen.

Manchmal hatte Ilon der Masseur das beunruhigende

Gefühl, dass die Pfützen auf dem Boden und die Flecken auf dem Putz einander entsprachen, dass sie Botschaften tauschten, ein Spiel mit ihren Formen trieben, Klatschgeschichten spannen über die Menschen, die Einwohner dieser dunklen Stadt. Auch fielen ihm immer irgendwelche Monteure auf, die dies und jenes reparierten. Schweißarbeiten ließen reizvolle Augenblicke entstehen – wenn knisternde Funken flogen und rostfarbene Pfützen das Gleißen widerspiegelten, als flimmerte ein Glanz über Bildschirmflächen.

Ilon brachte es nicht fertig, Zeit zu vergeuden. Kaum hatte er sein Reich betreten, machte er sich daran, alles vorzubereiten, die entsprechenden Massageöle zu mischen, die belebenden Salben anzurichten. Manchmal räumte er auch einfach nur auf, unzufrieden mit der mangelnden Sorgfalt der Putzkräfte. An den Grauen Tagen im Frühling arbeitete er besonders intensiv – zwei Ganzkörpermassagen täglich, eine am Morgen, eine am Abend. Dazu eine Fußreflexzonenmassage mit Akupressur. Manchmal nahm er die Hilfe eines Rekons in Anspruch, der ihm eigens zugeteilt wurde.

Vor ein paar Tagen hatte Ilon beschlossen, auch die Plessi-Ströme anzuwenden, die ein Wissenschaftler der Universität im vergangenen Jahrzehnt erfunden hatte und die auf besondere Weise das Bindegewebe stimulierten. Nach jeder Massage musste er außerdem jegliche Veränderungen, wie minimal auch immer, auf dem Map-Körper verzeichnen. Die Abende verbrachte er zumeist damit, seine Instrumente vorzubereiten.

Gemäß der Tradition mussten die Instrumente nach jeder Saison in speziellen Metallbehältern verstaut werden. So begann für Ilon den Masseur das Jahr nach dem Großen Tag auf stets dieselbe Weise – er löste die Schrauben von den Behältern, in denen die Instrumente für den gegenwärtigen Zeitraum aufbewahrt wurden. Die Schrauben rosteten von der aggressiven Feuchtigkeit, ein dunkelrotes Pulver rieselte von den Gewinden. Als er ein kleiner Junge gewesen war, hatte er immer zu seinem Vater gesagt: Die Schrauben bluten. Achtunddreißig Jahre lang war sein Vater Rekon-Masseur gewesen, und nach dessen Tod hatte Ilon das Staffelholz übernommen. So wollte es die Tradition. Da er selbst aber eine Tochter hatte, würde er sein Metier jemand anderem übergeben müssen. Wahrscheinlich Aldo, dem Sohn eines der Rekons, und Aldo war tatsächlich talentiert. Ilon hatte ihn geduldig angeleitet. Dennoch war sein Herz erfüllt von einem Kummer, an den er sich im Laufe der Zeit gewöhnt hatte.

Der Rost rieselte ihm auf die Finger, feiner Staub heftete sich an seine Ärmel. Die metallenen Staufächer korrodierten, auch schlossen die Türchen nicht mehr richtig. Früher waren die Fächer aus Plastik gefertigt gewesen, doch ein speziell gezüchteter Bakterienstamm hatte alles Plastik aufgefressen. Ursprünglich waren diese Bakterien in die Meere verbracht worden, damit sie dort den Plastikmüll zersetzten, doch sie gelangten an Land und machten sich über das Plastik auf der Erde her. Von jeglichen Erzeugnissen aus Kunststoff blieben nur mehr verrottete Skelette übrig, zerschlissene Phantome der menschlichen Zivilisation.

Die Menschen kehrten zum Metall zurück, zumal diese Bakterien nicht zu bekämpfen waren. Metall jedoch war Mangelware, außerdem sehr teuer, deshalb wurde es, wo möglich, durch Kautschuk und Holz ersetzt. Die Behälter von Ilon dem Masseur waren aus bestem Metall gefertigt, doch auch das vermochte sie nicht vor dem allgegenwärtigen Rost zu schützen. Erschwerend kam hinzu, dass die

Schrauben, mit denen sie verschlossen waren, halbrunde Köpfe hatten. Mit den Jahren schliff der Schlitz sich ab – um sie zu lösen und wieder festzuziehen, musste man sich nicht übel plagen.

Die Wochen nach dem Großen Tag sind die Zeit der Chirurgen und Orthopäden. Die diensthabenden Ärzte sind im vollen Einsatz. Frakturen diagnostizieren und ruhig stellen, Prellungen behandeln. Daneben müssen die allgemeinen Abwehrkräfte gestärkt werden. Untersuchungen der Hirnfunktionen, Untersuchungen des Herzens, Blutanalysen. Nicht dass ein kritischer Zustand einträte – wie damals vor zwölf Jahren, als Monodikos an einer metabolischen Azidose litt. Panik brach aus, und einige unheilschwangere Tage lang musste Ilon den Bemühungen der Ärzte zusehen, ohne dass er hätte helfen können.

Täglich fanden kurze Beratungen statt, in der Runde saßen verschiedene Spezialisten. Ilon hielt sich am liebsten an die Pharmazeuten. Er mochte ihre Denkungsart: dass sich für jedes Leiden ein Remedium fände und aus jeder Lage ein Ausweg. Oft schaute er bei ihnen vorbei, sah sie brauen, mörsern, mischen. Wenn er sich über den Bottich beugte, in dem die Kompressen vorbereitet wurden, nahm er den Geruch des wertvollen Bienenwachses wahr, das Aroma von Minze und Eukalyptus.

Am meisten interessierten ihn die Narben. Manche waren so dick und reichten so tief ins Gewebe, dass seine allwissenden Hände nicht zu den Muskeln vordringen konnten. Dann musste er zwischen den Malen lavieren wie ein Schiff zwischen Klippen. Manche Stellen, Hände und Unterarme etwa, waren eine einzige Narbenzone.

Ilon übte an einem Map-Körper, der aus bestem Gummi gefertigt war; noch die kleinste Einzelheit am Körper des Monodikos hatte er nachgebildet. An diesem Phantom erarbeitete er sich jede Bewegung seiner sorgfältig durchdachten Massage.

Zu Hause – das wusste niemand außer Oresta – hatte er einen zweiten Map-Körper. Verbotenerweise. Auf der Veranda bewahrte er ihn auf. Dort hatte er sich ein kleines Arbeitsareal eingerichtet. Eine Decke verbarg den Map-Körper, doch machte die menschliche Form auch unter der Verhüllung auf sich aufmerksam und weckte ein Schuldgefühl in ihm. Der echte, lebendige Körper des Monodikos befand sich in den Kellern des Palasts, in speziellen, klimatisierten und fortwährend desinfizierten Räumen, wo er wieder zu Kräften kam, an Infusionen angeschlossen, unter Bestrahlungslampen, umgeben von allen möglichen Apparaturen. Der private – illegale – Map-Körper, den Ilon der Masseur zu Hause hatte, war ein perfektes Phantom. Von seinem Vater hatte er ihn geerbt und fortwährend an der weiteren Vervollkommnung gearbeitet.

Mehrere Stunden täglich verbrachte er an der Gestalt aus Gummi. Jede Veränderung trug er auf, jeder Quadratzentimeter des wirklichen Körpers war hier nachgebildet. Das weiche Gummimaterial, früher ideal elastisch, hatte mittlerweile Risse bekommen, war brüchig geworden. In der Berührung sind sich Gummi und der menschliche Körper sehr ähnlich, nachgiebig und fest zugleich. Wenn Ilon den Map-Körper hervorholte und ihn auf dem Massagetisch zurechtlegte, überkam ihn das Gefühl, an einem Ritual teilzunehmen, etwas zu vollziehen, das jenseits des Alltags, ja, in einer geweihten Sphäre lag. Diese eigentümliche Empfindung zu akzeptieren fiel ihm leichter, als gegen sie anzukämpfen, so trat er, wenn er den Map-Körper auf den Tisch gelegt und die Nacktheit der Gummigestalt enthüllt hatte, einen Schritt zurück und deutete eine hastige Verbeugung an. Zuvor hatte er bereits dasselbe Ritual der Reinigung vollzogen, das er stets vor dem tatsächlichen Körper des Monodikos absolvierte. Er wusste, dass es absurd war, doch half ihm diese Handlung, sich zu konzentrieren, sein ganzes Bewusstsein in den Händen zu versammeln. Um die Trauer zu vertreiben – er wusste nicht mehr, war es kurz nach dem Tod seiner Frau oder einige Zeit später erst, als er schon nicht mehr an sie dachte und nur der Bodensatz der Melancholie in ihm verblieben war – um also die Trauer zu vertreiben, hatte er seinerzeit lange Stunden damit verbracht, das Gesicht des Monodikos zu modellieren. Es war ihm gelungen, die länglichen Züge wiederzugeben, die großen Augen, die zierliche Nase. Dieses Antlitz, das so menschlich und unmenschlich zugleich wirkte. Dass er damit eine Blasphemie beging – Ilon wusste es. Während er an den Narben arbeitete, verhüllte er das Antlitz mit einem schwarz-gelb gestreiften Schal.

Den Map-Körper bewahrte er für Oresta auf. Damit sie üben konnte. Das Gesicht wiederum hatte er für sich modelliert. Um sein Unbehagen wach zu halten. Damit er nicht vergaß, woran er beteiligt war.

In jener traurigen Grauen Zeit, da die Feuchtigkeit in sämtliche Ritzen kroch, um alle Schrauben und Scharniere, alle Krampen und Schweißnähte mit Korrosion zu überziehen, normalisierte sich für gewöhnlich das Verhältnis zu seiner Tochter. Jetzt trug wahrscheinlich auch Filipa noch ihr Teil dazu bei, die immer öfter über Nacht blieb. Seit Kurzem kam Oresta auch zu ihm, wenn er auf der Veranda beschäftigt war. Schweigend sah sie zu, wie er seine Instrumente vorbereitete, jedes Detail auf den Map-Körper auftrug.

Oresta half ihm, wenn er die Schrauben entrostete, die

Staufächer reinigte. Dann warf er verstohlene Blicke auf ihre Hände. Wären sie geeignet für diese Arbeit? Ja, gewiss. Sie hatte große Hände, schöne Nägel. Und die Finger waren eher kräftig als schlank. Eben so sollten sie sein. Und immer angenehm warm.

Seine Gerätschaften aber reinigte er lieber selbst. Sorgfältig polierte er jedes kleine Element. Alte Elektroden, mit denen er die Muskeln stimulierte. Hilfsmittel, die zum Dehnen dienten. Gummierte Polsterungen, Vulkansteine, mit denen er die Wirbelsäule erwärmen konnte, und eine Menge anderer Utensilien, die er für seine Massagen verwendete. Von seinem Vater hatte er sie erhalten, und in Kürze würde Aldo sie bekommen. Seine Tochter reichte ihm nur die Läppchen, öffnete die Gläser mit den Reinigungspasten. Höchstens, dass sie selbst einmal mit Essigwasser die gummierten Polsterungen abrieb.

Sie sprachen wenig dabei. Und er bemerkte, dass es ihr rasch langweilig wurde, mit Schleifpapier den Belag zu entfernen, den die ewige Feuchtigkeit entstehen ließ.

»Oresta, komm, wir üben«, versuchte er, sie immer wieder zu überreden. Manchmal konnte er sich nicht beherrschen und legte ihr die Hand auf die Schulter, mit einer offensichtlichen Geste der Macht, die besagen wollte, dass er schließlich ihr Vater sei und sie sich in seiner Obhut befinde.

»Aber warum denn? Schade um die Zeit«, erwiderte sie dann meistens.

Diesmal aber stand sie gehorsam auf. Sie wandte sich ihm zu und legte – wie früher als Kind – ihren Kopf an seine Brust. Reglos verharrte er, ebenso überrascht wie gerührt.

»Papa, wie soll das denn enden? Das kann doch nicht ewig dauern«, sagte sie durch das Hemd, durch seine

Rippen hin. Sie sah ihn nicht an dabei. Sein Herz begann zu beben. So fragte sie ihn jetzt öfters. Er gab ihr keine Antwort.

Oresta ging zu dem Map-Körper, schob das Handtuch beiseite, das zu Boden glitt. Nun war die Vielzahl der Zeichen zu sehen, am Bauch, an der Brust. Linien und Kreise, markierte Felder, Zickzackmuster. Es erinnerte an die Symbole, mit denen Frontverläufe gezeichnet werden. Die verschiedenen Farben ließen deutlich genug erkennen, wie der Verfall voranschritt.

»Was ist das?«, fragte Oresta und deutete auf ein graues Feld von der Größe einer Handfläche. »Wieder ein Schwerthieb?«

Er freute sich, dass sie die Bezeichnung noch wusste, die er ihr beigebracht hatte.

»Ein stummes Areal«, erklärte er, ohne sie anzusehen. »Und es ist deutlich größer als vor ein paar Jahren.«

Er hatte ihr nicht alles gesagt. Von den Ereignissen vor fünf Jahren etwa hatte er nie mit ihr gesprochen. Als die Vitalfunktionen des Monodikos drei Tage lang kamen und gingen, schwächer und schwächer wurden. Vier Wiederbelebungen, überaus heftig, konnten wenig helfen. Schließlich entstand ein Thrombus, der tote Körper musste operiert werden, in der Hoffnung, dass er wieder erwachte. Die Rückkehr ins Leben war dramatisch, erneut wurde das Gehirn schwer geschädigt, die rechte Körperhälfte war gelähmt, einschließlich der Gesichtsseite – nicht zu übersehen. Alles war verkehrt verlaufen.

»Das heißt, er hat kein Gefühl mehr an dieser Stelle, ja? Die Nerven sind zerstört?«

Ilon nickte.

»Deck ihn zu.«

Er sah sie an. Ihre glatten Wangen röteten sich, als sie

die Puppe ansah, mit den Fingern über die Linien strich. Die dunklen Haare verdeckten die Hälfte ihres Gesichts. Plötzliche Rührung überkam ihn. Niemanden liebte er so wie sie.

»Also, wir fangen jetzt wieder mit dem Unterricht an. Jeden Tag werde ich dir etwas beibringen.«

Er legte das Handtuch beiseite, trat an sie heran.

»Zeig mir deine Hände.«

Sie tat es reflexartig. Mit festem Griff nahm er ihre Hände, knetete sie. Legte sie an seine Lippen, behauchte sie. Mit einem Ruck entriss sie ihm ihre Hände, peinlich berührt von der unerwarteten Zärtlichkeit.

»Du hast wunderbare Hände. Groß, kräftig, warm. Stark bist du und klug. Du kannst jede Berührung visualisieren. Mit deiner Vorstellungskraft könntest du großartige Maps erstellen.«

»Papa, das hat doch keinen Sinn … Ich ekele mich davor.«

Sie drehte sich um. Bei der Tür blieb sie stehen, verharrte einen Moment.

»Ich ekele mich vor dem, was du tust.«

Zeitiges Frühjahr

Vor 312 Jahren war er erschienen. Angeblich hatte es auch noch andere gegeben, die meisten Menschen aber konnten sich das kaum vorstellen. Andere, die so wären wie er? Wie sollte das möglich sein? Schließlich war er einzigartig. Monodikos. Der Eine und Einzige. Der Außergewöhnliche, der »Gänzliche«, wie man ihn den Kindern gegenüber nannte, die seitdem in einem Gefühl der eigenen Unvollkommenheit und Unvollständigkeit aufwuchsen. Der

Name Monodikos hat keine Pluralform. So blieb er einzig, ebendies war die Bedingung der Heiligkeit, und von den anderen wurde geschwiegen. Hätte es noch andere gegeben, die Menschen hätten sich dem Polytheismus genähert, einem primitiven Kinderglauben, der das Wunder als etwas Allgemeines nähme. Als wäre es möglich, ein Wunder nach Belieben zu vervielfältigen. Dann aber hört das Wunder auf, ein Wunder zu sein. Deshalb schwieg man von den anderen.

Er war gekommen, als alle ihn am nötigsten gebraucht hatten. Als die Katastrophe mit dem Plastik nicht nur Häuser, Fabriken und Krankenhäuser angegriffen, sondern auch einige Begriffe infrage gestellt hatte. Ein Krieg tat das Seine, das Werk der Zerstörung zu vollenden. Die vom Himmel stürzenden Satelliten ließen an Geschosse denken. Wie glühende Klingen fuhren sie auf die Erde nieder. Die Menschen suchten verzweifelt nach Worten, und weil sie keine fanden, vermochten sie nicht, sie auszusprechen, unfähig waren sie, den Teil der Welt zu beschreiben, der der Vernichtung anheimfiel, und weil er nicht zu beschreiben war, gab es keine Gedanken dafür, und weil es keine Gedanken dafür gab, wurde er vergessen.

Alle waren überzeugt, sein Kommen sei eine Folge ihrer Bitten gewesen. Dass er ihr Flehen erhört habe. In einer Hymne, die zu Feiertagen gesungen wird, heißt es, »damals« hätten sich »die Tore der Hölle geöffnet«. Lange Diskussionen wurden geführt, ob das Wort Hölle auch sein Gegenteil hätte. Nein – ein solches Wort gab es nicht. Jedenfalls konnte sich niemand an etwas Entsprechendes erinnern. Ilon musste bei der »Hölle« immer an die rostigen Schrauben denken. Dieses Tor, so dachte er, würde sich mit einem entsetzlichen Quietschen öffnen, wie die Türchen seiner Staufächer. Nur dass dieses Quietschen auf der ganzen Welt zu hören wäre. Monodikos war gekommen, und die Frage, ob es noch andere gegeben hätte, das ganze Gerede, woher und warum – das alles sollte man nach Ilons Ansicht gut sein lassen. Darüber mochten Gymnasiasten diskutieren, erwachsene Menschen brauchten sich mit solchen Fragen nicht zu befassen.

Er war also gekommen, hatte sich ergreifen lassen, sich in ihre Hände gegeben. Und von diesem Moment an war alles Böse auf der Welt gebannt. Wenigstens waren alle bereit, das zu glauben.

In letzter Zeit war Oresta selten zu Hause. Ilon ging dann in ihr Zimmer, stand reglos da, betrachtete die Gegenstände, die ihr gehörten: die Bücher, das Nachthemd, das über der Stuhllehne hing, die Bürste, auf der einzelne Haare schimmerten. Ihren gelben Plüschhund, den sie »Kipferl« genannt hatte, noch bevor sie richtig sprechen konnte. Ihren Toilettentisch, auf dem sie mit größter Sorgfalt die Kosmetika aufgereiht hatte, geerbt von ihrer Mutter. Ausgetrocknete Lippenstifte in hölzernen Gehäusen, leere Parfümflakons, deren Düfte sich längst wieder in Atomen verflüchtigt hatten. Er ließ den Blick über die Regale gleiten, auf denen noch ihre Kinderbücher standen – illustrierte Abenteuer von Märchenhelden und rosaroten Prinzessinnen. Einmal fand er unter den Schulbüchern einen Stapel Broschüren mit roten Umschlägen, nachlässig gedruckt: *Die Welt ist zu ändern. Eine Philosophie der sanften Revolution.* Auf der Innenseite des Umschlags las er mit Bleistift notierte Sätze; hinter jedem stand ein Fragezeichen. Ohne dass er es gewollt hätte, prägten sich ihm die Sätze ein. Er ärgerte sich über sein Gedächtnis, das ihm seither keine Ruhe mehr ließ.

»Wenn die Welt nach dem Maß des Menschen geschaffen

ist – warum haben wir das Gefühl, dass sie uns über den Kopf wächst? Warum erscheinen uns die natürlichen Dinge als erschreckend oder peinlich? Woher wissen wir, dass etwas gut ist, etwas anderes schlecht? Woher kommt unsere Fähigkeit zu strengen Urteilen? Warum ist die Welt eine Welt des Mangels? Warum fehlt es an allem – an Essen, an Geld, an Glück? Warum all die Grausamkeiten? Es gibt keine rationale Begründung dafür … Warum können wir uns selbst betrachten, als betrachteten wir eine fremde Person? Ist es dasselbe Auge? Das Auge, das wir sehen – und das Auge, das sieht? Wer sind wir, woher kommen wir? Wer ist Monodikos? Ist Monodikos gut? Warum ist er so schwach und lässt zu, dass dies alles mit ihm geschieht? Ist unsere Welt erlöst?«

Er betrachtete ihre noch immer kindlich wirkende Schrift mit den weich gekringelten Unterlängen an den Buchstaben »g« und »j«, die wie Tröpfchen an den Zeilen hingen. Als sollten diese Fragen sich auflösen und wie ein Regen niederfließen.

Eines Nachts, als er spät von der Arbeit kam, sah er, dass bei ihr noch Licht brannte. Leise klopfte er an die Tür. Rasch löschte sie das Licht, tat, als ob sie schliefe. Er ließ sich nicht täuschen, betrat das Zimmer, setzte sich auf den Bettrand. Strich ihr die Haare aus dem Gesicht. Auf all ihre Fragen wollte er antworten, so gut er es konnte. Doch es durchfuhr ihn ein Schreck – es wäre herausgekommen, dass er in ihren Sachen geschnüffelt hatte.

»Es gibt eine Ökonomie der Erlösung«, sagte er. »Alles, was gut ist, muss teuer erkauft werden. Alleine könnten wir diese Ökonomie weder kennenlernen noch nutzen. Unsere Buchhalter waren mies, ihr Blick war beschränkt, sie haben nur wenig verstanden. Für alles Gute muss man zahlen. Das ist der Sinn dieser Ökonomie – schlicht und schlüssig, seit dreihundertzwölf Jahren. Deshalb haben wir jedes Jahr, zur Zeit der größten Finsternis, den Großen Tag. Und das, was ihm vorausgeht. Verstehst du?«

Sie öffnete ihre Augen nicht, als sie sprach. Doch ihre Lider bebten.

»Papa, Filipa wird jetzt eine Weile bei uns wohnen.«

Der so sorgsam geformte Augenblick der Nähe zersprang.

»Ich bin ein Rekon«, sagte er. »Ich kann nicht Leute von der Straße in meinem Haus aufnehmen.«

»Papa, es ist doch nur für ein paar Tage, höchstens eine Woche oder zwei. Sie weiß nicht wohin. Ihr Mann hat sie geschlagen. Und ihr das Kind weggenommen.«

Ilon erhob sich, irritiert über diesen jähen Einbruch der Welt in sein Haus.

»Woher kennst du sie überhaupt? Das ist keine Freundin für dich.«

Sie schnaubte.

»Ich bin ein freier Mensch. Und das ist genauso meine Wohnung, auch ich habe sie von Mama geerbt.«

Sie drehte sich zur Wand.

Frühling. Erscheinung vor der Welt

In diesem Jahr fiel Die Erscheinung eher bescheiden aus. Der starken Regenfälle wegen fanden die Feierlichkeiten im Palast statt, unter den Augen von Kameras. Ausgestrahlt wurde nur ein Fernsehbeitrag, in dem Monodikos, im prächtigen Umhang, als Phoros zu sehen war, als Zukunftsträger. Der entblößte Oberkörper schimmerte. Unvorstellbar, dass Maskenbildner es vollbracht hatten, in zig Stunden mühsamer Arbeit. Auch das hübsche Gesicht des Monodikos, so charakteristisch in seinem Ausdruck, kam angeblich hervorragend zur Geltung. Die Kameras zeigten allerdings auch keine Nahaufnahmen.

Ilon, der mit Aldo im Studio stand, war stolz auf seine Arbeit. Monodikos konnte zwar noch nicht gehen, doch seine Wirbelsäule war wieder stabil, und der gebrochene Oberarmknochen wuchs erstaunlich rasch zusammen. Nach der Zeremonie der Erscheinung wollte Ilon ihn nicht mehr mit einer Massage traktieren. Monodikos sollte für sich sein, allein zu Abend essen.

Ilon kehrte – ebenfalls allein – nach Hause zurück. Nach und nach kamen die Menschen auf die Straßen, blass nach den Grauen Tagen des Winters. Sie machten Einkäufe, an den Ständen wurden die ersten Frühlingsblumen angeboten. Das lange erwartete Fest würde beginnen, eine große, ausgelassene Feier, mit Schmaus und Trank und Liebe, Kinder würden gezeugt werden, und die Zukunft stände den Menschen verlockend vor Augen. Die Erscheinung vor der Welt brachte alles wieder ins alte Gleis, es war die Bestätigung, dass alles geschah, wie es geschehen sollte.

Ilon ging gemächlich, betrachtete die Stadt mit einem Gefühl erfüllter Pflicht; immer schon hatte ihn diese Empfindung davor bewahrt, der Melancholie zu verfallen. Der Regen wusch den allgegenwärtigen Rost ab, und rote Rinnsale drängten, wie von einem Instinkt getrieben, der Vereinigung mit dem Fluss entgegen. Die Brücke, so seltsam verlassen – der Feierlichkeiten wegen wurde heute nicht demonstriert. Ilon kaufte Frühgemüse und einen Forsythienzweig, dessen Blüten schon zu welken begannen. Seit Filipa bei ihm zu Hause kochte, machte er keine größeren Einkäufe mehr. Er ließ einfach Geld auf dem Tisch, und in den Händen der beiden Frauen verwandelte es sich auf wunderbare Weise in Mahlzeiten.

Was Filipa sich heute wohl ausdenken würde? Gab es eigentlich ein Gericht, das sie nicht kochen konnte? Meistens stellten die beiden ihm das Essen in den Kühlschrank, weil er erst spät nach Hause kam. Und er kam spät nach Hause, weil er nicht mit ihnen essen wollte. Filipas Anwesenheit bereitete ihm Kummer. Er hatte den Eindruck, sie habe sich an ein fremdes Leben gehängt, in dem unbeholfenen Versuch, es zu imitieren. Wie ein Nachtfalter, dessen Flügel das Rindenmuster eines Baumes tragen, der längst nicht mehr ist.

Ilon musste immer an das eine denken – den Körper des Monodikos.

Monodikos hatte eine trockene, braune Haut. Insbesondere am Unterschenkel und an den Schultern war sie rau und nahm selbst die besten Feuchtigkeitsregulatoren kaum auf. Einige der Mixturen wurden eigens für ihn im Laboratorium des Palasts hergestellt, ein ganzes Team von Pharmazeuten arbeitete nur für ihn, und jedes Jahr erhielt er neu abgestimmte Präparate. Sein schlanker, malträtierter Körper lag ausgestreckt auf einem mit Sensoren ausgestatteten Tisch. Sein Atem ging regelmäßig. Dreiunddreißig Mal pro Minute, wenn er schlief. Vierzig Mal im Wachzustand. Ilon kannte die Rhythmen gut. Sie zu hören beruhigte ihn, ja, er glitt dann in eine Art meditative Sammlung.

Am nächsten Tag machten sie sich an die Arbeit.

»Gib mir das Öl«, flüsterte Ilon und drehte den Kopf in Aldos Richtung. Behutsam goss der Junge einige Tropfen in Ilons Handfläche. Sie spürten den intensiven Geruch. Der Rücken des Monodikos bewegte sich. Als atmete er tief ein. Aldo blickte auf die Hände seines Lehrers, verfolgte aufmerksam jede Bewegung, die kleinsten Aktivitäten der Finger, die die subtile Heilwirkung energiegeladener Wellen initiierten. Er war ein heller Kopf und hatte viel gelernt in den vier Jahren in der Schule für Physiotherapie. Für den kleinsten Muskel kannte er die griechische Bezeichnung.

Ilon betrachtete ihn immer wieder verstohlen, erfreute sich an der Begeisterung des Jungen. Er wollte ihn lieben wie einen Sohn, denn ohne diese Liebe – das wusste er – wäre er nicht imstande, ihm zu vermitteln, was bei dieser Arbeit das Wichtigste war: jenes eigentümlich weiche Gefühl, das in der Tiefe des Körpers entsteht und unser ganzes Ich darauf vorbereitet, seine Grenzen zu verlieren. Mitgefühl – das war es, darum ging es. Ohne Mitgefühl konnte man niemandem helfen. Aldo besaß diese Fähigkeit, und er war nicht nur begabt, er war auch sensibel. Dennoch wäre es Ilon lieber gewesen, Oresta hätte jetzt Aldos Platz eingenommen.

»Weißt du«, fuhr Ilon fort, an seinen Schüler gewandt, »die Massage stabilisiert die Zeit, denn nur die Zeit des Körpers ist wirklich. Und sie lässt sich so leicht zerstören. Gäbe es die Masseure nicht, die Welt versänke im Chaos.«

Heute war Monodikos ruhig und entspannt; vielleicht des Weines wegen, den er gestern zum Abendessen getrunken hatte. Sicher war er jetzt eingeschlafen. Ilon sprach nicht, wenn er massierte. Monodikos mochte das nicht. Früher, noch zu Zeiten von Ilons Vater, war Musik gelaufen. Aber das hörte dann auf. Ilon wusste schließlich, dass Monodikos nahezu taub war, seit er vor fünfundzwanzig Jahren einen gewaltigen Hieb auf den Kopf erhalten hatte, der das Schläfenbein zertrümmerte. Knochensplitter schädigten das Gehirn. Die Operation dauerte lange, riesige Mikroskope kamen zum Einsatz, die Spezialisten nähten Nervenfasern zusammen, die feiner waren als Haare.

Seit jener Zeit sprach Monodikos nicht mehr. Spätere Untersuchungen ergaben, dass das Gehirn sich regeneriert hatte, doch Monodikos unternahm nicht einmal den Versuch zu sprechen. Als hätte er das Interesse verloren, mit seiner Umgebung zu kommunizieren. Damals, im ersten Jahr seines Dienstes, hatte Ilon seine Stimme noch gehört, mittlerweile konnte er sich an ihren Klang nicht mehr erinnern. Er wusste nur noch, dass ihm die Stimme damals »brüchig« vorgekommen war.

Die ganze Zeit betrachtete Aldo mit stiller Bewunderung die Hände seines Lehrers. Die Hände des Masseurs, des Rekons, des Meisters der Rekonvaleszenz, dessen Amt er einmal übernehmen würde. Gleich wäre es seine Aufgabe, die ganze Prozedur der Berührungen, der streichelnden, knetenden Bewegungen am Map-Körper zu wiederholen. Ilon sagte leise:

»Schau, was ich tue. Schau, wie ich mit einer Bewegung versuche, in die Tiefe zu gelangen, unter die Haut zu dringen, zwischen die Muskelstränge. Allein durch die Berührung kann ich die Energie des Muskels selbst und die Energie seines Ansatzes unterscheiden. Es sind verschiedene Ströme. Schau, hier, dieser Muskel vibriert ganz leicht, sein Ansatz nicht. Es hat mit den Blutgefäßen zu tun. Das Blut ist überhaupt eine wunderbare Erfindung, Aldo.«

Ilon räusperte sich, senkte die Stimme zu einem kaum hörbaren Flüstern; was er sagte, war fast nur mehr Bewegung der Lippen.

»Sein Blut hat eine andere Zusammensetzung, es transportiert mehr Sauerstoff, du spürst es mit den Fingern.«

»Den Sauerstoff kann man spüren?«

»Nicht direkt den Sauerstoff, du spürst es am Körper. Ein solcher Körper hat mehr an Kraft und Willen. Du wirst es selbst noch bemerken.«

Der Junge sagte nichts mehr. Als er anschließend am Map-Körper arbeitete, kam Ilon auf die Sache mit dem Blut zurück:

»Vor ungefähr vierzig Jahren wurde sein Blut ganz genau untersucht. Wir kennen die Zusammensetzung, wissen aber nicht genau, was das für den Organismus im Einzelnen bedeutet. Sehr groß ist der Unterschied nicht, verglichen mit unserem Blut, aber die Sauerstoffsättigung ist auf jeden Fall höher. Wir könnten mit diesem Blut nicht leben. Wenn es möglich wäre – ich denke, wir würden es nutzen.«

Er trat ein Stück zur Seite, damit Aldo besser sehen konnte.

»Und wenn es eine Heilwirkung hätte, wir würden ihn des Blutes wegen halten«, fügte er hinzu. Und jäh erschrak er vor den eigenen Worten.

Der Junge sah ihn unruhig an, tat aber, als wäre nichts gewesen. Wandte den Blick ab.

Woher die Unruhe kam – Ilon wusste es genau. Und wollte nicht daran denken. Als es noch gestattet gewesen war, medizinische Experimente durchzuführen, die mit Monodikos zu tun hatten, glaubte man, das aus seinem Blut gewonnene Serum könnte – wenn man es den Menschen spritzte – alle Krankheiten heilen. Nach dem Regierungswechsel hatte man wieder Abstand genommen von solchen Experimenten, worüber Ilon erleichtert gewesen war.

Gegenwärtig dachte niemand, dass Monodikos überhaupt einen Körper habe, auch wenn zugleich alles auf dem Körper des Monodikos zu beruhen schien. Man sagte auch nicht, dass Monodikos geblutet habe, man sagte, »er hat sich gerötet«; niemand sagte, dass er geschlagen worden sei – er hatte »einen Streich bekommen«; und es hieß nicht, sein Bein sei gebrochen, man sagte, er habe »eine angeschlagene Gliedmaße«. Ilon, die Rekons und die Pharmazeuten waren gewissermaßen eine geheime Einheit, die sich mit etwas befasste, was nur in diffusen Vorstellungen existierte. Es wäre ein Skandal gewesen, hätte über den Zustand der Leber Unseres Bruders Monodikos, des Zukunftsträgers, öffentlich debattiert werden sollen.

Als sie in der großen, weitgehend leeren Kantine des Klinikkomplexes zu Mittag aßen, betrachtete Ilon seinen Schüler von der Seite. Ein verrückter Gedanke war ihm gekommen – er könnte ihn mit Oresta bekannt machen. Wenn sie Aldos Frau wäre, hätte sie freien Zugang zu den Kliniken, sie könnten zusammen arbeiten. Aldo war jünger als Oresta, und er wirkte so jungenhaft – es wäre, als wollte man Kinder miteinander vermählen.

Er streckte die Hand über den Tisch zu ihm aus, zeigte ihm ihr Inneres. Er spürte noch die Berührung des Monodikos. So dankte er Ilon immer – indem er sacht mit den Fingern über dessen Hand strich. Jedes Mal spürte Ilon die Stelle noch gute zehn Minuten später, als hätte er einen leichten Stromschlag bekommen. Scheu berührte Aldo die Hand mit einer Fingerspitze, und er nahm es wohl noch wahr, das zarte Vibrieren, denn er hob den Blick, sah seinen Lehrer an. Erstaunen und Respekt verbanden sich im Ausdruck seiner Augen. An den Massagen nahm Aldo nur als Gehilfe und Beobachter teil, er durfte Monodikos noch nicht berühren. Er stand daneben, reckte den Hals, um so viel wie möglich sehen zu können. Ilon musste immer daran denken, wie er selbst in jungen Jahren seinem Vater Gesellschaft geleistet hatte.

Ilons Vater hatte eine Theorie aufgestellt, die von einer Verbindung zwischen dem Gedächtnis und dem Körper ausging – ein Konzept, das den Masseuren heute längst geläufig war. Vor dreißig Jahren aber hatte man es noch für Hokuspokus gehalten.

Ilons Vater war überzeugt gewesen, dass die Stimulierung des Körpers eine Erinnerung wecken würde und dass der Körper bestimmte Punkte habe, an denen der Strom dieser Erinnerungen in besonderer Weise aktiviert werden könne. An Hunderten von Menschen hatte er es erforscht und eine mehrdimensionale Map geschaffen, denn er hatte herausgefunden, dass diese Gedächtnissensoren nicht nur an der Oberfläche, sondern auch in tieferen Schichten angesiedelt waren.

Mit der Zeit wurde dann als erwiesen angesehen, dass der Körper sich an vergangene Ereignisse und Erlebnisse erinnert und dieses Gedächtnis gleich einem Archiv in sich trägt. Gegenwärtig bezweifelte niemand mehr die wissenschaftlichen Erkenntnisse auf dem Gebiet der sogenannten Somologie, und niemand bezweifelte mehr solch fundamentale Gesetze wie jenes, das nach Ilons Vater Teo benannt worden war: Je tiefer die Muskelschichten liegen und je näher sie sich am Solarplexus befinden, desto älter sind die Erinnerungen. Heute verwenden die Ärzte, Masseure und Physiotherapeuten ganz selbstverständlich Map-Körper; sie wissen, dass sich mithilfe entsprechender Druckmassage die subtilsten Erinnerungen im Gewebe wecken lassen.

Auf diese Art hatte Ilons Vater mit Monodikos gearbeitet. Und Monodikos hatte damals noch gesprochen.

Was hatte Teo denn gehört? Und welcher Art waren die Erinnerungen des Monodikos? Ilons Vater hatte Notizen geführt, so viel war sicher, doch Ilon hatte nie etwas davon zu Gesicht bekommen. Auch nach dem Tod seines Vaters nicht. Waren Teos Aufzeichnungen vernichtet worden? Vielleicht, dass es nicht mehr nötig war zu wissen, woher Monodikos gekommen, wer er eigentlich gewesen war. Und vielleicht sollte man solche Fragen lieber gar nicht stellen. Wäre es nicht am besten, wenn Monodikos keine Vergangenheit hätte? Die Geschichte des Monodikos nahm ihren Anfang mit jenem Tag vor 312 Jahren, als man ihn in der Wüste gefunden hatte.

Doch Ilon der Masseur besaß den Map-Körper, den er zu Hause auf der Veranda aufbewahrte, den Map-Körper, den er geerbt hatte und den Oresta einmal bekommen sollte, und an diesem sah er die Spuren der Arbeit seines Vaters Teo: ein Meer an Zeichen, deren Bedeutung im Dunkeln blieb – die ganze Fülle der Kombinationen, die sich ergeben konnten zwischen Alpha und Omega.

Frühling

Vom Frühling an wohnte Filipa ständig bei ihnen. Im Badezimmer hing ihre Unterwäsche, deren Anblick Ilon immer in Verlegenheit brachte. Auf der ihr zugeteilten Kühlschrankebene standen allergenarme Lebensmittel. Früh am Morgen ging sie zur Arbeit; bis jetzt wusste Ilon noch nicht, was sie eigentlich tat, jeder Frage dazu wich sie aus. Selten nur sah er sie, einmal in der Woche vielleicht, wenn sie am Feiertag gemeinsam zu Mittag aßen.

Oresta wirkte jetzt ausgeglichener, sie lernte eifrig, in einem Jahr wollte sie die Aufnahmeprüfung für eine Hochschule ablegen. Aber die Mädchen mussten mehr Punkte vorweisen als die Jungs, und immer gab es für sie zu wenig Plätze. Ilon hoffte, dass es ihr dank seiner Position gelingen könnte, einen Studienplatz zu ergattern. Er hatte auch schon allen Mut zusammengenommen und den Obersten Rekon um Protektion gebeten. Dieser hatte verständnisvoll gewirkt, schien durchaus wohlwollend. Doch sprach aus seinen Gesten auch ein Gefühl der Überlegenheit. Er hatte selbst drei Söhne – alle sollten Rekons werden, und einer der drei würde das Amt des Vaters übernehmen.

Den Obersten Rekon sah Ilon fast täglich. Er war ein großer Mann mit ergrautem Bart, der sich bemühte, keine Emotionen zu zeigen. Alle hatten jetzt viel Arbeit, denn in diesem Jahr kam Monodikos nur mühsam wieder zu Kräften, die Wunden heilten nicht mehr so schnell wie früher. Der Oberste Rekon ordnete besondere Untersuchungen an. Es bestand der Verdacht auf eine Infektion, und es war unklar, wie man sie behandeln sollte. Bisher hatte niemand so etwas in Betracht gezogen – Monodikos und eine Infektion? Ilon bemühte sich, ihn so behutsam wie möglich zu massieren. Manchmal empfand er eine solche Furcht vor diesem so elend zugerichteten Körper, dass er es bei einem beruhigenden Streicheln beließ. Die Pharmazeuten hatten sich jetzt auf neue Umschläge aus borealem Moos verlegt, von dem sie sich eine belebende und regenerierende Wirkung versprachen. So verwandelten sie Monodikos jeden Tag um die Mittagszeit in eine dunkelgrüne, moosbewachsene Skulptur in halb liegender Position. Zusätzlich stellten sie zu seinen Füßen Schälchen mit verschiedenen Duftölen auf, das sollte die Behandlung unterstützen.

Den ganzen Frühling über trug Ilon auf seinem Map-Körper neue Zeichen auf. Wo Teo die geheimnisvolle Botschaft »Kindheit-Wasser« hinterlassen hatte, vermerkte sein Sohn die Signatur für »Bizepsriss«. Wo zu lesen stand »Anblick schwarzer Sonnen«, ergänzte er »Ruptur der Achillessehne«. Unter dem Wort »Mutter«

(versehen mit einem Fragezeichen) – »Hämatom über den Gesäßmuskeln« (riesig war es gewesen, von violetter Farbe, die Heilung zog sich lange hin, noch immer war es nicht völlig resorbiert). Neben den Worten »Reisegefährten«, »weißer Tagesanbruch über dem Ozean«, »Landung« – »gebrochene Mittelhandknochen«, »Luxation des Sprunggelenks«, »Trümmerfraktur der Kniescheibe«, »Innere Blutung«, »Schädigung der Bauchspeicheldrüse«. Über und über war die Gummigestalt bedeckt mit dieser Schmerzensschrift.

In den letzten Jahren hatte sich Die Rückkehr immer mehr verzögert. Zugegeben, um Sekunden nur, doch genügte es, dass die Rekons sich beunruhigt zeigten. Wenngleich diese Verzögerung während der alljährlichen Fernsehübertragung am Großen Tag, wenn die Kameras der Welt sich auf die Hände des Monodikos richteten und alle das erste Zucken seiner Finger erwarteten, kaum zu bemerken war. Ilon glaubte, dass es niemandem auffalle. Eine offizielle Verlautbarung gab es selbstverständlich nicht. Und selbst wenn es jemand bemerkt hätte – es war untersagt, davon zu sprechen, erst recht öffentlich. Im Übrigen dachten die Menschen viel zu sehr an das Essen, das bereits im Kühlschrank bereitstand, an die Kerzen, die jeden Augenblick entzündet werden sollten von dem einen rituellen Streichholz, an das Stimmen der Instrumente, die ihren Gesang im Familienkreis begleiten sollten, wenn sie die Festtagshymne intonierten: *Es trat ein Gast in unser bescheidenes Haus.*

Allein die Rekons wussten von den Sekunden der Verzögerung, wussten, wie schwach die ersten Nervenimpulse waren, die empfindliche Messgeräte registrierten, ausgestattet mit Kupferdrähten und Kontrollleuchten.

Ilon hatte Angst, es könnte einmal nicht gelingen und sie bliebe aus – Die Erscheinung vor der Welt. Das wäre nichts anderes als das Ende ebendieser Welt.

War er vielleicht ganz einfach ein kleingläubiger Mensch? Denn dasselbe Wunder, das seit 312 Jahren sich vollzog, verlässlich Jahr um Jahr, vollzog sich ein weiteres Mal. Monodikos, Phoros, der Zukunftsträger – siehe, er erwachte.

Nun verließ Ilon der Masseur kaum noch seinen Arbeitsplatz. So blieb es die ganze Zeit der Seira hindurch, da allenthalben Ordnung herrschte, allgemeine Sättigung und Zufriedenheit. Während Monodikos dank der Bemühungen einer ganzen Truppe von Rekons wieder zu sich kam.

Sommersonnwende. Harmonie

Die Zeit der Harmonie begann mit einem rituellen Spaziergang durch die Stadt, dem einzigen dieser Art im ganzen Jahr. Alles wirkte ungezwungen und spontan, doch war es bis in jede Einzelheit geplant.

In diskretem Abstand wachten Polizisten in Zivil über den nicht sehr großen Zug. In einem Van, der an den Seiten die Aufschrift »Blumen« trug, war eine hochmoderne Ambulanz eingerichtet. In einiger Entfernung wartete ein großer Bus mit verdunkelten Scheiben, er war vollbesetzt mit Soldaten.

Sie kamen ein wenig früher, kurz vor Mittag – Monodikos im Rollstuhl, mit seiner Corona –, sie wollten die schöne sommerliche Sonne nutzen, für den Nachmittag hatten die Meteorologen vor rotem Regen gewarnt. Der Oberste Rekon schob den Rollstuhl, es folgte eine diskret sich gebende Leibwache. Ilon und Aldo gingen weiter hinten in der murmelnden Menge. Ilon konnte den breiten Rücken des Monodikos sehen, den Kopf verdeckte eine Kapuze. Eine große Sonnenbrille verbarg die Hälfte seines zierlichen Gesichts.

Wie jedes Jahr ging der Zug über den Basar. Seit dem frühen Morgen schon warteten die Menschen. Offenkundige Sympathiebezeugungen waren allerdings verboten. Ein bestimmter Abstand musste eingehalten werden, doch drängten sich die Menschen trotzdem näher, die Atmosphäre wurde gelassener. Wie immer, wenn Monodikos erschien. In seiner Nähe hob sich die Laune, die Menschen gewannen ihr Vertrauen wieder, fühlten sich wie leicht berauscht. Mono, Unser Bruder, erwiderte die Bekundungen mit einem Lächeln aus dem Innern der Kapuze. Ein wenig schief, ein wenig schmerzverzerrt – die Kapuze vermochte es nicht gänzlich zu verbergen. Die Menschen reichten den Sicherheitsleuten kleine Geschenke für Ihn, hier ein Blumensträußchen, dort Pralinen oder einen Schmuseteddy aus schuppig gewordenem Gummi. Der Oberste Rekon leitete die Gaben nach hinten weiter, sie verschwanden in Beuteln, die die Wacheskorte mit sich trug.

Ilon wandte sich mit gedämpfter Stimme an Aldo:

»Siehst du, wie gut er den Kopf hält? Gestern habe ich noch seinen Nacken massiert. Zu dieser Jahreszeit muss die Massage leicht sein, muss der Entspannung dienen, die Muskeln sind schon fast wieder regeneriert, eine dünne Fettschicht hat sich sogar gebildet, das macht die Haut weich und geschmeidig …«

Aldo hörte es nur mit einem Ohr. Er beugte sich vor, um durch die Menge hindurch zu sehen, was weiter vorne geschah. Der Zug war ins Stocken geraten.

Alljährlich blieb Monodikos gerne an dem Stand mit den T-Shirts stehen, und aus diesem Anlass wurde dort immer eine kleine Vorführung geboten. Ausgewählte Verkäufer – die regelmäßig Steuern zahlten und gute Bürger waren – zogen sich T-Shirts an und vollführten vor Monodikos eine Parade, bei der sie ihre witzigsten Aufschriften zeigten. Monodikos folgte dem Ganzen mit leicht gesenktem Kopf. Seine Intelligenz unterschied sich ein wenig von der Intelligenz der Menschen, synthetischer war sie beschaffen. Vielleicht gefiel ihm deshalb dieses eigenwillige Medium so gut – T-Shirts statt Zeitungen und kärglich knapper Fernsehnachrichten. Auf den T-Shirts wurde das Weltgeschehen präsentiert, mit all seinen Problemen, maximal kondensiert, versehen mit einer Prise der besten Gewürze – Ironie und Sarkasmus.

Die T-Shirts, an denen sein Blick jetzt hängen blieb, waren Mode geworden, sie verkauften sich gut. Doch hatte sich auch etabliert, dass bei dieser Parade eine Gruppe junger Menschen durch die unentschlossenen (oder berechnend agierenden) Sicherheitsleute auf den Laufsteg drängte, die Aufschriften auf ihren jugendlich schmalen Torsi aber brachten niemanden zum Lachen. Sie forderten ein Ende der Kriege an den Peripherien, verlangten, dass Recht in Gerechtigkeit verwandelt werde, forderten die Gleichbehandlung der Frauen, Maßnahmen gegen die ökologische Katastrophe, gegen den sauren Rost, der die ganze Welt überzogen hatte. Zumeist ging alles glimpflich aus. Die jungen Leute wurden auf sanfte Weise entfernt, Monodikos in seinem Rollstuhl wurde weitergeschoben, zwischen den Verkaufsständen hindurch, bis auf den Platz, wo man ihn eine Weile allein ließ, umgeben nur von einem diskreten Kordon. Dort saß er dann, in seinem Rollstuhl, allein vor der Stadt, allein vor dem Himmel, als wollten die Menschen ihn dem Kosmos zeigen – zeigen, dass Er da war, dass Er lebte.

Anschließend führte der Spaziergang zum Fluss. Der Zug bewegte sich am Ufer entlang. Auch dort gab es noch einmal einen längeren Halt. Monodikos hatte Gefallen daran, aufs Wasser zu schauen. Ilon erinnerte sich an die Zeit, als er eben mit seiner Arbeit begonnen hatte – Monodikos konnte damals noch halbwegs laufen, und er ging oft zum Fluss, stand am Ufer, und das Wasser umspülte seine Schuhspitzen. Lange stand er so da, wie hypnotisiert vom Spiel der Lichter auf dem bebenden Spiegel, versunken in die Launen des Windes, der – selbst nicht zu sehen – Bewegung auslöste in Gestalt der Wellen. Einmal (als er noch sprach) soll Monodikos gesagt haben, die Bewegung der Wellen sei ein Muster der Weisheit (was immer das bedeuten sollte). Doch nun erhob er sich schon seit Längerem nicht mehr von seinem Rollstuhl.

Ilon bemerkte erschrocken, dass der Kopf des Monodikos sich leicht zur Seite neigte. Womöglich war er eingeschlafen. Kein gutes Zeichen – einschlafen untertags! Vielleicht war in seinem Organismus etwas mit den Elektrolyten nicht mehr im Lot, dachte Ilon beunruhigt, und wieder verspürte er am ganzen Körper dieses neue, höchst unangenehme Gefühl, das ihn in letzter Zeit immer öfter erfasste – das Pulsieren der Panik.

Auch der Oberste Rekon hatte bemerkt, dass der Kopf des Monodikos zur Seite gesunken war, und ordnete die Rückkehr an. Umständlich gruppierte der Zug sich um, der Rollstuhl wurde gewendet, und auf kürzestem Weg ging es zurück zu den Kliniken, quer durch die seit Langem verwaist daliegenden Palastgärten, die bedeckt waren von rotem Staub, in dem die Räder des Rollstuhls eine

Doppellinie hinterließen. Ilon wusste, dass er sich nun zur Verfügung halten musste, auch wenn es gewöhnlich mit einer Infusion und ein wenig Ruhe sein Bewenden hatte. Zusammen mit Aldo hielt er sich an dem für alle Eventualitäten präparierten Tisch bereit, inmitten der geöffneten Fläschchen mit den Ölen. Vielleicht genügte auch ein orthopädischer Kragen, so wie im letzten Jahr. Alles würde gut werden.

Dieses wahrhaftig nicht mehr menschliche Ausmaß des Vertrauens, das Monodikos an den Tag legte, überraschte Ilon immer wieder aufs Neue. Voller Hoffnung und ohne jeden Vorbehalt gab er sich in die Hände der Menschen, auf Gedeih und Verderb. Als Mensch stand man dieser Hingabe irritiert gegenüber, wie betäubt von der eigenen Allmacht, doch zugleich ebenso schwach und hilflos. Ilon erlebte manchmal Anfälle von Schluchzen. Nach außen wirkte es wie Husten. Sein Organismus verschluckte sich an dem Vertrauen, das ihm entgegengebracht wurde, gleich einem Gefäß, denn eben das war er – ein Gefäß, das die Überfülle an sanfter Güte nicht auszuhalten vermochte, und immer weiter floss sie hinein, bis das Gefäß unter dem Druck zersprang.

Der Körper des Monodikos verfügte über ungeheure Selbstheilungsenergien. Die Reihen der Rekons unterstützten ihn nur dabei. So verhielt es sich in Wahrheit.

Als Ilon schließlich in der Nacht nach Hause kam und unter der Dusche seinen zweiundvierzig Jahre alten Körper betrachtete, gab er sich alle Mühe, ihn nicht mit jenem Körper zu vergleichen. Sein Körper war ein gewöhnlicher Menschenkörper. Ohne Frage geschaffen nur zu einmaligem Gebrauch.

Herbstliche Tagundnachtgleiche. Die Auslosung der Würdigen

Filipas Anwesenheit brachte eigentlich keinerlei Umstände mit sich. Morgens verließ sie das Haus, abends kam sie zurück. Im Badezimmer sah er ihre Zahnbürste und eine billige Gesichtscreme. Einige Male war er von der Arbeit gekommen, als die beiden gerade beim Abendessen saßen. Er setzte sich dazu, aß ihnen fast den ganzen Salat auf, den er besonders gern mochte.

»Filipa hat ihn gemacht«, lobte Oresta ihre Freundin.

Filipa sagte wenig, sah ihn nur hin und wieder für Momente mit ihrem durchdringenden Blick an, in dem sich Bewunderung und Abneigung mischten. Ilon hatte nicht die leiseste Ahnung, was diese junge Frau wohl denken könnte, die nun Orestas wegen ein Teil seines Lebens geworden war. Und erst recht wusste er nichts über ihre Gefühle. Von ihrer Arbeit sprach sie kaum – schließlich erfuhr er, dass sie in den Städtischen Bibliotheken beschäftigt war –, geschweige denn von ihrer Familie. Einmal stellte Ilon ihr eine entsprechende Frage, behutsam, wie es seine Art war, sie senkte den Blick, hüllte sich für eine Weile in Schweigen. Ilon sagte sich, dass das Thema wie ein »stummes Areal« am Körper des Monodikos sei – abgetrennt von allem anderen, in die Sphäre des Unsagbaren gerückt. Er stellte keine solchen Fragen mehr.

Im Fernsehen wurden nun pausenlos die lokalen Auslosungen der Würdigen gezeigt. Diejenigen, die sich qualifizieren konnten, fasste man in Gruppen zu mehreren Dutzend zusammen, sie wurden zur Hauptziehung zugelassen: »Das Quäntchen Glück«. Sie erfolgte Ende September, wenn die Welt allmählich wieder abzukühlen begann nach den mörderischen Hitzewellen des Sommers, bevor bald darauf die schweren Regenfälle einsetzen würden. Die Hauptziehung lief auf allen Fernsehsendern. Am Tag des Ernstes, wenn Tag und Nacht zum zweiten Mal im Jahreslauf dieselbe Dauer hatten, erfolgte die Auslosung der sechs Würdigen unter den Würdigen, die das Stigma bildeten. Das Symbol des Stigmas – ein alter Buchstabe, der an eine Sichel oder einen Haken erinnerte – war von da an überall zu sehen, auf Hemden und Glückwunschkarten, auf Werbebildern und Kaffeebechern. In aller Ausführlichkeit wurden die Lebensläufe der Würdigen vorgestellt und diskutiert, nach zwei Wochen schon waren ihre Gesichter bekannter als die Gesichter großer Berühmtheiten. Bald darauf begab sich das Stigma in eine fast dreimonatige Klausur. Im Zustand idealer Reinheit sollte der Tradition Genüge getan werden.

Ilon fühlte sich recht wohl in der Gesellschaft der beiden Frauen. Im Bad roch es nach Kosmetika, der Küchentisch war immer sauber abgewischt, die Lebensmittel standen im Kühlschrank, und die Räume belebten sich durch ihre Stimmen. Oft waren es alltägliche Fragen, mit denen sie sich an ihn wandten – das Brot, sein Appetit, das Wetter, seine Pläne. Kam er abends müde und voller Unruhe aus der Klinik zurück, boten sie ihm ein Bier an oder einen Tee. Sie saßen ihm gegenüber, so nah beieinander, dass ihre Ellbogen sich berührten, und mit kaum verborgener Neugier blickten sie ihn an. Orestas Traurigkeit schien verflogen, auch ihre Aufmüpfigkeit hatte sich offenbar ausgetobt. Sie scherzte jetzt öfters mit Ilon, wirkte entspannt, Röte auf den Wangen. Er betrachtete sie gerne, wenn sie in dieser Stimmung war. Die Bande zwischen ihnen – er spürte es – knüpften sich aufs Neue. Die beiden Frauen wiederum wollten, dass er erzählte, wollten erfahren, wie es zugehe im innersten Zentrum der Mechanismen der Welt. Dass auch seine Tochter sich dafür interessierte, hatte ihn anfangs gewundert, dann beglückte es ihn, er fühlte sich bedeutsam. So erzählte er also, sie stellten Fragen, und jede begann mit den Worten: »Stimmt es, dass …?«

Zuallererst fragten sie nach dem Geschlecht.

Ilon gehörte zu den Eingeweihten, die genau wussten, dass es – in jeder Hinsicht – fehl am Platz war, das Pronomen »er« zu benutzen, wenn man von Monodikos sprach. Für ihn müsste es ein eigenes Fürwort geben; man fragte sich, warum noch keines ersonnen worden war. Wahrscheinlich deshalb, weil es in der Sprache überhaupt wenige Bezeichnungen gab, mit denen man Monodikos hätte benennen können, so blieb nur, sich etwa mit der Großschreibung auszuhelfen oder Formulierungen zu benutzen wie jene vom Zukunftsträger, die, gänzlich ins Metaphorische entrückt, von jeder wörtlichen Konnotation sich lösten. Nein, kein Wort war imstande, das Wunder seiner Existenz zu vermitteln.

Eine Legende raunte davon, dass Monodikos alle achtzig, neunzig Jahre sein Geschlecht wechsele, wenn auch niemals vollständig, und dass dieses Oszillieren seinen bestimmten zeitlichen Rhythmus habe. Ilon kannte die Geschichte von seinem Vater, der es allerdings mit eigenen Augen nie gesehen hatte – vielmehr von dessen Stiefvater, dem Obersten Rekon vor fünfzig Jahren. Und der wiederum hatte es von seinem Vorgänger gehört, der das Oszillieren des Geschlechts des Monodikos tatsächlich selbst erlebt hatte. Damals war Monodikos eine Art Frau gewesen – »eine Art«, denn nach wie vor sprach man von »ihm«, als weigerte sich das menschliche Denken, Unsere Schwester anstelle Unseres Bruders zu akzeptieren. Ilon hatte seinerzeit Zeichnungen des Monodikos gesehen –

als man seinen Körper noch darstellen durfte –, das Geschlecht wurde dort gewöhnlich übergangen. So blieben die Gerüchte.

Wenn Ilon heute Tag für Tag den Körper des Monodikos betrachtete, manchmal für Stunden – den mageren geschundenen Körper, der so schnell wie möglich wieder in einen passablen Zustand gebracht werden musste –, dachte er zuletzt an das Geschlecht. Die Andersartigkeit des Monodikos war offenkundig, doch ließ sie sich nur schwer auf einen Nenner des Vergleichs bringen. Ilon mochte diese Themen nicht. Das Geschlecht war für ihn immer eine abstrakte Zugabe gewesen, eine oberflächliche Eigenschaft und im Grunde ohne Belang. Zumal er eine Tochter hatte. Hätte er einen Sohn gehabt – vielleicht, dass er anders darüber denken würde. Auf die Frage nach dem Geschlecht ging er jedenfalls nicht ein. Und er sah die Enttäuschung in den Augen der beiden jungen Frauen.

»Stimmt es, dass eine spezielle Kommission alleine seinen Tod nicht bestätigen kann und dass man Scans von seinem Gehirn an die besten Kliniken in der ganzen Welt schickt?«

»Wie sieht sein Tod denn aus? Wenn er stirbt … wie wisst ihr, dass er tot ist?«

Er erklärte ihnen die ganze komplizierte Prozedur, im Bemühen, die Enttäuschung über die verweigerte Antwort auf die erste Frage wettzumachen.

Der Oberste Rekon und eine Spezialisten-Kommission stellen seinen Tod fest. Sie verkünden es der Stadt und dem Himmel, und alle Medien werden in Gang gesetzt. Und für vierzig Stunden ist Monodikos tot. Die Vitalfunktionen haben ausgesetzt, auch das Gehirn sendet keine Signale mehr, ja, es können sich sogar Totenflecke bilden, die später als Hämatome lange sichtbar bleiben –

eine besondere Herausforderung für Ilon den Masseur. Zwischen der vierzigsten und der vierundvierzigsten Stunde dann – jeder weiß es – kehrt Monodikos zurück ins Leben.

Filipa rutschte bei seinen Erläuterungen unruhig hin und her.

»Als ich klein war, dachte ich, das ist nur eine Metapher. Dachte, dass das nicht wirklich passiert.«

Ilon lächelte, trank einen Schluck Bier. Es schmeckte metallisch, wie alles.

»Hast du Die Rückkehr schon einmal gesehen?«

»Du kennst es doch aus dem Fernsehen«, erwiderte er.

Jeder kannte es aus dem Fernsehen. Ist der Tod bestätigt und die Nachricht verkündet, wird alle Berichterstattung für sechsunddreißig Stunden ausgesetzt. Nichts mehr wird gesendet. Das ist Galene – die Stille. Die Menschen bleiben zu Hause, sitzen im Dunkeln, zünden lediglich Kerzen an. Alles ist stillgelegt, kein Verkehrsmittel ist mehr unterwegs, alle Läden sind geschlossen. Ilon hatte gehört, dass viele Menschen diesen Zustand nicht ertragen und dass die psychiatrischen Kliniken während der Galene alle Hände voll zu tun haben. Auch das Gesetz ist für diesen Zeitraum aufgehoben. Manche nutzen das aus, doch vergessen sie dabei, dass nach dem Ende der Galene jedes Vergehen in ebendiesem Zeitraum mit doppelter Härte bestraft wird. Die Menschen tun seltsame Dinge in dieser Phase. Die einen trinken, die anderen begehen Ehebruch. Treffen Entscheidungen, die sie später bereuen werden. Die Selbstmordrate steigt dramatisch an.

Die Galene ist der alljährliche Versuch der Nichtexistenz, die Welt verliert all ihre Beschaffenheit, alles Leben gerät in die Schwebe. Wenn es seine Fortsetzung finden soll, muss eine ganzheitliche Erneuerung sich vollziehen.

Und wäre nicht Monodikos – eine entsetzliche Leere müsste entstehen. Unser Bruder, der die Welt erneuert.

Nach der 36. Stunde werden die Bildschirme wieder eingeschaltet, und die Kameras zeigen dieses eine Bild: die Hände des Monodikos. Nun warten alle voller Spannung auf eine Bewegung des Fingers, ein Beben, ein Zittern, das kleinste Lebenszeichen. Die Welt hält den Atem an. Auch wenn alle wissen, was geschehen wird. Jeder erinnert sich aus der Kindheit an diese Stunden, wenn in jeder Wohnung die Fernsehbildschirme dasselbe Bild zeigten – die Hände, die auf dem schwarzen Tuch ruhten, die blassen Hände mit den langen Fingern.

Zeit der Erwartung. Die Kinder langweilen sich, können nicht verstehen, warum sie jetzt nicht spielen dürfen, warum man ihnen verbietet, draußen herumzutoben, warum kein Brettspiel, ja, nicht einmal eine Runde Drei gewinnt gestattet ist. Die Eltern prüfen, ob die Sülze aus Schweinsfüßen, die im Kühlschrank wartet, schon fest geworden ist. Ob die in diesem Jahr eingelegten Gurken auch sauer genug sind. Gleich werden sie auf den Tellern angerichtet, es ist die Vorspeise vor dem festlichen Hauptgericht. Durch die frisch geputzten Fenster schaut man in die frühe Winterdämmerung, die Reflexe in schmutzigem Orange über der Stadt entstehen lässt. Man geht von der Küche ins Wohnzimmer, der Tisch wird gedeckt. Man prüft die Uhrzeit, zupft etwas an der Kleidung zurecht. Es brennen keine Kerzen jetzt, nur der gelblich-blaue Schein der Bildschirme erhellt die Wohnungen. Es wirkt, als befänden sich die Menschen auf dem Grund eines fluoreszierenden Meeres. Der Erste in der Familie – so heißt es –, der die Bewegung eines Fingers wahrnimmt, wird das ganze kommende Jahr hindurch Glück haben.

Filipa holte von irgendwoher eine Flasche Wein hervor

und goss die Becher voll. Im Haus von Ilon und Oresta gab es keine Weingläser. Ilon entspannte sich, öffnete die Weste. Filipa stützte das Kinn in die Hand, betrachtete ihn mit einer Miene, in der er Bewunderung zu lesen glaubte.

»Ist es so, wie sie es im Fernsehen zeigen?«, fragte sie. »Dass es mit den Fingern beginnt, und dann wird der Rhythmus seines Herzschlags gesendet? Warum zeigen sie nicht sein Gesicht?«

Und Oresta fügte noch hinzu:

»Ich fand es immer schade, dass das alles so wenig spektakulär war, ohne Posaunen, ohne Lichteffekte.«

Er lächelte. Diese Zeit verbrachte er nie zu Hause. Alle Rekons hatten Notdienst, alles war vorbereitet, sie warteten in dunklen, wenig heimeligen Räumen des Klinikkomplexes auf das Klingelsignal, das immer schrillte, als verkündete es eine Katastrophe. Dann sprangen sie auf, liefen auf ihre Posten. Der Große Tag, Einai genannt – nach einem Wort aus der alten Sprache, das »ich bin« bedeutet –, sah für sie völlig anders aus als in der Liveübertragung. Der leblose Körper, die Spuren der Wunden, eingesunkene Augen, eingesunkene Schläfen, die kühle Haut, und dann – der Atem, der plötzlich einsetzte in dieser toten Hülle. Das Beben der Finger, die ersten Nervenreize, Belebung des Blutes, das wieder zu kreisen begann. War die Übertragung zu Ende, heulte bei ihnen die Sirene, mit einem Knall flammten alle Lampen im Korridor auf, das Bett, auf dem Monodikos lag, wurde in aller Eile in den Wiederbelebungsraum geschoben, und während Monodikos durch die hell erleuchteten Flure glitt, knieten viele Rekons nieder, verbargen das Gesicht in den Händen. Andere standen mit gesenkten Köpfen – ihre ganze Hilflosigkeit kam in dieser Haltung zum Ausdruck.

Es stimmte, die Wiederbelebung war nicht so spektakulär, wie Oresta es sich gewünscht hätte. Monodikos, an menschliche Apparate angeschlossen, kehrte nur langsam ins Leben zurück, in zäher Unabänderlichkeit. Die ersten Regungen zeigten sich in Impulsen im Gehirn, nach etlichen Minuten setzte der Herzschlag ein. Zunächst nur mit einem Schlag. Auf den ein zweiter folgte. Bis das Herz seinen Rhythmus fand. Und in der Nacht übertrugen alle Fernsehsender diesen Rhythmus und nichts als diesen Rhythmus – wieder und wieder, das Bam-Bam-Bam des von den Toten auferstandenen Herzens. Jetzt senkte sich Stille über die gesamte Welt. Bis zum Morgengrauen. Wenn der Ausbruch der großen Freude die wiedergeborene Welt begrüßte.

»Obwohl …«, hier zögerte Ilon, doch die Versuchung, das Geheimnis preiszugeben, war zu groß:

»In diesem Jahr haben sie eine Aufnahme gesendet, den Herzschlag vom vorigen Jahr …«

Und ehe die Frage nach dem Grund hätte gestellt werden können, fügte er rasch hinzu:

»Der diesjährige Herzschlag war so schwach und unregelmäßig, dass er sich für die Übertragung nicht geeignet hätte.«

Filipa goss Ilons Becher noch einmal voll. Der Wein schmeckte ihm, seit Jahren hatte er keinen mehr getrunken.

»Seit vierundzwanzig Jahren sehe ich es aus nächster Nähe, und ich kann nur noch einmal sagen, dass nichts Freudiges daran ist«, sagte er in gelöster Stimmung. »Das Leben kehrt so mühsam zurück, alles andere als harmonisch. Jedes Jahr habe ich Angst, dieses Mal könnte es nicht gelingen, dieses Mal wäre es das Ende, dabei habe ich schon vierundzwanzig Mal gesehen, dass es tatsächlich geschieht. Habt ihr dann auch ein seltsames Gefühl, erlebt ihr auch diese Erstarrung, diese Gänsehaut? Ich denke, alle erleben es so … Und alle Menschen auf der Welt werden von Zweifeln befallen: Und was ist, wenn es nicht gelingt? Schließlich ist es ein Wunder. Und ein Wunder hat alle Berechtigung, launisch zu sein. Wer sagt denn, dass es sich ständig wiederholen muss? Und trotzdem gelingt es. Auch wenn nach wie vor niemand sagen kann, was genau vor sich geht.«

Nach dem Genuss des Weins, den er nicht mehr gewohnt war, empfand er eine verschwommene Rührung, Tränen traten ihm in die Augen. Er seufzte auf, beschämt über die Gefühle, die ihn ergriffen. Er stützte sich auf die Tischplatte, wollte sich erheben, um ins Bett zu gehen, als Filipa unerwartet ihre Hand auf die seine legte und flüsterte:

»Bleiben Sie noch bei uns.«

Jäh begriff er, dass etwas aus dem Ruder gelaufen war. Die beiden Frauen wollten etwas von ihm. Und jetzt, in diesem Moment, würde er erfahren, worum es ging. Und es träfe ihn aus heiterem Himmel. Unvorbereitet. Wieder machte er Anstalten aufzustehen.

»Ich sollte nicht mit euch reden, diese Neugier schadet nur. So ist die Ordnung unserer Welt. Und eine andere gibt es nicht.«

»Eine andere Ordnung wäre möglich«, sagte Filipa leise.

Er nahm seine Brille vom Tisch, erhob sich. Oresta stand ihm gegenüber.

»Ilon, wir möchten ihn zurückgeben. Dorthin zurückgeben, von wo er gekommen ist.«

Ilon verstand nicht, was sie sagte.

»Wer ist *wir*?«

»Keine Sorge, Ilon«, sagte Filipa, »keine Sorge. Wir sind nicht viele, eine kleine Gruppe …«

Nach und nach begriff er den Sinn ihrer Worte. Er spürte, wie ihm das Blut ins Gesicht schoss, wie es ihn purpurn überlief. Sein Organismus ging in Kampfbereitschaft, die Gedanken liefen ihm in alle Richtungen davon, keinen konnte er mehr fassen.

»Sind das die, die den Protest geerbt haben?«, fragte er nach einer Weile mit boshaftem Unterton. Nichts anderes kam ihm in den Sinn. Sarkasmus. Er fühlte sich betrogen, hintergangen.

»Wir richten uns in unserem Handeln nach der Vernunft und nach dem Herzen«, sagte Filipa und blickte ihm tief in die Augen.

Ilon sah im Geiste die grellroten Umschläge von Orestas Broschüren wirbeln.

»Du hast sie verblendet«, schrie er, packte Filipa an der Schulter, schüttelte sie. Sie ließ es geschehen, als wäre sie eine Puppe, zierlich, zerbrechlich, der Stuhl kippte um, schlug polternd auf den Fußboden.

»Du hast meine Tochter verhext, um an mich heranzukommen. Um mich zu einem Verbrechen zu überreden.«

»Jetzt beruhig dich, Ilon! Das ist kein Verbrechen, das ist nichts anderes als menschliches Mitgefühl.«

Er ließ sie los.

»Er ist kein Mensch, er ist mehr als ein Mensch! Und so ist die Ordnung der Welt.« Er zitterte vor Erregung. »Die ganze Welt beruht auf dieser Ordnung. Er ist unsterblich, sein Tod ist nicht endgültig, so ist das nun einmal! Ohne ihn würde Chaos hereinbrechen. Einmal schon war es so, und niemand will, dass diese Zeiten jemals wiederkehren. Wenn man ein friedliches Leben will, muss man Opfer bringen!«

Filipa streckte sich, presste die Hände zusammen. In diesem Moment erschien sie Ilon höchst gefährlich. Ja, diese Frau hatte ihm etwas vorgespielt, vorgegeben, eine Person zu sein, die sie in Wirklichkeit nicht war.

»Du bist genauso wie der ganze Rest. Was weißt du denn von der Welt und von den lebendigen Menschen? Du bringst doch nur ein gezüchtetes Opfer wieder in Form, damit solche wie du es wieder töten können im Namen irgendeiner ewigen Tradition. Du bist genauso ein Mörder wie sie alle, auch wenn du glaubst, du wärst derjenige, der ihn rettet.«

Ilon schlug Filipa ins Gesicht. Oresta starrte ihn mit aufgerissenen Augen an.

»Verschwinde!«, herrschte er Filipa an und drehte ihr den Rücken zu. Bald darauf hörte er, wie die Tür ins Schloss fiel.

Oresta lief in ihr Zimmer und begann fieberhaft zu packen. Durch die angelehnte Tür sah er sie einen Augenblick lang in der Mitte des Raumes stehen. Sie drückte ihr Gesicht in Filipas rotes T-Shirt. Er zog sich zurück, peinlich berührt, erschüttert.

Der Übergang

Er ging zu dem Kalender, den ein Magnet an dem korrodierten Kühlschrank hielt, und betrachtete, während er eine trockene Scheibe Brot kaute, die beiden farbigen Spiralen, die den Jahresablauf darstellten. Die erste begann in der dunklen Mitte des Winters, am Großen Tag, wenn Mono zurückkehrte in die Welt. Von hier an lief, was auf den Zwirn der Zeit gefädelt war, auf die Grauen Tage des Vorfrühlings zu, wenn Mono nach und nach erneut zu Kräften kam. Nun folgte, zur Tagundnachtgleiche, Die Erscheinung vor der Welt. Danach wiederum erblühte hell und frühlingshaft die Phase der Seira, auch Ordnung genannt. Eine seladonfarbene Zeit des Friedens, in der die Natur zum Leben erwachte, die Bäume sich mit Blättern bedeckten. Sie dauerte bis zu den heiteren Tagen der Sommersonnwende und der Zeit der Harmonie. Von hier an setzte ein neuer Kreislauf ein, Spiegelbild des vorherigen, der sich zusammenrollte, dunkel wurde. Herbstbeginn, Der Tag des Ernstes, wenn das Los die Würdigen ermittelte, war das Tor zu dieser Dunkelheit. Die Tage färbten sich bräunlich, als korrodierte die Zeit, als überließe sie sich der ewigen Wirkung des Rostes, der die Einheit der Materie infrage stellte, sie in Stücke teilte, sie zerlegte, zerbiss, um sie endlich zu Pulver zu zermahlen. Übergang und Stille, in der alten Sprache Galene genannt – das sind die wenigen schwarzen Tage im Innern des zweiten Kalenderkreises, sein düsteres Herz, das Nest der Finsternis.

Mitte des Winters. Ein Tag vor dem Übergang. Seit Jahren schon fiel kein Schnee mehr, es war regnerisch und windig. Dunkle Wolken zogen über den Dächern der Häuser, so tief, dass man glauben wollte, die Antennen rissen ihnen die Bäuche auf und statt Schnee würde Rost herniederrieseln. Doch war es eine satte Zeit; auf der Erde, unter den zerfetzten Wolken, waren auf den Marktplätzen aller Städte Vorbereitungen im Gange, allenthalben wurden Jumbotron-Konstruktionen errichtet, die unter den Windstößen knarrten. Die Menschen erledigten die letzten Einkäufe, und trotz der redlichen Bemühungen der Verkäufer herrschte in einigen Regalen bereits gähnende Leere. Die Bars und Kneipen hatten regen Zulauf, denn es war Sitte, sich in dieser Zeit wenigstens einmal gehörig zu betrinken.

Ilon ging an Gruppen von Männern vorbei, die sich, erhitzt vom Alkohol, lebhaft unterhielten. Sie tranken Bier an Stehtischen, die auf der Straße aufgestellt waren. Die meisten Gespräche drehten sich um die Würdigen. Seit September schon bereiteten sie sich auf ihre Rolle vor. In diesem Jahr wurde niemand ausgelost, der als Prominenz hätte gelten können. Im letzten Jahr war unter anderem ein berühmter Schauspieler dabei gewesen, und einige hatten sich beklagt, dass die Ziehung abgekartet gewesen sei. Doch die Maschine wählte schließlich unter allen Männern über vierzig, die einen makellosen Ruf besaßen – und das auf dem ganzen Planeten. Da war es nicht ausgeschlossen, dass das Los auch auf einen berühmten Schauspieler fiel. Die Erwählten hielten von da an eine strenge Diät und übten sich in einer besonderen Form der Meditation. Ihre Gesichter tauchten in jeder Nachrichtensendung und in jeder Zeitung auf.

Als Ilon an einem Geschäft vorbeikam, überlegte er einen Moment, ob er nicht eintreten sollte. Heute würde man sich ordentlich satt essen müssen vor dem dreitägigen Fasten. Fette Speisen vor allem sollten es sein, reichlich Eier, Lämmer wurden geschlachtet und Ferkel. Die Menschen aßen ihre Kühlschränke leer, die Regale ihrer Speisekammern. Ganze Gläser mit Honig wurden gelöffelt. Bei Menschen, die wirklich religiös waren, mussten die Kühlschränke für die drei Tage der Galene gänzlich leer sein. Sie trugen ihre Vorräte in den Keller oder gaben sie bei weniger gläubigen Nachbarn in Verwahrung.

Seit Ilon allein war, aß er immer in der Kantine des Klinikkomplexes. Mit dem Verschwinden Orestas hatte sein Kühlschrank sich geleert und nicht mehr aufgefüllt. Als lebte Ilon nun fortwährend in der Zeit der Stille und der Erwartung. Nur noch ein Glas mit einem Senfrest war verblieben, der nahm eine immer dunklere bräunliche Färbung an.

Als Ilon an diesem Tag nach Hause kam, ließ er sich sofort ein Bad ein. Er lag in der Wanne, betrachtete seine Knie, die aus dem rostroten Wasser ragten. Er litt an Rheuma, die Knie waren geschwollen und schmerzten.

Am Tag zuvor hatte er mit dem Obersten Rekon den Ort besichtigt, an dem man mit den Vorbereitungen für den Übergang beschäftigt war. Sie hatten die Steine in Augenschein genommen. Das Jahr über wurden sie in speziellen gepolsterten Kassetten aufbewahrt. Nun wurden sie herausgenommen, gewaschen und desinfiziert. Wie Stücke der schwärzesten Kohle sahen sie aus. Ein Stein wog zwischen 340 und 810 Gramm. Wenn Ilon die scharfen Kanten betastete, wurde ihm immer mulmig.

Alles war jetzt in Bereitschaft, alles war gerüstet. Medizinische Apparaturen, Verbandsmaterial, Nahtmaterial, Spritzen und Kanülen, ganze Sets chirurgischer Instrumente, Autoklaven, Flaschen mit Desinfektionsmitteln, Antibiotika, verschiedene Salben, Infusionsständer, gläserne Infusionsbehälter. Der aufmerksame Blick des Obersten Rekons musterte jedes Detail. Ilon folgte seinem steifen Schritt, bemüht, all dies zu betrachten, als handelte es sich um Exponate in einem Museum.

Heute hatte er einen Rheumaanfall als Grund genannt, um früher nach Hause gehen zu können. Doch bald würde er an seinen Arbeitsplatz zurückkehren müssen. Morgen war der Tag des Übergangs. Er versuchte zur Ruhe zu kommen. Ein Bad tat immer gut, besänftigte seine Nerven, brachte den Knien Linderung.

Es klingelte an der Tür, und jemand trat ein, ohne auf eine Aufforderung zu warten. Ilon fuhr zusammen. War Oresta zurückgekommen? Ein Bild kehrte wieder – wie seine Tochter in ihrem Zimmer stand und ihr Gesicht in ein T-Shirt von Filipa drückte. Er zwinkerte, wollte das Bild vertreiben. Er spürte keinen Zorn mehr, auch die Scham war verflogen. Dafür hatte ihn eine Trauer erfasst, die immer heftiger wurde, immer schwerer zu ertragen war. Ihr entsprang die Erkenntnis, dass er seine Tochter für immer verloren hatte. Diese Trauer machte Ilon Angst. Womöglich würde er Monodikos damit infizieren. Was, wenn sie von den Fingerspitzen des Masseurs in den heiligen Körper flösse? Diese Trauer war wie eine Krankheit.

Er stand auf, stieg aus der Wanne, nahm sich ein Handtuch, um seiner Tochter entgegenzutreten.

Er hörte fremde Männerstimmen. Die Badezimmertür ging auf. Der Oberste Rekon stand auf der Schwelle, hinter ihm sah Ilon einige Wächter, die er nur vom Sehen kannte.

»Ilon, wo ist er?«

Er verstand nicht, was gemeint war. Dachte, sie fragten nach Oresta.

»Zieh dich an«, sagte der Oberste Rekon und musterte den nackten Ilon, der mit nervösen Bewegungen versuchte, seinen Körper mit dem Handtuch zu verhüllen.

»Wir wissen seit Jahren, dass du einen eigenen Map-Körper hast. Wir sind gekommen, um ihn zu holen.«

Ilon begann zu zittern. Er klapperte mit den Zähnen, sei es vor Kälte, sei es vor Entsetzen. Er hörte, wie die Wächter die Veranda betraten. Hörte, wie die Kiste mit den Instrumenten zu Boden polterte. Hörte, wie Glas zerbarst. Der Oberste Rekon sah an die Decke, als Ilon in die Kleider schlüpfte.

»Ich habe nichts Böses getan«, sagte der Masseur mit bebender Stimme. »Ich habe nur daran geübt, die Finger in Form gehalten. Niemand weiß etwas davon.«

»Wir wissen es. Und das genügt.«

Der Oberste Rekon schloss die Tür, baute sich vor dem erschrockenen Ilon auf. Sie waren gleich groß. Schauten sich in die Augen. Ilon hatte den Eindruck, er sähe Verachtung. Er senkte den Blick.

»Er ist verschwunden.«

Ilon verstand nicht gleich, was er da hörte. Er bemerkte, wie blass der Oberste Rekon war, weiß wie ein Blatt Papier. Der schüttere Bart wirkte wie eine absurde Ansammlung von Härchen, auf gut Glück und ohne jede Ordnung in die Haut gesteckt. Mit einem Mal begriff er, was den Obersten Rekon umtrieb: Angst.

»Du kommst mit uns. Wir müssen so tun, als wäre nichts geschehen.«

Die Wächter wickelten den Map-Körper in die Decke, die über Orestas Bett gebreitet lag, trugen das Bündel wie eine Teppichrolle durchs Treppenhaus auf die Straße. Dort bildeten sie ein kleines Spalier, und der Map-Körper verschwand in einem Militärfahrzeug. Im zweiten Wagen nahmen der Oberste Rekon und Ilon Platz, der noch versuchte, seinen Mantel zuzuknöpfen. Die Straßen waren leer, der Himmel rötete sich im Westen.

»Wie ist das denn passiert?«, fragte Ilon.

»Eine perfekt geplante Aktion. Der Fahrstuhl. Ein bestochener Wächter, ebenfalls verschwunden. Und ein paar weitere Personen, leider aus dem engsten Kreis der Vertrauten. Die Ermittlungen sind im Gange«, sagte der Oberste Rekon, ohne Ilon anzusehen. Eine siedende Welle überlief den Masseur, dass es ihn schüttelte. Seine Hände zitterten.

»Ihr zieht ihn so an wie Monodikos, die Farbe des Gummis ist der des menschlichen Körpers sehr ähnlich, die Proportionen sind dieselben. Und jemand soll dem

Gummimodell die beste Maske anlegen, die möglich ist. Ich komme gleich zu euch. Wir senden die Übertragung vom letzten Jahr.«

Ilon verstand, was sie vorhatten – sie wollten die Fernsehübertragung fälschen, Milliarden von Zuschauern betrügen!

»Aber …«, begann er, ohne recht zu wissen, wogegen er protestieren wollte. Das alles erschien ihm so furchtbar.

Er dachte an Oresta. Dass er sie nie mehr sehen würde. Er versuchte, sich den Ort vorzustellen, an dem sie sich jetzt aufhielt. Doch seine ganze Aufmerksamkeit und Sorge galt Monodikos – Unser Bruder kannte kein anderes Leben, seit mehr als dreihundert Jahren waren die sterilen Klinikräume seine Welt. Er musste Medikamente einnehmen, eine spezielle Diät beachten, Kräuterbäder wurden verordnet für seinen geschundenen Körper. Infusionen und Blutproben. Ilon spürte, wie Verzweiflung ihn packte, ein Anfall von Panik ihm die Lungen zusammenpresste. Er rang nach Luft. Nach einigen tiefen Atemzügen hatte er sich wieder im Griff.

Das Auto fuhr über die Brücke, auf der sich wieder die Demonstranten versammelt hatten. Mit ihren zugeklebten Mündern. Niemand beachtete sie. Sie waren auch schon im Aufbruch begriffen, gleich würden sie nach Hause zurückkehren, um den Festtag zu begehen. Sie verstauten das schwarze Klebeband in ihren Taschen, rollten die Transparente zusammen. Aus fast jedem Fenster der trübselig wirkenden Fassaden, von denen der Putz bröckelte, sickerte blässlicher Fernseherschein. Die Menschen warteten auf die Übertragung.

»Alles muss stattfinden wie immer. Nur dass die Würdigen jetzt den Map-Körper steinigen und nicht, wie sonst, Monodikos.«

»Und dann? Was wird dann?«

Ilon konnte nicht glauben, was er hörte.

»Nichts. Es wird sein wie immer. Wir werden ihn finden und die Terroristen werden wir bestrafen«, sagte der Oberste Rekon in einem wütenden Tonfall, den man von dem ehrwürdig betagten Mann nicht erwartet hätte.

Als sie in den Klinikhof fuhren, hatte Ilon endlich mit bebenden Fingern seinen Mantel zugeknöpft. Ihm war, als bräche die Dunkelheit rascher herein als sonst. Selbst die Fenster der Klinikgebäude, für gewöhnlich hell erleuchtet, wirkten wie von einem trüben, gelben Schleier überzogen. So wirkte auch die ganze Stadt, die ihre Konturen verlor. Die Dunkelheit – sie stürzte regelrecht herab. Und dieses Mal schien es unwiderruflich.

Olga Tokarczuk

Olga Tokarczuk wurde 1962 im polnischen Sulechów geboren, studierte Psychologie in Warschau und lebt heute in Breslau. Sie zählt zu den bedeutendsten europäischen Autorinnen der Gegenwart, ihr Werk wurde in 37 Sprachen übersetzt. 2019 wurde Tokarczuk mit dem Literaturnobelpreis ausgezeichnet. Für *Die Jakobsbücher* wurde sie außerdem 2015 (zum zweiten Mal in ihrer Laufbahn) mit dem wichtigsten polnischen Literaturpreis, dem Nike-Preis, geehrt und 2018 mit dem Jan-Michalski-Literaturpreis. Im selben Jahr gewann sie den Man Booker International Prize für *Unrast*, für den sie auch 2019 wieder nominiert war: Ihr Roman *Gesang der Fledermäuse* stand auf der Shortlist. Zum Schreiben zieht Olga Tokarczuk sich in ein abgeschiedenes Berghäuschen an der polnisch-tschechischen Grenze zurück.

Literaturnobelpreisträgerin
OLGA TOKARCZUK
Ihr Werk im Kampa Verlag

Die grünen Kinder
Bizarre Geschichten
Deutsch von Lisa Palmes und Lothar Quinkenstein

»Olga Tokarczuks Werk zeigt in exemplarischer Weise, welch innovative Formen künstlerisches Erzählen im 21. Jahrhundert annehmen kann. Damit setzt sie Maßstäbe für die Weltliteratur.«
Gerhard Gnauck / Neue Zürcher Zeitung

Die Jakobsbücher
Roman
Deutsch von Lisa Palmes und Lothar Quinkenstein

»Tokarczuks Bücher reißen Fenster zur Welt weit auf. 1000 sensible, zärtliche, trauererfüllte Seiten sind denkbar größte Literatur.«
Fabian Wolff / Süddeutsche Zeitung

Unrast
Roman
Deutsch von Esther Kinsky

»Rührend, großzügig, klug und zutiefst beglückend.«
Carolin Emcke

Letzte Geschichten
Roman
Deutsch von Esther Kinsky

»Weil *Letzte Geschichten* vom Sterben handelt, ist es auch ein Buch über das Leben. Dem Verschwinden der Dinge und der Erfahrungen setzt Olga Tokarczuk ihre poetische Imaginationskraft entgegen.«
Jörg Magenau / Falter, Wien

Taghaus, Nachthaus
Roman
Deutsch von Esther Kinsky

»Ein Roman, der die Welt der Träume und des Wachens auf einzigartige Weise verbindet, und zwar so, wie es sonst nur das Leben kann.«
Süddeutsche Zeitung

Ur und andere Zeiten
Roman
Deutsch von Esther Kinsky

»Eine grandiose Parabel.«
Ilma Rakusa / Neue Zürcher Zeitung

Gesang der Fledermäuse
Roman
Deutsch von Doreen Daume

»Tokarczuk zeigt erneut ihr ganzes stilistisches Können.«
Marta Kijowska / Frankfurter Allgemeine Zeitung

Der Schrank
Erzählungen
Deutsch von Esther Kinsky

»Olga Tokarczuk ist eine Meisterin im Schaffen von Welten, innerhalb derer sie viele weitere Welten ineinander verschachtelt oder miteinander verknüpft.«
Doreen Daume / Die Presse, Wien

Die verlorene Seele
Mit Illustrationen von Joanna Concejo
Deutsch von Lothar Quinkenstein

»Ein nachdenkliches, stilles und schönes Buch.«
Stephanie von Oppen / Deutschlandfunk Kultur